本书出版由中南民族大学
外语学院学科建设资金全额资助

美国族裔
反战小说研究

A Study of
America's Ethnic Anti-War Novels

袁雪芬　郝健　著

中国社会科学出版社

图书在版编目(CIP)数据

美国族裔反战小说研究 / 袁雪芬,郝健著 . —北京:中国社会
科学出版社,2018.10
ISBN 978-7-5203-3024-4

Ⅰ.①美… Ⅱ.①袁…②郝… Ⅲ.①民族文学-小说研究-美国
Ⅳ.①I712.074

中国版本图书馆 CIP 数据核字(2018)第 193077 号

出 版 人	赵剑英
责任编辑	曲弘梅
责任校对	杨 林
责任印制	戴 宽

出 版	中国社会科学出版社
社 址	北京鼓楼西大街甲 158 号
邮 编	100720
网 址	http://www.csspw.cn
发 行 部	010-84083685
门 市 部	010-84029450
经 销	新华书店及其他书店

印刷装订	北京君升印刷有限公司
版 次	2018 年 10 月第 1 版
印 次	2018 年 10 月第 1 次印刷

开 本	710×1000 1/16
印 张	14.75
插 页	2
字 数	213 千字
定 价	58.00 元

前　言

　　关于研究美国族裔反战小说的想法已盘踞笔者心中良久。2004年春季在美国威斯康星州立大学普莱特维尔分校的课堂观看英语专业学生表演有关越战小说情节时，笔者深感震惊：越南水稻田里辛勤劳作的男男女女瞬间化为尘土，而战后侥幸生还的美国士兵缺胳膊少腿、酗酒闲事、打架斗殴，且永远改变了自己的性格。之后，笔者系统地阅读了美国历史上的各次战争和它们所催生的战争文学，发现20世纪60年代以来族裔反战小说以后现代叙事手法更为真实而又深刻地叙述和反思了战争给人类带来的灾难与持久的身心创伤，并指出了救赎人类灵魂的良方。例如，土著印第安"黑脚"部落后裔詹姆斯·韦尔奇的《福尔斯·克罗》讲述了他的先祖们为了民族的生存与传统文化的保留与白人进行血腥抗争的经历；黑人作家詹姆斯·鲍德温的《桑尼的蓝调》和亚裔作家约翰·冈田的《不不儿》描述了黑人青年桑尼和日裔青年山田一郎在"二战"中的消极反战和通过艺术与学术追求进行自我救赎的过程；阿尔弗雷多·维阿的《诸神去乞讨》反映了越南战争给人类带来久远而又无法愈合的心灵创伤以及族裔人在和平时期的另一场战争——反种族歧视；约瑟夫·海勒的《第二十二条军规》和库尔特·冯古内特的《第五屠宰场》凸显了战争的黑色幽默与科技救赎人类的手段；斯科特·莫马迪的《日诞之地》和莱斯利·麻蒙·西尔科的《典仪》描述了印第安青年在"二战"中遭遇的心灵创伤与通过本民族文化之旅治愈创伤的心路历程；德梅特里亚·马丁内兹的《母语》揭露了美国海外霸权主义行径，体现了作家的世界和平主义思想意识。族裔文学的作家们讲述亲身所见所闻，领悟战争的本质，难能可贵。他们的反战思想与精神值得为全世界爱好和平的人们所传颂。

袁雪芬

2018 年 1 月

目　　录

第一章　引论 ……………………………………………… （1）

第一节　美国的反战文学 ………………………………… （1）

一　美国的反战运动 …………………………………… （3）

二　美国内战和反战文学的萌芽 ……………………… （9）

三　反战文学的反战——美国内战后的30年 ………… （15）

四　19世纪末20世纪初的反战文学 ………………… （21）

五　第一次世界大战后到20世纪末的反战文学 ……… （25）

第二节　美国少数族裔反战小说的兴起 ………………… （32）

第三节　族裔文学叙事理论 ……………………………… （34）

一　后现代主义理论 …………………………………… （35）

二　族裔批评理论 ……………………………………… （37）

第四节　国内美国族裔反战文学研究 …………………… （41）

第五节　本书的研究路径 ………………………………… （45）

第二章　反白人之战：《福尔斯·克罗》 ………………… （46）

第一节　詹姆斯·韦尔奇和他的小说《福尔斯·克罗》 …… （46）

第二节　为土地和信仰与白人抗争 ……………………… （52）

一　大平原上的反白人侵略 …………………………… （52）

二　山丘地带的反白人蚕食 …………………………… （54）

三　反抗失败成因 ……………………………………… （60）

第三节　与天花瘟疫的生死之战 ………………………… （62）

一　天花肆虐 …………………………………………… （62）

二　拯救族人 …………………………………………… （63）

三　迁徙之路 …………………………………………… （64）

第四节　土著民族文化保卫战 …………………………………（65）
　　一　永远的大自然之子 …………………………………（66）
　　二　延绵不绝的独特土著印第安文化 …………………（69）
　　三　黑脚部落文化保护神：福尔斯·克罗 ……………（75）

第三章　逃避战争：《桑尼的蓝调》与《不不儿》 …………（80）
第一节　以黑人爵士乐为武器的反战：《桑尼的蓝调》 ……（80）
　　一　作家詹姆斯·鲍德温与他的小说《桑尼的蓝调》 …（81）
　　二　逃避战争与邪恶：桑尼的蓝调 ……………………（84）
　　三　灵魂救赎 ……………………………………………（86）
　　四　作家无声的反抗：叙事中的隐姓埋名人 …………（89）

第二节　"不"参战：《不不儿》 ………………………………（92）
　　一　作家约翰·冈田和他的《不不儿》 ………………（93）
　　二　对祖籍日本的愚忠 …………………………………（95）
　　三　置身战争之外：蹲监狱 …………………………（102）
　　四　"不不儿"的破茧成蝶 …………………………（105）
　　五　作家冈田的反战与族裔身份危机意识 …………（112）

第四章　越战阴影下的无硝烟战争：《诸神去乞讨》 ………（115）
第一节　阿尔弗雷多·维亚和他的《诸神去乞讨》 ………（115）
第二节　被越战魅影阉割与湮灭的灵魂 ……………………（118）
　　一　无名先生 …………………………………………（118）
　　二　性无能的杰西 ……………………………………（123）
　　三　身心俱残的霍利斯 ………………………………（127）
　　四　亡魂 ………………………………………………（128）
　　五　湮灭的族裔青年群 ………………………………（130）

第三节　殃及池鱼 ……………………………………………（131）
　　一　越战遗孀谋杀案 …………………………………（132）
　　二　被冷落的爱人卡罗琳娜 …………………………（134）
　　三　受虐待的艾薇 ……………………………………（135）
　　四　疯癫的母亲 ………………………………………（136）

第四节　反司法中的种族歧视 ………………………………（137）

一 草菅族裔人的司法机构 ……………………………… （137）

二 司法公正之战：为族裔人辩护 ………………………… （138）

第五章 黑色幽默与科幻 ……………………………………… （141）

第一节 约瑟夫·海勒和《第二十二条军规》 …………… （141）

一 海勒和《第二十二条军规》 ………………………… （141）

二 "不反战"的反战小说 ……………………………… （144）

三 被讽刺的死亡 ………………………………………… （147）

四 荒诞的战争逻辑 ……………………………………… （150）

五 黑色幽默下的战争体制 ……………………………… （152）

六 出路：荒诞背后的希望 ……………………………… （159）

第二节 冯内古特：幽默、科幻与战争创伤 …………… （162）

一 德累斯顿轰炸与《五号屠场》 ……………………… （163）

二 科幻元素与战争精神创伤 …………………………… （170）

三 黑色幽默视野下的荒诞性 …………………………… （174）

四 后现代的人文主义者 ………………………………… （177）

第六章 战争创伤与疗伤：《日诞之地》与《典仪》 ……… （181）

第一节 折翅的阿韦尔与故土疗伤：《日诞之地》 …… （181）

一 莫马迪与他的小说《日诞之地》 …………………… （182）

二 土著雄鹰阿韦尔 ……………………………………… （185）

三 折翅的雄鹰 …………………………………………… （186）

四 疗伤良方：日诞之地 ………………………………… （187）

第二节 受辱的灵魂与文化之旅疗伤：《典仪》 ……… （191）

一 莱斯利·麻蒙·西尔科与她的创作 ………………… （192）

二 受欺凌的灵魂：塔奥和他的伙伴们 ………………… （193）

三 拯救塔奥：讲故事和文化之旅 ……………………… （199）

第三节 民族文化的坚守者与传承者 …………………… （209）

一 土著族裔迁徙苦难史再现 …………………………… （209）

二 印第安民族过去与现在的链接：讲故事 …………… （212）

第七章 和平与自由之光：《母语》 ………………………… （214）

第一节 马丁内兹与她的《母语》 ……………………… （214）

第二节　拯救难民路易斯 ……………………………………（217）

　　一　女人们的拯救行动 ………………………………（217）

　　二　和平与自由的隐形斗士：路易斯 ………………（219）

　第三节　反美国对邻国的军事侵略 ……………………（220）

　第四节　凄美跨国恋情：和平与自由的憧憬 …………（221）

第八章　结语 …………………………………………………（224）

后　记 …………………………………………………………（229）

第一章　引论

　　战争是多种形式的，是个人的，是一部分人的，也是全世界的。哪里有战争，哪里就有反战作家与反战文学。在美国文学史上，从18世纪的白人文学始至今，文学家们反对战争的声音不绝于耳。特别是20世纪60年代以来，随着民权运动的发展与多元文化文学的兴起，跟随白人文学发展的脚步，美国族裔文学方兴未艾。从第二次世界大战、朝鲜战争、越南战争、海湾战争到伊拉克战争，美国族裔作家意识到他们为白人政府进行海外战争做出的都是无谓的牺牲。战争残酷地摧毁了备受白人迫害的少数族裔的身心健康，乃至生命。以书写战争场景和战争后遗症来表现战争的残酷性并唤起人们反对战争、珍爱和平的诗歌与小说等层出不穷。族裔作家的反战文学创作继承和发扬了美国白人主流社会反战文学的传统，给生活在和平环境下的人们以居安思危的警示。

第一节　美国的反战文学

　　文明的世界从来不缺少战争，而文学的世界作为对现实世界的反映，也从未缺少过战争。战争一直是作家笔下永恒的主题之一。他们用文字描绘战争中的百态，或者是战场上士兵冲锋时的激情，或者是将军出征前面对着士兵的豪情，或者是年迈的母亲送别儿子的温情；又或者是寒夜里士兵们在篝火前唱着思乡的歌谣，在战友的尸体前轻声的啜泣，或者是一座坟墓前少女凄美的歌声。他们记叙了战争中的胜利和荣耀，也描写着战争中的死亡和残酷。在战争文学中，有很多出现频率很高的词，比如"杀戮""英雄主义""勇敢""荣耀""谋杀"等，无法一一列举。而这些词语，都包含着作者对于战争的看法。在不同的时代和不同的场合，同一场战争往往会被赋予不同的意义；即使在同一个时代和相同的场合，战争对于不同人的意义也是不同的。因此，对于作家来说，如何阐释战争的意义，是去歌颂一场战争的辉煌，还是去批评战争中的死亡和杀戮，变成了一个立场性的问题。

从某种意义上来说，美国的历史就是一段战争史。在美国四百年的历史上，充满了一系列的战争：殖民地战争、独立战争、1812年战争、美国—墨西哥战争、美国内战、美国—西班牙战争、美国—菲律宾战争、第一次世界大战、第二次世界大战、朝鲜战争、越南战争、波斯湾战争、伊拉克战争、阿富汗战争等。这些战争决定了美国的存在、扩大了美国的疆土，也在不断地改变着美国政治、经济上的格局。可以说，美国每一次大的发展和变革的背后，都有着战争的坚定支持。战争深深地影响着每一代美国人的生活。因而，美国作家从存在之日起，就在享受着战争给他们的国家带来的巨大利益，他们也在以民主、自由和爱国主义的名义讲述着美国在战争中的成长，书写着英雄主义的牺牲。在大部分作家的作品中，暴力和死亡被理性化、浪漫化和最小化，英雄主义和爱国主义被无限地放大，士兵们怀着心中的信念奔赴战场，带着微笑走向死亡。只有小部分作家在见识到战争荣耀背后的死亡、痛苦和泪水后，开始剥去战争荣耀的外衣，去记录战场上的枯骨和哭泣的灵魂。

美国文学中关于战争的态度分为两个派别：一方是以司各特为代表的浪漫主义作家。他们将战场看作英雄的诞生地，认为伴随着战争而来的是成长、勇气、荣耀、骑士精神、忠诚等正面意义的词汇。另一方是反战作家，他们将战争看作屠宰场，认为和战争如影相随的是死亡、恐惧、绝望、失落和痛苦。这两派作家之间并没有出现直接的、激烈的冲突和斗争。反战文学的兴起是缓慢而痛苦的。他们要面对的不仅仅是文学上的批评，还有来自社会的道德上的指责，因为当一场战争对于一个国家具有积极意义时，反对战争的一方就往往会被认为是懦弱、胆小，甚至是叛国的。

正是因为战争对于美国历史的重要意义，大部分美国作家对于战争的态度是矛盾和复杂的：一边是士兵们英雄般地倒下，另一边是尸横遍野的恐怖场景；一边是对英雄主义的颂扬，另一边是年轻士兵凄冷死去的冷酷描述；一边是对和平的乐观憧憬，另一边是对于战争带来的毁灭和死亡的绝望。尽管很多人将美国反战文学的兴起划归到"一战"和"二战"时期，但是美国反战文学的出现比这个时期要早得多。美国反战思想和反战文学实际上在美国内战时期就已经出现，只是由于美国内战的巨大影响被压抑在了战争文学的阴暗角落。在"一战"前，反战文学已经得到了公众的接受和好评，并且借着第一次世界大战的影响而成为一股不可忽略的文学潮流①。

一 美国的反战运动

在整个人类文明的发展过程中，战争一直与文明相伴相生，占据了每一部历史教科书的重要部分。列夫·托尔斯泰曾这样说过："历史是由一次又一次的战争相连而成，而人的天赋就是进行永无息止的战争。"美国，作为一个相对年轻的国家，同样如此。实际上，战争对于美国具有更大的历史意义：独立战争使得美国脱离了英国的殖民统治，从而成为一个独立的国家；与印第安人的战争使得它获得了大片的土地；内战使其摆脱了奴隶制的制约，踏上了快速发展的道路；第一次世界大战使得美国真正意义上成为一个具有世界影响力的国家；第二次世界大战使其毫无疑问地成为整个世界的领导者；而美国对于朝鲜、越南、伊拉克、阿富汗等国家的战争，使美国开始在全世

---

① 文学评论家莱斯利·费德勒（Leslie Fiedler）曾评论说："第一次世界大战最有持续性影响力的成果就是反战小说的出现……尽管这种文学类型在《红色勇气勋章》中已经显露出来，但实际上这种文学类型在 20 世纪 20 年代前是不存在的。自 20 年代开始，它成为一种标准的形式……"他的观点实际上反映了那个时期人们忽略了内战后的 50 年里的一些作家，包括欧内斯特·克罗斯比（Ernest Crosby）、哈罗德·弗雷德里克（Harold Frederic）和马克·吐温（Mark Twain）等，他们也对当时的战争进行了一系列的批判。Leslie Fielder, Foreword to *The Good Soldier Schweik*, by Jaroslav Hasek, New York: New American Library, 1963, p. vi.

界维护自己的国家利益。然而，每一场战争，无论规模大小、持续时间长短、结果如何，给人们带来的不仅仅是荣耀、利益、权利，随之而来的还有死亡、痛苦和毁灭。每一场战争的背后，无论是战胜方还是战败方，都不愿提及的是无数无名年轻士兵的死亡、失去孩子的母亲的眼泪和被战争摧毁的家园。美国人民对于战争的反对和抗议，无论以沉默的不合作的方式，或是直接的暴力反抗，几乎伴随了美国的每一场战争。

美国的反战思想可以追溯到欧洲，而整个欧洲的反战运动最早可以追溯到古希腊。公元前411年出现的古希腊戏剧《吕西斯特拉忒》（Lysistrata）中，就讲述了一位名叫吕西斯特拉忒的古希腊妇女的反战故事。第一批来到美国的和平教派是"贵格会"，也被称为"公益会"。他们推崇耶稣的教条，崇尚和平主义的生活。贵格会的教众们都坚持奉行和平主义，拒绝参与到任何的战争和冲突中。贵格会、兄弟会和门诺派一起，构成了美国独立战争时期反战力量的主体。

在美国内战期间，更多的和平主义者不得不面对一个残酷的选择，即他们对于废奴运动的支持与他们自身的反战主义倾向相矛盾。在战争刚刚爆发时，美国和平协会在波士顿召开了会议，会议的议题并不是结束战争，而是战争的正义性。在体会到战争的残酷后，在接下来的几十年中，和平思想在美国市民中传播开来。

1895年，面对一触即发的美国—古巴战争，美国和平协会承担起了其在反战运动中的领导角色。在美国占领菲律宾后，和平主义者认为美国已经开始向帝国主义迈进，"反帝国主义联盟"也因此成立。

到1914年第一次世界大战爆发前，已经有63个反战组织活跃在美国各地。随着女性主义运动的兴起，女性的和平组织也开始出现，并在女性群体中产生了极大的影响力。1917年4月，美国对德国宣战，正式加入了第一次世界大战。一个月后，总统威尔逊签署了《选择兵役法案》。因为这一法令涉及了很多人的生死，当法令生效实施时，一个新的反战组织，"美国人民委员会"在纽约麦迪逊公园组织了大规模的反战活动，形成了全民反战的形势。

同时，美国的少数族裔也开始主动地参与到反战运动中，非裔美国人作为当时美国最大的少数族裔群体，也有了自己的反战组织。阿萨·菲利普·伦道夫（Asa Fhilip Randolph）作为卧铺车搬运工兄弟会（Brotherhood of Sleeping Car Porters）的领导人，出版了一份叫作《信使》（Messenger）的反战期刊。另一位著名的黑人反战活动家是非裔作家杜博斯（W. E. Dubois），他在《大西洋月刊》上发文，称欧洲战争实际上是一场帝国主义间的战争，目的是争夺非洲殖民地的黄金、钻石、象牙和其他资源。

1941年12月7日，日本军队轰炸了美国在夏威夷的海军基地珍珠港，美国对日宣战，正式加入第二次世界大战。美国的和平组织又再次面对和平主义和爱国主义之间的选择。很多和平组织站在了爱国主义的旗帜下，反战运动的支持者迅速减少。美国在核武器的研制上获得了突破，科学家在新墨西哥州的沙漠中引爆了世界上第一颗原子弹。见证了原子弹的巨大威力后，研发原子弹的科学家西拉德（Leo Szilard）意识到了事情的严重性，因此他写了一份由69位研发科学家签名的请愿书警告美国政府，如果使用原子弹，就会开启一个不可想象的大灾难时代。这也是世界上第一次反核武器的和平运动。其运动的驱动力并不是传统的人文主义或经济利益，而是对于新的战争工具的恐惧。然而，这些努力在那个特殊时期并未奏效，反而成为结束战争的有力工具。在见证了原子弹巨大威力后，日本投降。第二次世界大战的结束和人们在战争中遭受的巨大伤亡和损失并未像传统的战争一样为和平主义的兴起提供足够的支持力量，美国实际上处于更加紧张的状态中，那就是来自"二战"的盟友苏联的威胁。美国随后发动了朝鲜战争并以失败告终。

对于大部分美国人来说，和平的存在总是很短暂。笼罩在美国上空的冷战氛围还未有任何散去的迹象，世界大部分国家仍然处于"二战"的恢复之中，美国人民不得不面对一场新的战争：越南战争。这是离他们最近的一场战争。电视的出现使得人们能够直接感受战争的氛围和战况。有人说越南战争是第一场发生在电视上的战争，人们在电视屏幕上看到一个裸体的孩子逃离凝固汽油弹的轰炸，北约的军官用手枪指着犯人的头并扣动了扳机，一个和尚往自己身上淋上汽油并点火自焚，所有这一切给国内的美国人一种前所未有的震撼，让普通民众对战争有了一种新的了解。因而，越战所带来的反战运动是美国反战史上规模最大的，影响也是最深远的。针对越南战争的反战运动由几个不同的部分构成。第一部分来自族裔美国人的民权运动。在 20 世纪 50 年代末到 60 年代初，大部分年轻的非裔美国人认为，既然自己的平等权利在美国国内无法得到认可，特别是在密西西比和亚拉巴马州，那么自己就没有必要参加一场白人的战争，为白人卖命。诺贝尔和平奖得主、黑人民权领袖马丁·路德·金在自己的演讲中就明确提出反对战争，并发起了大规模的反战游行。重量级拳王穆罕默德·阿里也参加了民权游行。由于拒绝服兵役，阿里被剥夺了拳王的头衔，并被处以 5 年监禁。阿里在接受采访时说："我的宗教信仰使我不能接受这种征召。"① 奇卡诺族裔诗人鲁道尔夫·贡萨雷斯代表西南部的反战组织到了华盛顿，在抗议集会上直接告诉当时的约翰逊总统的大法官克拉克："如果他不承认国会里存在种族歧视，那么他不是太幼稚，就是瞎了眼"；而谈到越南战争时，他认为"美国人民的美好生活是以我们人类朋友的鲜血和尸骨作为代价"②。他后来还建立了"正义运动"组织，引导年轻人加入民权运动中并坚决反对越南战争。具有激进思想的旧左派和新左派组织、各种专业的反战组织和普通市民成立的组织、基督教和犹太教的牧师和教士、学生和孩子、嬉皮士和雅皮士都成为反战的一员。理智核政策全国委员会同黑豹党人一起示威，严肃的社会主义者同嬉皮士一起参加抗议游行。一些共同的利益和目标使得这些策略和信仰不同的组织放弃各自的差异，走在了一起。"国家终战委员会"（National Mobilization Committee to

---

① Clifton Daniel, ed., *Chronicle of the 20ᵗʰ Century*, Mount Kisco, NY: Chronicle Publications, 1987, p. 531.

② Jorge Mariscal, 2005, "The Passing of a Legend: Rodolfo 'Corky' Gonzales," retrieved Dec. 4, 2017, http://www.Hispanicvista.com.

End the War in Vietnam）负责了在每次活动中各个组织之间的协调，其本身存在的目的就在于将这些指导思想和行动风格不同的组织整合起来开展反战运动。真正的战争开始于 1965 年约翰逊政府的"雷声隆隆"行动。美军死亡 5.8 万人，30 多万人受伤，耗资近 3000 亿美元，总共消耗弹药 760 万吨，相当于"二战"时期的 3 倍。面对美国政府逐渐陷入战争泥潭，越来越多的美国人参与到了反战的运动中，一些大学生甚至高中生也参与到了反对越战的运动中。而学生的加入也使得反战运动的影响力迅速扩大。1966 年 3 月，美国各大城市爆发了反战游行，到了 5 月，反战抗议活动席卷了校园，运动也开始变得更加暴力。当时大部分的美国人对于征兵令都持抵制的态度。

迫于国内巨大的压力，两个月之后，约翰逊总统停止了对北越所有形式的轰炸，人们的要求得到了满足。1969 年 11 月，由于不满政府缓慢的撤军进程，25 万人在华盛顿举行了大规模游行，这也成为美国历史上最大规模的反战集会活动。接着，美军在越南的一个村庄中屠杀了 567 名村民，包括婴儿、儿童、妇女和老人。消息传来，举国震惊。全国校园里爆发了大规模的示威活动，但遭到镇压。然而越来越多的人参与到反战活动中，一部分并非针对越战本身，而是针对美国政府的暴力恐怖统治。迫于国内强大的反战压力，连任的尼克松总统停止了在越南的战争。

1990 年 8 月 2 日，伊拉克军队入侵科威特。由于科威特是美国重要的石油来源地，为了维护自身的能源安全，美军进入了波斯湾地区。1991 年 1 月 17 日，美军开始空袭伊拉克。作为越战之后美国进行的规模最大的军事行动，伊拉克战争自然引起了美国国内反战人士的极大不满，全国范围内的反战抗议活动此起彼伏。在首都华盛顿，反战人士组织了 20 万人参加的反战游行；在旧金山，爆发了 10 万人参加的示威游行，人们的口号是："不用鲜血换石油！"

当美国国内对于伊拉克的反战运动不温不火地进行时，另外一件事情彻底改变了人们对于海外战争的态度。2001 年 9 月 11 日，19 名恐怖分子劫持了数架客机撞毁了位于纽约的世贸中心以及美国国防部五角大楼的一部分，造成了 3000 多人死亡。美国政府认为位于阿富汗的基地组织应该对该事件负责，美国对阿富汗的战争一触即发。为了避免一场新的战争，人们在纽约举行了持续 24 小时的守夜仪式，大约 2000 人参加了守夜活动，参与者表示：“我们的悲痛并不是呼吁战争。”

到 2002 年秋，互联网作为一种新兴的事物，出现在和平运动中。全世界不同地区的人们可以通过互联网联系，分享信息和交流观点。“共同梦想”网站（CommonDream. org）和“前进”网站（MoveOn. org）是影响较大的反战网站。“前进”网站开始于 1998 年。2001 年开始，网站组织了世界范围的和平活动来反对伊拉克战争。到 10 月时，网站已经有 90 万的注册会员。同一时期，比较活跃的和平组织还有“美国友谊服务委员会”。它发起了大规模的和平请愿活动。索斯摩大学的“白兰地和平社区”团结了一批愿意以“非暴力不合作”的方式抵制伊拉克战争的人们。其他的和平组织还有“团结起来争取和平和公正”“立即行动结束战争和种族主义”“不要以我们的名义”等。

面对和平运动，布什政府则在积极准备战争。随着战争的可能性越来越大，和平主义者采取了更加主动的行动。2003 年 1 月，人们在《华尔街日报》上刊登了整版的广告，表达自己在伊拉克问题上的不同立场，还发起了网络反战请愿、写信和打电话给白宫要求停止战争。和平主义者在校园内和教堂里举行宣讲会，抗议者在一些城市堵塞了交通要道或政府大楼。“团结起来争取和平和公正”组织在全国各地组织了 150 多场和平集会向普通的市民宣传反战思想。3 月 9日，刚刚被授予诺贝尔和平奖的前美国总统卡特在《纽约时报》上发文，认为美国对伊拉克的军事行动并不符合正义战争的标准。他说：“如果我们违背联合国的决议发动对伊拉克的战争，美国在世界上的影响力必定会衰落。”① 他还说，美国对伊拉克的战争违背了

---

① "Carter Warns about War on Iraq," *Associated Press*, March 9, 2003, retrieved Nov. 2, 2017, http：//www. endthewar. org/features/carter1. htm.

"基本的宗教原则和对于国际法的尊重"①。2003年3月19日美国总统布什宣布对伊拉克采取军事行动，美军开始空袭伊拉克。同一天，参议员博德说："美国作为一个强大而仁慈的和平维护者的形象一去不复返了。"随着战争的开始，世界范围内掀起了大规模的抗议活动。3月20日，10多万人聚集在雅典举行集会，高呼"布什，凶手！"在巴基斯坦、澳大利亚、印度尼西亚、德国、丹麦、瑞士、西班牙和意大利等国家都爆发了大规模游行。2003年5月1日，美国总统布什在美国海军"林肯"号航空母舰上宣布在伊拉克的军事行动结束，当美国政府在2005年宣布停止在伊拉克寻找大规模杀伤性武器的证据时，先前支持战争的人们也开始怀疑战争的合理性。

当人们面对着战争带来的破坏、生命的消亡、肉体上的残疾、精神上的苦痛时，人们才会重新开始审视战争的意义，才会开始怀念和平的安宁。人们对于战争的态度本身是矛盾的：如果没有战争，美国就不会成立，奴隶制就不会消除，希特勒的纳粹主义仍然存在和蔓延。任何一场战争在开始时总是存在一个理由，因而无论是谁站出来反对战争，无论是出于何种动机和目的，都需要极大的勇气。但也就是这些柔弱的人们，凭借着自己内心中的宗教信仰或人文主义的怜悯，尽自己最大的努力在阻止战争这部巨大的机器向前推动，也就是这些人，面对着质疑、嘲讽、暴力甚至死亡，维护着一个国家和世界的和平，努力找寻着除了暴力之外，世界的存在方式。这些人，无论是谁，都是这个国家的英雄。

战争催生了反战文学。

二 美国内战和反战文学的萌芽

在美国内战开始前的半个世纪里，美国人民还沉浸在独立战争的胜利之中，人们回味着战争胜利所带来的荣耀。美国的读者和作家都对战争怀着一种挥之不去的情怀，马克·吐温称之为"瓦尔特·司各

---

① "Carter Warns about War on Iraq," *Associated Press*, March 9, 2003, retrieved Nov. 2, 2017, http：//www. endthewar. org/features/carter1. htm.

特病"。他说："如果现在的人们拿着四五十年前的文学杂志看一看，无论是南方还是北方的杂志中都充满了冗长的、优雅的、如花般的浪漫主义和多愁善感——而这一切都来自司各特。"①

当时的美国读者对于司各特的历史传奇小说十分推崇。这些小说植根于英国古老的历史中，而这种异域的新奇感正是吸引当时读者的重要原因。司各特最出名的传奇故事是《劫后英雄传》（Ivanhoe），讲述了发生在欧洲中世纪的古老传说：年轻的骑士凭借着自己的勇敢俘获了公主的芳心。这样的故事极大地激发了美国内战前人们对于英雄主义的憧憬。在当时，司各特的故事"使得整个英国和美国的一代人都在梦想着一个已经逝去的骑士时代"②。无论是知识分子还是一般的市民都对这样的故事非常痴迷，因为这些故事"似乎能将他们带到遥远的过去和遥远的地域"③。

司各特的作品在美国社会所激发的对于战争的浪漫主义观点影响了内战前几十年间人们对于战争的崇拜态度。他的作品中那些勇敢的、理想化的骑士形象，成为人们争相模仿的对象，故事中的骑士精神和英雄主义思想也广为读者所接受。另一方面，由于他的作品《韦弗利》（Waverley）讲述了苏格兰人民反抗英格兰压迫的故事，使当时南部诸州的人民产生了共鸣。因为在他们看来，美国的内战就是北方州对南部州的侵略。人们从司各特小说中的骑士故事中获得了精神力量，满怀激情地走向战场，为了自己心中的正义和理想而战。

司各特的战争浪漫主义思想也极大地影响了当时的一大批作家。莫利·穆尔（Mollie E. Moore）是一个来自得克萨斯的年轻人，他当时在南方的报纸上发表了大量的诗歌。在诗歌中，他描写了英雄主义的浪漫的战争场景，如士兵们勇敢地，甚至是迫切地奔赴战场。他的作品并没有描写充满硝烟的战场，而是关注一个年轻的士兵，为了自

---

① Mark Twain, *Life on the Mississippi*, New York: Longmans, Green, 1908, p. 360.

② G. Harrison Orians, "The Romance Ferment after Waverley," *American Literature* 3, No. 4, 1932 (January), p. 409.

③ S. G. Goodrich, *Recollections of a lifetime*, Vol. 2, New York: Miller, Orton and Mulligan, 1856, pp.107-108.

己的家乡而战，最终英勇地死去。战友们为他举行了庄严的葬礼，将他埋葬在光荣之地，在墓边点燃篝火，缅怀着他的英勇事迹①。对于这个时期的人们而言，文学的重要意义在于激起人们的爱国情感，让人们忘掉现实，特别是美国内战所导致的鲜血、死亡、毁灭和泪水。司各特的浪漫主义精神鼓舞了普通市民和战士们的士气，让他们能够面对战争中的死亡和绝望。

面对司各特在美国民众中的巨大影响力，当时的一些作家，如赫尔曼·麦尔维尔（Herman Melville）、德福雷斯特（John William De Forest）和惠特曼（Walt Whitman）等却不愿再遵循他的浪漫主义风格。作为北方人，他们内心中想去支持北方政权，或者说"正义的一方"，然而他们又无法接受战争中的残酷场面和道德冲突。这种"信仰的矛盾"② 使得他们的作品虽然开始挑战司各特的浪漫主义传统，记录战争的基本主题，如战争、死亡、坟墓、自然，但是这种挑战非常隐晦，而且并没有得到当时批评界和文学界的认可。他们想反映战争的残酷性，却不能否定战争的正义性，因而在美国内战的问题上，他们的内心中充满着矛盾，这也是当时的反战作家所不得不面对的问题。

在美国内战开始前，麦尔维尔就有着很强的反战主义观点。他的早期作品就直截了当地批评了战争的野蛮性。在 1846 年出版的冒险小说《泰比》（Typee）中，他说："我们在制造死亡机器方面所展现出来的恶魔般的技巧，我们对于战争的辩护，随着军队而来的悲惨和荒凉，正是足够将我们这些文明的白人定义为这个世界上最残忍的动物。"③ 在 1849 年出版的《玛迪》（Mardi）中，他回到了战争主题，对最近的墨西哥战争进行了隐喻性的批评。他虚构了两个疯狂的国王之间的战争，士兵们打仗不需要崇高的原因，人们相互屠杀只是为了保证人口不会过多。当司各特还在歌颂着传奇式的英雄罗宾汉时，麦

---

① Walter Burgwyn Jones, ed. *Confederate War Poems*, Nashville：Bill Coats, 1990, p. 74.

② Herman Melville, *Battle - Pieces and Aspects of the War*, New York：De Capo Press, 1995, p. 14.

③ Herman Melville, *Typee*, *Omoo*, *Mardi*, New York：Library of America, 1982, p. 150.

尔维尔已经开始思考战争存在的意义。1850 年，麦尔维尔出版了小说《白夹克》（*White Jacket*），直接地描写了战争的恐怖性，把战争称为"屠场"（Slaughter-house）①。在小说中，他试图将战争从浪漫主义的神话中解放出来，抛弃优美的词语和意境，因为他知道，战争绝不是美丽的。他没有去描写图画般的战场和英雄般的人物，而去描写战争决策者们的暴行和自私。士兵在他的笔下没有力量来决定自己的命运，只能服从上级的命令。

惠特曼是美国当时最为著名的民主派诗人，他所受到的美国内战的影响远比麦尔维尔深远，因而在作品中对于内战的表达也更加复杂。在内战爆发之前，惠特曼就已经是著名的诗人。在战争之初，惠特曼对于内战是极为支持的。他用自己的诗歌来号召人们加入战争。在他的诗歌《敲吧，战鼓！》中，他呼吁人们拿起武器，奔向战场。虽然他承认战争的代价——新郎离开了新娘，农民离开了土地，但是他认为无论是母亲、孩子还是老人，都不应该阻止年轻人表达自己的爱国热情。在诗歌中，他写道：

> 敲吧！敲吧！鼓！——吹吧！号角，吹吧！
> 没有商量的余地——用不着停下来规劝，
> 别在乎胆怯的——别在乎哭泣的或祷告的，
> 别在乎老年人向年轻人的求情，
> 别去听孩子的声音，别去听母亲的哀求，
> 要敲得等待入殓的死人的棺木都震颤起来，
> 就这样猛烈地敲，哦，可怕的鼓——就这样嘹亮地吹，号角。②

在 1862 年，惠特曼开始以平民志愿者的身份经历这场战争。他在纽约、弗吉尼亚、华盛顿州的战地医院见到了无数受伤的、生病的、奄

---

① Richard D. Sharp, "War and Pacifism in the Novels of Herman Melville," *College Language Association Journal*, 29, No. 1 (1985)：p. 332.

② Walt Whitman, *Complete Poetry and Selected Prose*, ed. James E. Miller Jr., Boston：Houghton Mifflin, 1959, p. 41.

奄一息的士兵，这种场景极大地改变了他对战争的看法，使他陷入了纠结之中。他一方面相信内战会使国家受益，使国家更加接近他的理想；另一方面却无法接受战争所付出的代价。1863 年夏天，在葛底斯堡战役结束后不久，他给纽约的家里写信："母亲，当人们看到战争的真实场景，都会厌恶战争——我每个时刻都感到恐惧和厌恶——对我来说，这就像一个屠场，人们相互屠杀着对方——然后我感觉似乎无法从这种争斗中退出，直到我们达到自己的目的。"①

惠特曼将他在内战期间照顾伤员的经历以及对于战争的感悟记录在诗歌、书信和文章中。在战争结束后不久，他将自己的内战诗歌出版成为一部诗集《鼓声》（Drum Taps），加上后来的《鼓声续》（Sequel to Drum Taps），最后收录在《草叶集》里。他还将自己在战争期间的笔记出版成书，名为《战争备忘录》（Memoranda during the War），并在 1882 年加入更多文章，更名为《典型的日子》（Specimen Days）。在这些作品的字里行间，他描述了战争的毁灭力量以及自己对于战争的恐惧。他质疑在战争中上帝的角色，将战争比作地狱，将士兵比作邪恶的参与者。他描写了战争的血腥场景，描写了战争的后果和战地医院里奄奄一息的人们。他在诗中写道：

> 哦，这该死的战争的地狱。
> 传道者在宣扬着地狱吗？
> 哦，没有地狱比这战争的地狱更可恶。②

无论是麦尔维尔还是惠特曼，在用自己的文字表达自身的战争经历和反战观点的同时，都不得不面对战争正义性的道德压力和司各特在文学上美化战争的巨大影响力。他们的反战作品和反战思想被自己和历史思潮压制着，无法得到读者和批评界的认可。

---

① From a letter to Luoisa Van Velsor. Walt Whitman, *The Correspondence*, ed. Edwin Haviland Miller, Vol. 1, New York: New York University Press, 2007, pp. 114-115.

② Walt Whitman, Papers, *Thomas Biggs Harned Collection of the Papers of Walt Whitman*, Manuscript Division, Library of Congress.

即使是像惠特曼这样著名的诗人，也不得不屈服于当时的主流思想，将自己的反战思想隐藏起来。他花了很长时间来修改作品，决定哪些应该出版，哪些应该永远删除掉。对于1861年至1865年的这些经历，他选择永不发表那些对战争的批评性文章，将对内战的批评从自己的作品中删除。对于惠特曼来说，一边是记录"真实的战争"，一边是掩盖残酷的战争事实，而他则在两者中挣扎。他在《典型的日子》中写道："未来的人们永远不会知道内战期间的惨烈的地狱，和无数地狱般的微小场景，和战争的内幕。最好它们永远不为人所知——真正的战争永远不会出现在书中。"①

对于麦尔维尔来说，情况要惨烈得多。麦尔维尔的战争诗集《战斗诗篇》（Battle-Pieces）并未得到评论界的认可。在诗中，他用非传统的形式来表现的非传统的主题，同样也无法得到当时读者的赞同。有的评论家甚至说："难道没有一些善良的朋友说服一下《欧穆》和《泰比》的作者？他不是一个当诗人的料，因此不要浪费那么多上好的纸张。这本书是可悲的垃圾。"② 这本书在当时只卖出了500本，这让麦尔维尔极其吃惊。他曾希望自己对于战争的怀疑和批判能够得到读者的认同，但是情况并非如此。在面对浪漫主义的巨大影响力时，反战文学在当时很明显缺少合适的社会环境和读者土壤。因此，在《战斗诗篇》出版4个月以后，麦尔维尔放弃了职业作家的生涯，在纽约市谋取了一个稳定的职位，成为一名海关稽查员。

反战文学在美国内战时期刚刚处于萌芽状态，以惠特曼、德福雷斯特和麦尔维尔为代表的反战作家开始表达了他们对于战争的关注。他们关注战争中的杀戮、血腥、死亡和痛苦，试图去否定司各特已经建立起来的宏大的英雄主义和浪漫主义的文学传统。但是，在面对美国内战这种毫无争议的正义战争面前，他们因为无法站在战争的对立面而倍感无力，因而也导致他们的作品缺乏足够的批判性和说服力。

---

① Walt Whitman, *Specimen Days*, 1882, Boston: David R. Godine, 1971, p. 60.

② "Book Notices." M*assachusetts Teacher*: *A Journal of Home and School Education*, Vol 19, No. 10（October 1866）: p. 362.

这时的反战作家还需要面对一群已经习惯了浪漫主义风格的读者。无论如何，反战声音的出现，无论是多么弱小，如同一颗种子，已经开始撬动传统文学的基石，为未来的反战文学的蓬勃发展奠定了初步的基础。

三　反战文学的反战——美国内战后的 30 年

美国内战结束后的 30 年里，美国的广大读者仍然沉浸在司各特的传奇故事风格中，无论是作家还是读者都不太愿意谈及内战①。对于大部分人来说，战争的惨烈仍然是无法接受的。

直到 1884 年到 1887 年间，《世纪》（Century）杂志刊登了一系列关于内战的文章，对美国内战进行了详细的描写。杂志将这一系列文章称为"内战的战役和领袖"，并受到了读者的肯定和欢迎。对于战争的讽刺性、批评性和现实主义性的描写似乎开始被人们所接受。但一直到 19 世纪 80 年代末和 90 年代，一些新兴的战争作家，包括斯蒂芬·克莱恩和安布鲁斯·毕尔斯，开始出版战争小说，反战文学才开始以正式的形式为公众所接受。

安布鲁斯·毕尔斯是一个记者和小说家，他在这个战后时代，以自己的风格来挑战传统作品，对于他所称之为"美国战争"的内战进行描写和批评。他的小说《铜斑蛇》（The Copperhead，1893）讲述了一个纽约农场主坚定地反对战争的故事。透过农场主的话，毕尔斯发表了他对于内战的批评，"这场战争，这场发生在兄弟之间的该死的战争，必须停止"。当农场主被狂热爱国的邻居无情地迫害时，农场主说："为什么，想想发生了什么吧！强大的军队集结起来，成千上万的人们放下手头的工作，拿起武器相互杀戮，整个地区被人们践踏，家园被摧毁，遍地都是寡妇和孤儿，每一个家庭都在哀痛。"②

在 1891 年，毕尔斯出版了他的战争故事集《士兵和平民的故事》

---

① Gerald F. Linderman, *Embattled Courage*：*The Experience of Combat in the American Civil War*，New York：Free Press，1987，p. 271.

② Harold Frederic，*The Copperhead*，New York：Scribner's，1893，p. 112.

（Tales of Soldiers and Civilians）。在其中一个故事"一个军官，一个人"（One Officer，One man）中，他没有描写勇敢的士兵举起长剑冲向前线，却描写了一个在战争期间自杀的军官，因为他在战争中感到害怕，觉得自己无法成为一个无畏的军人。毕尔斯还关注战争中人与人的关系。故事中，一个士兵停下来想着，"他的一枪会制造一个寡妇、一个孤儿或一个没有孩子的母亲——或者三个都是"①。

然而，毕尔斯并没有亲历过美国内战。战争开始时他还是个孩子，他对战争的感悟并非来自真实的战场。当毕尔斯谈及自己的内战故事时，他说："这些故事大部分是我自己对于那段可怕时间的回忆，都是一个男孩子从5岁到9岁看到或听到的真实事情，他自己的亲戚被杀死，自己的同学变成了孤儿，自己邻居的女人陷入悲痛和绝望中。这些事情应该被记录下来。"②

同样的，著名的内战小说《红色勇气勋章》的作者斯蒂芬·克莱恩也完全没有经历过战争。《红色勇气勋章》讲述了一个年轻的士兵从一个理想主义的贫民变成失落老兵的故事。在故事的开始，主人公亨利·弗莱明是一个充满梦想的农场孩子，他怀着爱国主义热情和幼稚的、对于荣耀的憧憬参加了军队，但他发现战场并非像他想象中的一样。当最好的朋友在身边死去，他感到一种"突然的愤怒"，然后喊出了一个词："地狱！"③ 在战争中，亨利觉得自己是"麻木的、动物般去反抗着自己的同胞、抽象的战争和命运"，内心中充满了"痛苦和绝望"④。

《红色勇气勋章》在当时是一部成功和影响深远的小说。尽管克莱恩从来没有经历过战争，但是他很快成为美国最著名的战争小说

① Ambrose Bierce, *The Complete Short Stories of Ambrose Bierce*, ed. Ernest Jerome Hopkins, Lincoln：University of Nebraska Press, 1984, p. 267.

② Edmund Wilson, *The Devils and Canon Barham：Ten Essays on Poets, Novelists, and Monsters*, New York：Farrar, Staus, and Giroux, 1973, p. 56.

③ Stephen Crane, *Great Short Works of Stephen Crane*, New York：Harper and Row, 1968, p. 56.

④ Ibid., p. 44.

家。在小说出版后的 10 个月里，小说供不应求，再版 13 次。当时的评论说，克莱恩的小说讲述了"不同于其他东西的东西"，而《红色勇气勋章》"推动着人们去感悟以前只能去猜测的、关于战争的真相"①。

克莱恩的小说不仅仅重塑了公众对于战争的理解，更重要的是它成为后来几代战争作家的范本。在 19 世纪 90 年代，内战结束 30 年之后，人们对于战争的态度逐渐趋于平和。因而那些在 60 年代不被人们认可和接受的观点和风格，在 90 年代受到了极大的欢迎。无论是毕尔斯还是克莱恩，他们所描写的战场比其前辈（麦尔维尔、惠特曼等）更加残酷和野蛮，表现出来的态度也更加直接和尖锐，但是他们作品的受欢迎程度也是他们的前辈所无法想象的。即使在这之前的 10 年里，即 19 世纪 80 年代，这种受欢迎程度也是无法想象的。

从美国内战结束到第一次世界大战发生之前，美国国内经历了一段经济快速发展的时期。这种发展是以科技的进步为基础的。科技的进步在给人们的生产和生活带来高效便捷的同时，也极大地改变了战争的格局，这意味着人们可以在更远的距离、以更快的速度杀死更多的人。新一代的士兵已经很难想象往滑膛的毛瑟枪里装填火药和铅弹的场景。尽管传统的战争英雄主义的思想并未消失，但是新的"杀人机器"却引起越来越多人们的担心。马西姆机枪的出现更是改变了战争方式。以至于人们说："（过去）我们大多数的战争是依靠士兵的冲锋、技巧和勇敢才取得的胜利，但是在这种情况下，战争的胜利只是靠一个住在肯特的安静的搞科学的绅士完成的。"② 在 19 世纪 80 年代，一个退休的军官这样说过："下一场战争将注定是恐怖的屠杀。战场的武器变得如此恐怖，而人们的发明能力如此旺盛，在发明杀死自己同胞的方法上。与此相比，1870—1871 年的法俄战争就似乎要温和得多。大炮、炸药枪和带弹夹的步枪可以用一分钟的时间完成过

---

① Harold Frederic, "Stephen Crane's Triumph," *New York Times*, January 26, 1896, p. 22.

② Hiram Maxim, *My life*, London: Methuen, 1915, p. 258.

去几个小时才能完成的事情。而蒸汽、电力、化学和所有人们称之为助力的东西都将被用在毁灭工作中。"①

正是对于这种大规模杀伤性的担心，越来越多的人开始思考战争的意义和道德性。同样的，越来越多的作家也开始向读者讲述他们对于"现代"战争的理解和怀疑。这些作家包括当时著名的马克·吐温、西奥多·罗斯福和威廉·詹姆斯。他们的作品中充满了对于现代战争的否定、怀疑和诅咒，担心现代士兵的去人性化和战争带来末日的可能性。对19世纪末美国反战文学影响最大的当属著名作家马克·吐温。他以自己独特的睿智和讽刺风格，不断在作品中表达自己对于战争和技术进步的否定。他不仅仅关注真实的战争（无论是过去的还是当时的），还关注想象中的战争。他的作品中涉及了无数的战争场景：罗马战争、希腊战争、希伯来战争、拿破仑战争、美国内战、美国—西班牙战争，以及很多想象中发生在6世纪的战争。

与先前的几位反战作家不同的是，马克·吐温亲身经历了美国内战。1861年，马克·吐温参加了南方军队，那年他25岁。虽然他在军队里仅仅待了几个星期，这段经历却极大地改变了他对于战争的看法。25年后，当他再次回忆起这段经历时，他将这段经历写成一本自传体的短篇小说《失败一方的私人历史》（*The Private History of the Campaign that Failed*）。在这本半事实半虚构的小说中，他以一种自我嘲讽的口吻叙述了他的不幸经历。故事讲述主人公马里恩·然杰斯（Marion Rangers）加入南方军队，在一次意外中，把一个骑马人当作敌方的军人，将其误杀。随后，他陷入了深深的自责当中，觉得自己"是个凶手，我杀了一个人——一个没有伤害过我的人"②。马克·吐温将宏大的战争叙事浓缩到一个无知的人杀死一个无辜的人的细小问题上，以荒诞的情节将传统的英雄主义的文字变得可笑起来。他想让他的读者知道，在战争中，不是每一个人的死亡都带着光荣和正义的

---

① William R. Hamilton, "American Machine Cannon and Dynamite Guns," *Century Illustrated Monthly Magazine*, 36, No. 6 (October 1888): pp. 885-893.

② Mark Twain, *A Pen Warmed-Up in Hell: Mark Twain in Protest*, ed. Frederick Anderson, New York: Harper and Row, 1972, p. 38.

光环，有些死亡不会带有任何意义。

在接下来的作品中，马克·吐温进一步探讨了科技、机器、士兵和战争之间的关系。在这些文本中，他对于战争的谴责更加明显，对于现代战争的担心也更加清晰。

《亚瑟王朝里的美国人》（*A Connecticut Yankee in King Arthur's Court*）是一部伪历史小说。这部小说出版于 1889 年，花费了马克·吐温 5 年的时间。在这部小说中，马克·吐温以时间旅行的方式，想象现代的科技，特别是军事科技出现在英国的亚瑟王的时期会发生什么。故事讲述了一个新英格兰人汉克·摩根（Hank Morgan）在兵工厂因为撞到头部而昏迷，醒来后发现自己出现在 6 世纪的英国。摩根对于 19 世纪的军事科技无比自信，他相信 19 世纪的武器遇到 6 世纪的骑士时，获得战争胜利的结果是确凿无疑的。在他来到亚瑟王时期英国的 3 年里，他将"电报、电话、打字机、缝纫机，以及成百上千的用蒸汽和电力来驱动的机器"引入了那个时代，包括蒸汽军舰。战争的进程毫无悬念。摩根用现代科技和 54 人的队伍打败并杀死了 2.5 万人的骑士军队。马克·吐温很仔细地描写了战争中惨烈的场景。而且，小说的结局更表达了他对于现代战争的悲观。由于战后空气污染，摩根的 54 人的军队逐渐生病死亡，最后剩下他一人回到了 19 世纪。征服者最后被战争征服，这样的结局也反映了马克·吐温对现代战争的看法：在现代战争中，没有一方是赢家。在这样一个故事中，马克·吐温批判了现代社会对军事科技盲目的信仰。

在 19 世纪 90 年代末，马克·吐温完成了一部更加悲观的作品《年轻的撒旦的编年史》（*Chronicle of Young Satan*）。这个故事讲述了一个奇怪的陌生人来到澳大利亚的小村庄的故事。这个叫"撒旦"的年轻人开始给村子里的年轻人讲授战争史。他给这些年轻人讲述了人类如何从优雅的伊甸园来到这个血腥的时代。他总结说："希伯来人用标枪和剑来谋杀；希腊人和罗马人加入了保护性的盔甲和军事组织领导艺术；基督徒加入了枪炮和火药；两个世纪以来，他们极大地提高了武器的杀伤性，以至于所有的人都承认，没有基督教文明，人们必定会永远过着穷苦和琐屑的生活。"他还说："侵略者发起的战争总是有一个正当的目的。"①

20 世纪早期世界局势的动荡使得马克·吐温更加关注战争。这个时期，国际上发生了一系列的战争：菲律宾—美国战争、波尔战争、日俄战争和中国的义和团运动。他还注意到了美国自身的扩张运动，也是美国殖民主义的坚决反对者。从 1901 年到 1910 年马克·吐温逝世，他一直都担任"美国反帝国主义联盟"的副主席。他一直都鲜明地批判美国的战争策略。在 1901 年，马克·吐温在《北美评论》（*North American Review*）杂志上发表了一篇名为《致坐在黑暗中的人们》（"To the Person Sitting in Darkness"）的长篇文章，无比清晰地表明了他对于美国在菲律宾进行战争的批评。他说："我们践踏了一个公正的、有序的共和国，我们在背后捅了我们的盟友，扇了我们的客人一巴掌……我们抢夺了一位朋友的土地和他的自由，我们让无辜的年轻人扛着毛瑟枪做着强盗的事情。我们践踏着美国的荣耀，在世界面前给他抹黑。"②

通过自己的作品，马克·吐温不仅仅像他的先辈一样关注战争中士兵的死亡和亲人的悲痛，而是更加深层次地讨论战争的意义和道德性，甚至开始质疑科技和文明是否会给社会带来负面影响。他将自己的目光从死亡和创伤中解脱出来，开始讨论战争、机器、科技和文明之间的关系，对后来反战文学的发展产生了巨大的影响。

同一时期的另一部著名反战小说是约瑟夫·科克兰德（Joseph Kerkland）的小说《K 中队的上校》（*The Captain of Company K*）。作品将浪漫主义和现实主义融合起来，创造了一种独特的反战小说风格。小说讲述了一个非常传统的故事：一个正直的平民参加了战争，做出了英雄主义的事迹，赢得了姑娘的芳心。然而，故事中的其他人物，却是现实主义的写法，懦弱的士兵、恶毒的军官、发战争财的奸商和其他的非英雄的人物形象，是传统的战争小说所不具备的。他想

---

① Mark Twain, *A Pen Warmed-Up in Hell: Mark Twain in Protest*, ed. Frederick Anderson, New York: Harper and Row, 1972, p. 55.

② Ibid., p. 94.

用这部作品将传统的英雄主义和浪漫主义的战争小说解构出来，在勇敢的士兵背后，揭示战争中无数小人物的真实行为，展现当时战争的机械化和去人性化。他在小说中写道："当士兵们在学习时（操作武器），他会觉得这里面隐藏着无限的力量和意义，也因此充满激情，但是当整个事件变得麻木而机械化时，看，这里面什么都没有，只是提醒他这三千人里的每一个都不再是人，而变成了一个机器上的螺丝钉而已。"① 科克兰德注意到了现代战争使得士兵已经不需要去思考自己行为的动机和意义。传统士兵所具有的骑士精神、爱国主义思想和勇敢等要素在现代战争中已经不再具有意义。战争的高度机械化使得士兵不再具有人性。具有讽刺意味的是，故事的主人公却是一个勇敢的个体。这种个人和集体的鲜明对比，浪漫主义和现实主义的直接冲突，以及传统战争观点和现代战争事实之间的碰撞，使得这部作品变得非常有趣，更能为读者所接受，激起读者对于战争意义的思考。

四 19 世纪末 20 世纪初的反战文学

在美国内战结束近 40 年之后，美国人又开始面对新的战争。1898 年，美国—西班牙战争开始。这场发生在古巴的战争仅仅持续了100 天，也并未造成较大的伤亡和破坏。大部分战事仅仅发生在一天的时间里（1898 年 7 月 1 日），美国士兵的死亡人数不超过 400 人。这场战争并未在美国国内产生较大的影响。

然而，另一场发生在菲律宾的战争却痛苦得多。依据《巴黎条约》，西班牙将菲律宾群岛以 2000 万美元的价格割让给了美国，然而这种主权转让并未得到菲律宾人的认可。美国同菲律宾人的战争持续了 3 年半的时间。虽然美国官方将这场战争称之为"暴动"，并声称战争于 1902 年年中结束，但是实际上，战争一直持续到了 1913 年。

美国人先前所经历的战争，无论是美国的独立战争，与印第安人的战争，或是美国内战，战争的目的都是解决国内的基本矛盾，然而，与以前的战争相比，这两场战争对于美国人来说具有完全不同的

① Joseph Kirkland, *The Captain of Company K*, Chicago：Dibble, 1891, p. 11.

意义。这两场战争是美国的扩张战争，是美国从他国手中掠夺土地的战争。对于美国的反战作家来说，却是一个很好的契机。对于美国内战，由于其特殊性，绝大多数的反战作家都无法站在它的对立面来批判，无论是麦尔维尔还是惠特曼，在这方面显得束手束脚。然而美国的这两场战争很明显在道德和正义方面是站不住脚的，这也为美国反战文学的兴起提供了机会和素材。

欧内斯特·克罗斯比（Ernest Crosby）是这个时期反战文学的代表性诗人。他在早期受到了俄国精神哲学的影响，特别是托尔斯泰的拒绝任何暴力和暴力机构的观点。他辞去了位于埃及的国际法庭的法官工作，专程拜访了托尔斯泰，然后回到纽约致力于宣传托尔斯泰的思想。在1898年美西战争爆发后，克罗斯比一直站在反战的前沿。

克罗斯比用诗歌表达了他对于美西战争的关注，呼吁世界和平和社会改革。在诗歌《战争和地狱》中，他将自己的反战观点表达得清晰无比。这首包含17部分的诗歌开头是这样的：

> 战争是地狱，因为它将人们变成魔鬼，
> 你和我，努力地挤压和劈砍，
> 剥夺相互的生命，我们这时
> 不是已经变成魔鬼了吗？
> 地狱就是人们的杰作。[1]

对于美国在菲律宾进行的战争，克罗斯比更是表现出了另外一种担心，即美国人对于菲律宾的征服会将美国文明中的邪恶带给菲律宾人民。他在《白人的负担》一诗中写道：

> 挑起白人的负担，
> 送走你们坚强的孩子，
> 满塞给他《圣经》，

---

[1]　Ernest Crosby, *Swords and Plowshares*, New York：Funk and Wagnalls, 1902, p. 11.

炮弹和杜松子酒。
带来一些疾病，
在热带的气候里传播，
因为健康的黑人，
已经落后于这个时代。①

克罗斯比的诗歌表现了他对美国帝国主义对本土的菲律宾人所表现出的傲慢和种族主义思想的批评态度，以反讽的口吻描述这些"不文明的"菲律宾人得到的来自"文明的"美国人的礼物：工厂、矿山、税收、监狱和电椅。

克罗斯比对于美国的军事主义和帝国主义最强的批评来自他的战争小说《金克丝上校，英雄》。这部 400 页的小说对于美国在古巴和菲律宾所扮演的角色进行了无情的批评，并深刻思考不断增加的战争机械化带来的问题。小说讲述了一个叫作山姆·金克丝的男孩从在父母的农场摆弄金属士兵玩具，到他在古巴宾群岛参加战争的故事。古巴宾群岛是一个虚构出来的地方，是由古巴和菲律宾两个单词拼成的。传统的战争荣耀（Glory）变成了古老的暴力和血腥（Gory）。故事中充满了粗俗、偷盗、血腥、虚伪和贪婪。美国海外扩张的雄心壮志被克罗斯比描写成完全的愚蠢、诡计多端和卑鄙。整部小说变成了对于美国沙文主义的描述和抨击。

这个时期最著名的反战作家应该是威廉·迪安·豪威尔斯（William Dean Howells）。作为著名的小说家和文学批评家，豪威尔斯成功地重塑了当时美国大众的文学品位，同时也是美国现实主义文学的领军人物。作为"纽约反帝国主义联盟"副主席，他在自己的《哈波氏新月刊》（*Harper's New Monthly Magazine*）杂志公开发表自己的和平主义观点。在 1890 年，他说："实际上，在去嗜杀成性的野蛮人的土地上去杀害野蛮人这件事上，我们国家在任何时候都不是最慢

---

① Ernest Crosby, *Swords and Plowshares*, New York：Funk and Wagnalls, 1902, p. 33.

的一个，通常我们已经在半路上了。"①

他的短篇小说《伊迪萨》（*Editha*）发表于 1905 年 1 月。在故事中，他反对的不仅仅是美西战争，而是战争这一概念。在故事的开头，伊迪萨这个有着浪漫主义思想的姑娘鼓动她的未婚夫参加战争，希望他能够成为英雄归来。然而，她的未婚夫在第一次的小规模冲突中死去。未婚夫的母亲找到了伊迪萨，批评了她的好战性，"是的，你不希望他死去……你只是希望他去杀死其他人，一些外国人……你以为这对我的乔治，也是你的乔治来说是没有问题的，去杀死那些你从没有见过的苦命母亲的孩子和那些姑娘的丈夫。感谢上帝他没有活下来去做那些事情！感谢上帝，他们先杀了他，他没有沾满鲜血活着"②。

豪威尔斯在 1908 年被选为美国文学艺术学会（American Academy of Arts and Letters）的第一任主席，成为美国文学界的领袖。如此有影响力的作家发表的如此直接地批判战争的作品，反映了当时具有反战思想的作品受欢迎的程度。从美西战争到第一次世界大战发生前的这段时间里，和平主义和反战思想获得了前所未有的支持，直接影响到了美国在"一战"早期对于战争的态度。和平组织在这个时期大量出现，例如"纽约和平协会""美国学校和平联盟""芝加哥和平协会""世界和平基金会""卡内基国际和平基金会"和"教会和平联盟"等。正如历史学家大卫·派德森（David S. Patterson）所说："对于和平的愿望如此受欢迎，以至于海军联盟（成立于 1902 年的组织，支持罗斯福总统建立海军的要求）也感觉应该宣称自己强烈地反对战争。"③

和平主义成为当时的主流思潮，这在很大程度上影响了美国反战

---

① William Dean Howells, *Editor's Study*, ed. James W. Simpson, Troy, N. Y.：Whiston, 1983，p. 254.

② William Dean Howells and Henry Mills Alden, ed. *Different Girls*, New York：Harper and Bros.，1906，p. 157.

③ David S. Patterson, "An Interpretation of the American Peace Movement, 1898–1914," ed. Charles Chatfield, *Peace Movements in America*, New York：Shocken Books, 1973, p. 31.

文学的发展，为反战文学的发展提供了前所未有的成长空间。也正是在这个时候，美国的反战文学才开始突破了道德和伦理的束缚，更加直接和强烈地抨击战争和战争背后的社会制度本身。经过了近50年的发展，反战文学终于开始为读者和批评界所正式接受，成了一种主流的文学类型。

五 第一次世界大战后到20世纪末的反战文学

虽然在第一次世界大战结束以前，反战文学作为一种文学类别已经正式在美国文学体系中建立起来了，但是反战文学真正的兴盛实际上是在"一战"之后。在20世纪20年代和30年代早期，反战文学作品第一次成了战争文学的主流。第一次世界大战使得人们重新认识了现代战争的杀戮和血腥。尽管美国并未像法国和德国那样深陷战争之中并遭受巨大的损失，但是新的战争形式和战争气氛无疑为反战小说的兴盛和繁荣提供了肥沃的土壤。

约翰·多斯·帕索斯（John Dos Passos）亲身经历了第一次世界大战，先后在法国战地医疗队和美军医疗队服役。他出版了自传体小说《一个人的开始，1917》（*One Man's Initiation*，1917）、长篇小说《三个士兵》（*Three Soldiers*）和现代主义经典作品《1919》。他在这些作品中清晰地表达了自己的反战观点：在战争中，暴力是荒谬的，道德是缺失的，或没有回报的。在他的《一个人的开始，1917》中，主人公对着一群法国人说："我们中没有人相信战争是正义或是有用的，只不过是丑恶的相互杀戮的手段而已。"而另一个美国人说："哦，上帝，这太荒谬了，这是安排相互杀戮，而没有其他的东西。"①

在同一时期，另一位著名的反战小说家是劳伦斯·斯托林斯（Laurence Stallings）。他参加了"一战"，并在战争中失去了一条腿。战后，他与他人合作了一部反战戏剧《光荣何价》（*What Price Glory*），并出版了一部自传体小说《羽毛》（*Plumes*）。他的作品都表

---

① John Dos Passos, *One Man's Initiation*, 1917, New York: Cornell Press, 1969, p. 72.

现出了对于战争的反省。正如一个学者评论的那样，"纵观他的作品，劳伦斯·斯托林斯在去除战争中的浪漫主义和展现战争的悲惨方面，比其他任何美国作家都做得好"①。例如，他的自传体小说讲述了一个美国士兵从他被德国机枪击中受伤，到他受伤的腿被截肢的经历。在故事中，斯托林斯透过他的主人公对读者说："我向你保证所有的战争都是个错误，一个邪恶的人编排的野蛮的、恶毒的舞蹈。这是我们生命的悲剧，我们被那些寻欢作乐的笨蛋和傻瓜操控着。"②

第一次世界大战后的著名作家们，都用自己的方式表达了对于战争的愤怒和失落，包括福克纳、托马斯·博伊德（Thomas Boyd）、威廉·马奇（William March）、E. E. 卡明斯（E. E. Cummings）、埃利奥特·H. 保罗（Elliot H. Paul）和达尔顿·特朗勃（Dalton Trumbo）③。但是，无论哪个作家都没有海明威那样将反战的所有感情如此巧妙和深入地融入小说中。在他的短篇小说集《我们的时代》、小说《太阳照样升起》和《永别了，武器》中，海明威形成了具有自己独特风格的反战作品，给读者描绘了战争中士兵们遭受的令人难忘的身体和精神的创伤。他笔下的人物，如尼克·亚当、杰克·巴恩斯和弗利德利克·亨利，已经成为战后反战作品的经典形象。

海明威亲身经历了第一次世界大战，并在战争中受伤。他在一次汽车爆炸中全身受伤多达 227 处，同时还被机枪打中腿部。这样的经历使得他清楚地认识到了战争的荒谬性。在《永别了，武器》中，主人公弗利德利克·亨利为意大利军队开救护车。他在跟另一个士兵聊天时说：

① 该评论家是哈兰·海切尔，后来成了美国密歇根大学的校长。Harlan Hatcher, *Creating the Modern American Novel*, New York：Russell and Russell, 1965, p. 227.

② Laurence Stallings, *Plumes*, New York：Harcourt, Brace, 1924, p. 237.

③ 例如，福克纳的小说《士兵的薪水》（*Soldier's Pay*）、托马斯·博伊德的《穿过麦田》（*Through the Wheat*）、威廉·马奇的《K 中队》（*Company K*）、E. E. 卡明斯的《巨大的房间》（*The Enormous Room*）、埃利奥特·H. 保罗的《临时》（*Impromptu*）和达尔顿·特朗勃的《强尼拿到了他的枪》（*Johnny Got His Gun*）。

"你怎么看这场该死的战争?"

"堕落的。"

"我说它是堕落的,上帝啊,我说它是堕落的。"

随后一个士兵接着说:"上帝啊,难道这不是一场该死的战争吗?"①

正如亨利所说:"我每逢听到'神圣'、'光荣'、'牺牲'等字眼和'徒劳'这一说法,总觉得局促不安。这些字眼我们早已听过,有时还是站在雨中听,站在听觉达不到的地方听,只听到一些大声喊出来的字眼;况且,我们也读过这些字眼,从人们贴在层层旧公告上的新公告上读到过。但是到了现在,我观察了好久,可没看到什么神圣的事,而那些所谓光荣的事,并没有什么光荣,而所谓牺牲,那就像芝加哥的屠场,只不过这里屠宰好的肉不是装进罐头,而是掩埋掉罢了。"②

"一战"后人们对于反战文学的欢迎可以从人们对《西线无战事》这部和平主义小说中看出。在 1929 年,《纽约时报》对于这部小说做出了高度的评价,赞扬了埃里希·玛利亚·雷马克(Erich Maria Remarque)对于"战争场景精妙的描写",评价说:"在《西线无战事》中,我们得到对于战争的恐惧的、清晰的、真实的和令人信服的描写是不可超越的,这种恐惧存在、传播、生长,直到我们身上的每一个原子都能够看到,感受到,并痛苦着。"③

"一战"的阴影还没有完全散去,第二次世界大战的出现再次给人们足够的时间来体会战争的残酷,也同样给了反战作家重新思考战争的机会。特别是第二次世界大战结束后的 25 年里,诺曼·梅勒(Norman Mailer)、约瑟夫·海勒(Joseph Heller)和库尔特·冯内古特(Kurt Vonnegut)以他们的代表作《裸者与死者》(*The Naked and*

---

① Ernest Hemingwei, *A Farewell to Arms*, New York: Scribner's, 1969, p. 35.

② Ibid., pp. 145–148.

③ Luis Kronenberger, "War's Horros as a German Private Saw it," *New York Times*, June 2, 1929, p. 5.

the Dead）、《第二十二条军规》（*Catch-22*）和《五号屠场》（*Slaugh-terhouse Five*）获得了读者和评论界极大的赞扬。他们的作品中不再充满严肃的批评，而是用 20 世纪五六十年代后现代的玩世不恭来表达他们对于战争的讽刺和不屑。这些作品中充满了黑色幽默、宿命论和荒诞不经，从而剥去了战争的最后一点辉煌。

约瑟夫·海勒的《第二十二条军规》给反战小说带来一种新的风格。他不再去讨论战场上的血腥，而是将故事的场景设置在了战争的后方，一个飞行大队的驻地。这里制造了杀戮，却远离前线，给人们一种和平的错觉。约瑟夫·海勒描述了一系列荒诞的人物形象：千方百计博取上级欢心的指挥官卡斯卡特，一本正经训练自己中队只为了在检阅中获胜的沙伊斯科普夫少尉，以及貌似忠厚老实却大发战争财的食堂管理员米洛。海勒笔下的人物完全失去了传统战争小说中的英雄主义、爱国主义或者其他任何的正面特质，他们只是将战争看作一个世界，而自己去经营自己的世界而已。在海勒看来，战争不仅是不道德的，更是荒谬的。战争只会腐蚀人心，让人们走向堕落。在他看来，战争同整个战争体制一样，都是人类贪婪和堕落的表现。

在《第二十二条军规》中，故事的主人公尤索林曾经满怀英雄主义的热忱参加战争，并立下战功。然而在目睹了种种荒诞、疯狂和残酷后，他由严肃诚挚变为玩世不恭，由热爱战争变为厌恶战争。他曾愤慨地指出："只消看一看，我就看见人们拼命地捞钱。我看不见天堂，看不见圣者，也看不见天使。我只看见人们利用每一种正直的冲动，利用每一出人类的悲剧捞钱。"① 在他逐渐意识到面对这个荒诞的世界和荒诞的"第二十二条军规"无能为力时，他选择了逃避，逃往了一个和平国家瑞士。对于他自己的逃兵举动，尤索林说："我并没有逃避我的责任。我是去承担我的责任。我为了活下去而逃离，没有什么不对的。"②

海勒将现代的战争和暴力机器抽象成为一种荒诞的"第二十二条

---

① Joseph Heller, *Catch-22*, New York：Simon & Schuster, 1961, p. 18.

② Ibid., p. 248.

军规"，而任何人在这种力量下都感觉到无助和绝望。海勒用这种荒诞的幽默来反思战争背后的力量和动力，反思士兵在战争中所扮演的真正角色。他用自己丰富的想象力将事件扭曲和变形，用荒诞来描述深邃的哲理，却用严肃的语气来讲述荒诞的事件，用幽默和讽刺来述说绝望，用冷漠来讲述悲惨和痛苦。他用这种风格将司各特的战争浪漫主义和英雄主义彻底地解构，将英雄重新塑造成为一个个可怜挣扎的"反英雄"。

与约瑟夫·海勒不同，库尔特·冯内古特将科幻融入反战小说中，以另一种形式扩展了反战小说的风格。他的代表作《五号屠场》的副标题"儿童十字军：与死亡的尽职舞蹈"（The Children's Crusade：A Duty Dance with Death）清楚地表明了战争的本质，即与死亡共舞。作为德国德累斯顿轰炸的幸存者，他看到了人们用科技摧毁了一座城市并杀害了 13 万人，随后又看到了原子弹轰炸日本。库尔特·冯内古特感到他的经历"就像一个虔诚的基督徒，在胜利后目睹基督徒进行可怕的大屠杀"，至今他"仍然有着那种精神恐惧"①。

1945 年 2 月，美国空军对德国城市德累斯顿进行了轰炸，摧毁了整座城市，并杀死了 13 万多平民。然而，这次空袭并没有毁灭德国的任何重要资源、中断他们的通信或者削弱德军的战斗意志，也并未加速美军向东的推进。而冯内古特故事中最大的讽刺不在于这次毫无意义的轰炸，而是一个美军战俘，因为从废墟上拿走了一个茶壶而被给予严厉的审判，并根据法律条文以抢劫罪被处以死刑。冯内古特极为讽刺地说："代价极为昂贵并精心策划的德累斯顿暴行毫无意义，最后在整个这颗行星上只有一个人从中获利，那个人就是我。我写了这本书，赚了很多钱，使我有了名声，尽管写得并不好。从某种意义上说，我从每一个被炸死的人身上赚了两三美元。"②

面对着这样一个没有理性的战争和没有理性的社会，冯内古特也

---

① Kurt Vonnegut, Jr., *Conversation with Kurt Vonnegut*, ed. William Rodney Allen, London: University Press of Mississippi, 1998, p. 232.

② Kurt Vonnegut, Jr., "A Special Message to Subscribers from Kurt Vonnegut," *Slaughterhouse-Five*, Franklin Center, Pa.: Franklin Library, 1978, unpageinated.

同样选择了一种无理性的方式来表达自己对于战争的讽刺。他用想象构建了一个完全和平的星球，告诉星球上的围观者："要知道，我来自一个从一开始就充满着没有意义的、杀戮的星球。"主人公比利·皮尔格里姆向星球的居民求教，由此提出了关于战争和死亡的世界观："在地球上阻止战争的想法也是愚蠢的。"冯内古特抛弃了传统反战小说中焦虑的、道德的、悲剧性的观点，开始用一种平静的、消极的意识来表现战争的不可抗拒性。他的黑色幽默同海勒的一样，在这个无法理解、无法改变的荒诞的世界里，无论是对战争与死亡的消极的接受或冷漠的旁观，还是揭露、批评战争的恐怖从而呼吁人们阻止战争，都是一种无奈的选择，都只是一种面对战争的生活方式而已。

这个时期其他的反战作家，包括威廉·斯泰伦（William Styron）、詹姆斯·琼斯（James Jones）、兰德尔·贾雷尔（Randall Jarrell）和约翰·赫塞（John Hersey），都先后完成了一些关于"二战"和朝鲜战争的小说和诗歌。同先前的那些作家一样，他们指出战争中实现英雄主义的不可能性。新的战争武器在新的战争中变得越来越没有人性。在威廉·斯泰伦的小说《长征》（*The Long March*）的第一页里，他描述了一次事故：8名正在训练、准备奔赴朝鲜战场的海军陆战队士兵被"二战"遗留下来的军火炸死了。这次戏剧性的意外却使得士兵们的死亡变得毫无意义。

"二战"后的反战作家们还关注着原子弹轰炸广岛和长崎的道德性，开始担心大灾难的开始。在《广岛》这部非虚构作品中，小说家约翰·赫塞追踪了6位原子弹幸存者的生活。在作品的最后一页，他引用一个德国牧师的话说："事件的症结是整个战争在这种形式下是否是正义的，即使将正义作为战争的目的。如果它带来的后果超越了任何的善带来的后果，这是否是物质上或者精神上的恶呢？"[1] 10年后，当时最受欢迎的小说家，同时也是"二战"时期的记者约翰·斯坦贝克（John Steinbeck）说："下一次战争，如果我们愚蠢到

---

① John Hersey, *Hiroshima*, New York: Vintage Books, 1989, p. 90.

让它发生的话，将会是最后一次。没有人会留下来记录任何事情。"①

"二战"之后的反战作品很多，但是美国越战之后的几十年里，反战文学被真正神化了。与美国内战时反战作品被删减和审查相反，越战后的这些作家的作品很快受到了赞扬。这些作品充满了讽刺以及失望，让读者觉得长期的越南战争，美国历史上最长的战争是一个昂贵的、不道德的错误。

这个时期反战文学的兴盛和批评界对其风格和情感的接受，从反战文学所获得的文学荣誉上可见一斑。例如，罗伯特·斯通（Robert stone）的《狗士兵》（*Dog Soldiers*，1974）、蒂姆·奥布莱恩（Tim O' Brien）的《追寻卡西艾托》（*Going After Cacciato*，1978）和拉里·海涅曼（Larry Heinemann）的《帕科的故事》（*Paco's Story*，1986）获得了国家图书奖。汤姆·琼斯（Thom Johnes）的《拳击手的休假》（*The pugilist at Rest*，1993）和托拜厄斯·沃尔夫（Tobias Wolff）的《在法老的军队中：一场失落的战争的记忆》（*In Pharaoh's Army*：*Memories of A Lost War*，1994）入围国家图书奖的最后一轮。罗伯特·奥仑·巴特勒（Robert Olen Butler）的《奇山异香》（*A Good Scent from a strange Mountain*，1992）获得了普利策小说奖。

当一种抗议文学变成文学主流时，会产生什么意义？当一种反抗文学成为主流后会走向何方？反战文学的兴起伴随的是传统的战争浪漫主义和英雄主义的弱化。这种浪漫主义和英雄主义思想在美国内战时使得士兵和平民相信战争能带来自我实现。勇气、荣耀、忠诚和自我牺牲是那个时期为人们所称道的高贵品质，也是帮助人们挺过战争痛苦的重要支撑力量。反战文学将战争中偶像化的勇士变成了异化的反英雄，使得美国从一个浪漫主义的国度变成了怀疑主义的国家。

在反战作品中，虽然作家们仍然在质疑战争的意义，但是新的浪漫主义已经在这些作品中萌芽开来。这种浪漫主义首先讲述的是孤独的人们在现代战争中的荒诞和在恐惧中的挣扎，更重要的是他们在这种荒诞和恐惧中的简单的理想和憧憬。从《第二十二条军规》中尤索林的逃

---

① John Steinbeck, *Once There Was a War*, New York：Viking Press, 1958, p. x.

离，到拉里·海涅曼的《帕科的故事》中的人物，无论是士兵、军官还是记者，虽然对战争充满了失望，对于自己的国家失去了信心，但都渴望从这无法忍受的世界中生存下来，而这个愿望，成了他们生活的动力。菲利普·卡普托在小说《战争谣言》（*A Rumor of War*）中说："我们只能去忍受。我们活下来，这就是我们的成功。"①

第二节　美国少数族裔反战小说的兴起

在 20 世纪后半叶的美国反战文学殿堂里，从来不缺少族裔文学的一席之地。而当人们谈到美国族裔和他们的文学时，经常被提起的是与白人相对立的黑人和他们的文学。事实上，在美国由"大熔炉"变成"色拉碗"的过程中，更多的少数族裔凸显了他们的文化与文学活力。目前，美国的族裔包含了族裔人口最多的奇卡诺人（讲西班牙语的墨西哥裔美国人）、黑人、印第安人、亚（洲）裔人、犹太裔人、德裔人等。若以印第安人的口头文学为起源，美国族裔文学的创作历史可谓悠久。而真正得到广泛承认与欣赏的族裔文学是第二次世界大战后冷战时期的文学。20 世纪 60 年代民权运动之前的黑人文学引起了主流社会的注意。在民权运动兴盛与越南战争正酣的 60 年代，族裔文学以诗歌、短篇故事和小说的形式进入大发展的时期，族裔作家们书写他们本民族所遭受到的阶级压迫、贫穷、种族歧视、性别歧视与战后创伤。从 70 年代开始至今，族裔文学进入兴盛的时代，族裔作家们继续运用创作的各种形式，在主题方面，进一步意识到了本民族文化的发展和美国社会司法公正与否的问题。而有关战争的文学一直伴随着族裔文学的发展。

美国族裔反战小说的兴起源于族裔人被迫从第二次世界大战开始在海外为白人政府作战却一无所获的不满与徘徊于主流社会边缘的族裔人对自身充满贫困与歧视的境遇的愤懑与反抗。

"二战"后到 20 世纪 60 年代的族裔文学承袭了白人主流社会的

---

① Philip Capto, *A Rumor of War*, New York：Ballantine, 1978, p. 320.

文学形式，主要以诗歌和小说为载体，抨击战争的邪恶。尽管同样受到了极大的伤害，"二战"后的黑人和亚裔作家们仍然把战争描写成与他们无关的东西。如拉尔夫·埃利森的小说《隐形人》（*Invisible Man*，1952）和詹姆斯·鲍德温的《桑尼的蓝调》（*Sonny's Blues*，1957）等反映了黑人对战争冷眼旁观的态度，他们认为白人的战争不是黑人的战争。约翰·冈田的《不不儿》（*No-No Boy*，1957）表达了作家对美国在"二战"中建立拘留营关押无辜日裔美国人的政策的批评。奇卡诺族裔诗人贡萨雷斯用他的母语西班牙语在他的史诗《我是华金》（*I'm Joaquin*，1967）中愤怒地谴责了白人政府的不公正不正义行为，认为族裔人的鲜血洒在诺曼底海滩和朝鲜战场上就是无谓的牺牲。他直言不讳地批评当时的大法官瞎了眼，看不见国内民众的苦难。犹太裔作家约瑟夫·海勒的小说《第二十二条军规》（*Catch-22*，1961）和库尔特·冯内古特的小说《五号屠场》（*Slaughterhouse Five*，1969）把战争中军队的腐败与荒诞描写得淋漓尽致。纳瓦雷·斯科特·莫马迪的小说《日诞之地》（*The House Made of Dawn*，1968）讲述了"二战"退伍青年遭受"二战"后心灵创伤与回归族群后获得治愈的故事。这个时期的族裔反战文学一开始就把反战与反种族歧视联系在了一起。

从 20 世纪 60 年代中期开始，一直延续了近 10 年的越南战争前所未有地牵连了美国所有族裔的青年。战争中的死亡与对死亡的恐惧和白人政府对他们的欺骗给他们造成了永久性的伤害。他们从亲历者的角度或叙事人的角度把过去的战争和战争对人们的身心伤害以小说的形式呈现出来。

从 20 世纪 70 年代起到 90 年代，族裔作家的反战文学与主流文学一起进入了反思战争的创伤文学时代。这个时期迎来了创伤小说的兴盛时期，反战文学家们对战争创伤的记忆深刻，有关战争的创作持久。奇卡诺文学教父鲁道尔夫·阿纳亚则在他的小说《保佑我，乌尔蒂玛》（*Bless Me, Ultima*，1971）中把第二次世界大战中的原子弹描写成"使人变为灰烬的东西"，参加过战争的奇卡诺青年丢失了自己的身份，生活变得颓废；奇卡诺戏剧家路易斯·瓦尔德兹的戏剧《左特装》（*Zoot Suit*，1979）描述了奇卡诺人在"二战"中遭遇的种族歧视；印第安族裔作家莱斯利·麻蒙·西尔科（Leslie Marmon Silko）的小说《典仪》（*Ceremony*，1977）继承了莫马迪的写作风格与题材，讲述了"二战"退伍兵的身心创伤与土著文化疗伤的故事。詹姆斯·韦尔奇的小说《福尔斯·克罗》（*Fools Crow*，1986）等叙述了印第安黑脚部落抵抗白人入侵的真实历史。安娜·卡斯蒂洛的小说《远离上苍》（*So Far from God*，1993）控诉了海湾战争给族裔女人们带来的灾难。德梅特里亚·马丁内兹（Demetria Martinez）的小说《母语》（*Mother Tongue*，1994）揭露了美国侵略者的暴行。丹尼尔·卡诺的小说《转移忠诚》（*Shifting Loyalties*，1995）讲述了5个奇卡诺青年越南战争前、战中和战后的经历，他们饱受战争暴行的磨难，历经30载都无法再适应普通人的生活。阿尔弗雷多·维亚的小说《诸神去乞讨》（*gods go begging*，1999）叙述了所有族裔退伍兵所遭受的战争创伤和创伤后应激障碍症，对他们战后所遭遇的司法不公进行了批评。

美国族裔反战小说用后现代主义的叙事手法，以真实的场景描写、生动的人物刻画和令人潸然的故事情节再现了战争的罪恶，给后人以深刻的警示。

第三节　族裔文学叙事理论

叙事文学主要以叙述人的语言描写事物、塑造形象，也使用人物自己的语言来塑造形象①。文学叙事学是对文学叙事的研究。在种族压迫严重的美国，族裔叙事文学被看作"对于理解社会结构、文化符码、跨文化的心理比喻以及种族相互之间的理解与误解"②。后现代主义批评"探索被主流文化边缘化了的种族的特性"③，它的出现

---

① 蔡仪：《文学概论》，人民出版社1984年版，第178页。

② ［美］迈克尔·莱恩：《文学作品的多重解读》，赵炎秋译，北京大学出版社2006年版，第184页。

③ 同上书，第185页。

"动摇了只有白人说的才具有普遍性的观念"①。

一　后现代主义理论

20世纪60年代以来，随着全世界范围内的民族独立运动与美国民权运动的兴起，替代美国主流文化的民族文学与批评应运而生。文学研究的后现代主义或后结构主义或结构主义理论取代了形式主义理论和结构主义理论。结构主义强调的秩序、结构和规则被后现代主义理论提出的"语言的偶然性、不确定性、多种意义生成的可能性"②打破。

西方社会生活曾经被认为是合理的和文明的，但后结构主义认为它是惩戒性的和隔离性的。作为个体的自我或主体是西方政治上的自由思想和资本主义的自由思想的基础，它由假定的清醒意识和人对自己命运的控制能力所界定。而后现代主义则认为它是无意识的心理过程、社会范围的符号结构系统和超出了其控制的文化话语的综合作用的结果。

在西方的观念中，产生性别主体的异性恋家庭体系是一种正常的机制，而不是一种机器（这种机器对潜在的多样性欲望、可能的自我认同、性对象的选取、力比多的能量等进行约束与控制，将其压制成更易管理与划分并且限制自我认同的形式）。后现代主义强调"语言、心理与社会生活"，它破坏了结构主义试图建立的意义、同一性和真理的稳定秩序，更认同"同一"的偶然性、意义的非决定性和世界的不确定性③。

后现代主义理论认为，文学探索的是被排除在人们视野之外的社会生活背后的东西。美国的主流社会把族裔人与他们隔离开来，黑人、亚裔人、土著印第安人和奇卡诺人战后不能享有同等的权益，族

---

① ［美］迈克尔·莱恩：《文学作品的多重解读》，赵炎秋译，北京大学出版社2006年版，第185页。

② 同上书，第83页。

③ 同上。

裔文学所讲述的正是白人主流社会所看不到的东西，如族裔人的创伤与苦难，它必须经过作家的文学作品来体现。

后现代主义还认为真与善是混淆了所有道德特性和所有朴素的物质本体论的区分与复制的过程的结果①。也就是说，真实的东西是在模仿中产生的，它不先于模仿而存在。

后现代主义理论有两个主要来源。一是德国哲学家弗雷德里希·尼采对西方哲学与基督教理想主义文化主要思想的否定。他把西方资产阶级社会的所有理想，从美学上的美到法律上的公正，都看成是权利的外射，是一种通过把图式化的真理整一模式强加在流动的、没有稳定的同一性的物质现实上以进行主宰的意志。

基于他们的思想，后现代主义的理论家米歇尔·福柯（Michel Foucault）对话语与权利进行了研究。他否定了17世纪的理性思想，认为它代表的是某种对于被认为是合理的东西的政治上的选择。他认为社会中的知识包含了用来假设和创造被认为是有记录的、先在的现实客体的话语。在西方社会的话语中，知识的组成与社会中的权利的组织密切相连。权利渗透到社会的每一个角落，是日常的习惯程序的一个组成部分，并且操纵诸如学校、医院、监狱和工作场所这样的社会机构②。公民会自行学习、了解并服从各种纪律与规定。

另一后现代主义代表雅克·德里达（Jacques Derrida）认为，"西方哲学宣称自己讲的是理性、真理和知识，但事实上是对立、等级划分等极端的行为和不公正地贬低某些术语而抬高另一些术语的价值判断"③。他们强调不同民族与族裔之间固有的文化差异，特别关注文学中诸如"种族之间的关系、种族特征、祖国、放逐、国外散居、民族等问题的表现方式"④。德里达还提出，作为西方传统价值体系的一部分文本突出美德或真实这样的价值，而它们是建立在区分、等级

① ［美］迈克尔·莱恩：《文学作品的多重解读》，赵炎秋译，北京大学出版社2006年版，第85页。

② 同上书，第88页。

③ 同上书，第89页。

④ 同上书，第184页。

划分和从属等暴力的行为之上的；被排除的真理和意义的他者，从重复与区分到替代与模仿，它们之所以被排除只是因为它们表达了丰富多样的语义可能性，这种可能性破坏了有关真理的西方理想的家长制的和唯灵论的权威，被认为是真与善的东西只是一种统治的计谋和认识的暴力的结果。只要这种计谋在成功运作，这种暴力就永远不会被哲学所考虑①。

后现代主义理论家的思想为美国族裔反战小说叙事的批评提供了可行的理论依据。

二 族裔批评理论

关于文学批评的族裔批评/后殖民主义/国际主义研究是后现代主义最重要的批评之一。关于种族、族裔性、性别差异、阶级、性行为等的不同文化构成了美国族裔文学丰富的故事世界和作家们个人的文本思想②。莱恩认为，"人种与种族是强有力的文化和社会范畴……阅读一部'有颜色'的人用英文写的文学作品，也就是阅读某种铭刻着歧视、对权利与财产进行剥夺的历史的东西"③。

在美国族裔文学中，一种趋势是进一步将文本的独特意义与伦理升华至一般概念。约瑟·大卫·萨尔迪瓦尔（José David Saldivar）的《边界问题》（Border Matters）包含了许多奇卡诺人的作品，它"脱离了文学去研究民间故事、音乐和影视表演艺术中所表达的问题及代表性问题。这些作品挑战美国民族主义的霸权思想与大众文化"④。玛丽·派特·布雷迪（Mary Pat Brady）在她的《已灭绝的陆地，时空地理学》（Extinct Lands，Temporal Geographies）中也指出了美国族裔

---

① ［美］迈克尔·莱恩：《文学作品的多重解读》，赵炎秋译，北京大学出版社2006年版，第91页。

② 袁雪芬：《奇卡诺文学伦理思想研究》，中国社会科学出版社2015年版，第18页。

③ ［美］迈克尔·莱恩：《文学作品的多重解读》，赵炎秋译，北京大学出版社2006年版，第184页。

④ José David Saldivar, Border Matters：Remapping American Cultural Studies，Berkeley：University of California Press，p. ix.

文学对美国文化霸权与资本主义霸权的抵抗。同样，雷蒙·萨尔迪瓦尔（Ramón Saldivar）认为，美国族裔文学是美国主流文化一直试图控制、消化与融解的、最具独立性①的反抗与斗争的文化与文学形式。帕特里克·汉密尔顿（Patrick Hamilton）认为，根据认知方法，我们要把文学文本、现实世界与实际行为区分开来。也就是说，作家的文本知识寻求的是如何影响我们对美国全国空间里的种族、民族、性别、阶级、性行为等差异的看法。

然而，抵抗思想的强化不利于族裔文学研究。安扎尔多瓦在她的著作《边疆》中提出，站在河流对岸叫喊问题，挑战父权制与白人准则是不够的，这样只能形成压迫者与被压迫者的生死决斗……两者都显现暴力特征②。抵抗者反驳主流文化的观点和信仰，这是令人骄傲的反抗，但这些行为都局限在到底要反对什么，而且这些行为也依赖于它们所反对的东西。因为反抗的原因来自权威问题，这是从文化统治走向自由的一步，反抗不是一种生活。在某种意义上，当我们走向新的意识时，我们会离开对岸，离开两个生死搏斗者之间的已愈合的伤痕，以至于突然发现两者都上岸了……或许我们会决定摆脱主流文化，把它当作失败了的事业一笔勾销，跨过边境线进入一片全新的疆土。或者我们可以走另外的路。一旦我们决定行动，而这种行动不是反抗，其他可能的结果就有无数个③，所以有必要运用文学伦理学批评的方法来分析当代奇卡诺文学。

多元文化主义在当今美国是社会冲突的最大原因，也是文化发展的最大动因。具有多重身份的人越来越多，不断进化的非白人身份和族裔身份在美国已经挑战了"人种"一词本身的意义。越来越多的历史学家和社会科学家认为"人种"是一个虚构的概念，它用来划分人们的社会地位和特权。如果不同种族之间的婚姻继续下去，到下

---

① Ramón Saldivar, *Chicano Narrative*: *The Dialectics of Difference*, Madison: University of Wisconsin Press, 1990, pp. 10-11.

② Gloria Anzaldúa, *Borderlands/La Frontera*: *The New Mestiza*, 2nd ed., San Francisco: Aunt Lute, 2012, p. 11.

③ Ibid., p. 100.

一个百年之后，"混种人口将是社会的一种常态，美国人将会对种族歧视这样的概念感到困惑不解。因为极大的矛盾与含糊不清的种族概念，种族已成为美国四分五裂生活的一个特征"①。

在后殖民文学理论批评中，艾贾兹·艾哈迈德（Aijaz Ahamad）也反对"抵抗"，他认为这是政治行动的障碍。艾哈迈德有针对性地批评了后60年代的理论，认为后60年代理论"制度化地规划了民权运动寻求的政治异见形式并用文本文化替代了激进文化"②。对于艾哈迈德来说，后现代主义的兴起把"以阅读作为合适的政治形式中心延伸到了损害广泛意义上的马克思主义政治"③。帕特里克·汉密尔顿认为，在"第三世界理论"与"第三世界文学"分类的观点中，艾哈迈德与其他抵抗批评理论一致④。根据艾哈迈德的观点，关于"第三世界"的分类就是朝土著人方向颠覆传统与现代化两极观，以至于人们认为传统比现代化对第三世界更好，这是以文化民族主义思想来保护最愚昧的地位⑤。这种"颠覆"不是挑起两极化逻辑，就是以不同方向为由利用这种逻辑。在抵抗中，这种"第三世界"方法是限制文本选择与文本研究的方法。在文本选择方面，如艾哈迈德解释的一样，用英文书写的后殖民文学为大学提供了档案资料来构建"第三世界文学"的文本形式，但忽略了"许多以土著人语言写就的著作档案"⑥。艾哈迈德还认为，许多理论家在这方面的资料看得很少。文化理论家们青睐的技巧是通过殖民主义的结论来看待"第三世界"文学文体，所以他们"忽略了通过阶级、性别或社会主义文化

---

① Wilfred L. Guerin, Earle Labor, Lee Morgan, Jeanne C. Reesman & John R. Willingham, *A Handbook of Critical Approaches to Literature*，北京：外语教学与研究出版社，2004，p. 254.

② Aijaz Ahamad, *In Theory：Classes, Nations, Literatures*, London：Verso, 1992, p. 1.

③ Ibid. , pp. 3-4.

④ Patrick L. Hamilton, *Of Space and Mind*, Austin：University of Texas Press, 2011, p. 6.

⑤ Aijaz Ahamad, *In Theory：Classes, Nations, Literatures*, London：Verso, 1992, p. 97.

⑥ Ibid, p. 78.

生产的必要性得出的结论"①。

　　文化研究的主题主要集中在抵抗。它是把美国文化中的族裔性、种族性、性别与性行为取向等因素的主要作用作为研究焦点的一种方法。例如，多纳尔德·莫尔顿（Donald Morton）阐释了文化研究如何被利用来把文学降低到一种关系到我们对文化理解的文化实践之一。"与科学、体育、音乐或其他大众文化元素放在一起时，文学不再有特权"②。莫尔顿的这个批评揭示了文学本身的问题的升级，也暗示了更可怕的后果。抵抗准则与文化的关系以及它在文化中的地位被平均化，抵抗准则失去了它的独特之处。这些准则全都与美国主流文化相冲突。根据格兰特·法热德（Grant Farred）的观点，文化研究学者已经把抵抗的定义扩大到了它的极限，"在工人阶级和边缘化了的社区生活的各个方面都充满抵抗。这种做法如此过分以至于有被压迫的群众反抗的地方就有抵抗领域"③。法热德提倡将文化研究视角转移到文学如何去考虑来自世俗、令人满意的人类生活的经历和对生存非常重要的经历。

　　抵抗的优势已经被很多人注意到。小阿兰德（Arand Jr.）明确提出了抵抗伦理的一个标准，即对美国社会的种族主义者、异性主义者和其他的霸权基础提出挑战。通过对爱丽斯·沃克（Alice Walker）、托妮·莫里森（Toni Morrison）和奥德列·洛尔德（Audre Lorde）等的认可，小阿兰德指出了人们研究当代作家时对抵抗的动摇。他还发现，在这种抵抗思想传播的过程中，左拉·尼尔·赫斯顿（Zora Neal Hurston）、兹特卡拉·沙（Zitkala-Sǎ）和阿美利哥·帕雷迪兹（Americo Paredez）也得到了认可。和小阿兰德一样，W. 劳伦斯·霍格（W. Lawrence Hogue）也引用了很多作家如莫里森、莱斯利·麻

---

　　① Aijaz Ahamad, *In Theory: Classes, Nations, Literatures*, London: Verso, 1992, p. 92.

　　② Donald Morton, "Transforming Theory: Cultural Studies and the Public Humanities," *Post Theory, Culture, Criticism*, Vol. 23, Ed, Ivan Callus & Stefan Herbrechter, Boston: Brill /Rodopi, 2004.

　　③ Grant Farred, "Cultural Studies: Literary Criticism's Alter Ego," *The Institution of Literature*, Ed, Jeffrey J. Williams, Albany: State University of New York Press, 2002, p. 86.

蒙·西尔科（Leslie Marmon Silko）、N. 斯科特·莫马迪（N. Scott Mamoday）和珀尔·马歇尔（Paule Marshall）等的作品，认为他们在如何定义"种族传统"方面是有问题的人①。霍格准确地预言对文化研究批评的讨论将让人们看到该看到的东西。正如阿克西尔·古普塔（Akhil Gupta）和詹姆斯·菲格森（James Ferguson）阐释的那样，抵抗可能"导致对已存身份的重新确定或加强，具有讽刺意味的是它促成了对过去状态的保持"②。这样，根据霍格的观点，抵抗的优势导致了对它过去一直反对的那些霸权价值观和霸权态度的重新肯定。

小说文本自身有其特殊的形式、文体、文风和故事世界，并且在故事构建的动态过程中文本反复向读者灌输它的观点和价值观，影响读者的观点、信仰与价值观。这些都需要我们采用不同的方法进行研究。

第四节 国内美国族裔反战文学研究

从网上数据库查找结果来看，国外关于反战文学的研究光是期刊文章就多达 177733 篇，关于少数族裔反战文学的研究也有 111451 篇。这些研究囊括了美国有史以来的战争文学，着重于有关"二战"大屠杀和越战创伤书写，以及战争文学给人们带来的反思与教育。对于族裔反战文学的研究，研究者们大都聚焦在种族歧视、族裔抵抗、战后身份意识的丧失、边境战争、移民问题、思想与信仰问题等。

国内对美国反战文学的研究理论不像国外那么丰富，但从来就没有停止过，研究主题十分丰富。

有些学者研究了美国的反战运动。罗良功分析了美国诗人山姆·汉密尔针对 2003 年伊拉克战争发起的诗歌反战运动，认为此运动具有极强的草根性，充分展现了诗歌的社会功能，也表现出其自身的美

---

① W. Lawrence Hogue, *Race, Modernity and Postmodernity: A Look at the History and the Literature of People of Color Since the 1960s*, Albany: State University of New York Press, 1996, p. 4.

② Akhil Gupta & James Ferguson, Ed., *Culture, Power and Place: Explorations in Critical Anthropology, Durham*, N. Y.: Duke University Press, 1997, pp. 1–19.

学特色，日常生活语言和普通人的视角构成了这一时期诗歌的特点①。马迪探讨了美国战争文学中的反战作品，认为美国文学往往与战争有着密不可分的联系②。李沛璘以青年学生为研究对象，探讨了在越南战争时期，美国国内反战运动的发展情况③。胡亚敏认为美国是一个在战火中诞生、发展起来的国家，经历了诸多战争：独立战争、内战、第一次世界大战、第二次世界大战、朝鲜战争、越南战争、科索沃战争、海湾战争、伊拉克战争等。战争对美国人的生活产生了深远的影响。作家们纷纷拿起笔来描述战争的现实与艰难困苦④。她还研究了新世纪以来的美国越战小说，认为在新世纪的第一个10年里，越战仍然是作家热衷的题材。当前，越战作家关注的焦点不再是战争本身的血腥和残酷，而是越战给美国老兵带来的个人创伤以及给美国社会带来的持久性集体创伤。优秀的美国越战作家蒂姆·奥布莱恩先后创作了多部优秀作品，深刻揭示了越战的残酷和给退伍老兵带来的噩梦般的记忆，尤其刻画了越战老兵的战后创伤⑤。

在经典作品主题分析方面，梁博男、吕晓轩研究了库尔特·冯内古特的《五号屠场》，认为这部以"二战"为背景的经典著作是黑色幽默中的反战经典，作家和主人公毕利·皮尔格里姆在"二战"中的成长经历给他们带来无法泯灭的心灵创伤，小说突出表现了作家的反战情绪⑥。刘石钰、李荣美认为那些以战争作为题材的美国文学中无不充斥着各种自由与挣扎、朝气与沧桑。勇士精神与反战倾向的融合是不少作品中的显著特点，这些矛盾的影射伴随着文学家们的反思

① 罗良功：《美国诗人反战运动综述》，《外国文学研究》2004年第6期。

② 马迪：《战争的烙印——探讨美国战争文学到反战作品》，《电影评介》2013年第5期。

③ 李沛璘：《越南战争时期美国国内青年学生反战运动概况》，《佳木斯教育学院学报》2010年第4期。

④ 胡亚敏：《美国的战争文化与战争小说》，《文艺报》2010年12月31日。

⑤ 胡亚敏：《新世纪以来美国越战小说创作回眸》，《文艺评论》官网，http://www.chinawriter.com.cn，2010年1月1日。

⑥ 梁博男、吕晓轩：《从美国战争文学到黑色幽默反战作品经典——解析〈五号屠场〉》，《学理论》2012年第12期。

推动了时代的进步。李公昭认为在《战争祈祷》中，马克·吐温尖刻地讽刺了美国教会配合美国吞并菲律宾所进行的战争宣传。战争宣传可以鼓舞士气，成为革命战争的力量，但战争宣传也可以助纣为虐，成为帝国主义战争的帮凶。马克·吐温关于美西战争的《战争祈祷》讽刺的正是后一种战争宣传，并对特伦波等美国"一战"小说家产生了重要影响，因为他们的战争小说谴责的也是这样一种战争宣传。彭威研究了豪威尔斯《埃蒂莎》中的反战思想，认为他采用多种艺术手法将战争的荒诞性以及残酷本质血淋淋地展示在读者面前，强烈谴责了那些对战争抱着浪漫幻想以及美化战争的人，他呼吁人类应该超越敌我对抗思维，倡导一种博爱精神，表达了热爱和平、消灭战争的思想。卢姗研究了 20 世纪美国战争小说的英雄主义的困境。美国心理学家威廉·詹姆斯在 20 世纪初指出，人类寻求实在的共同本能……始终把这个世界从根本上看作英雄主义的舞台。如果说崇拜英雄，崇尚英雄主义是一种自然，那么在现代精神分析学家们看来，人努力成为英雄更是一种必然。这种倾向深刻地植入了人类进化了的、有机的构造。然而，现代美国社会的危机却在于，人们在传统的文化行为规范中再也感觉不到什么是英雄主义[1]。周子汇探讨了美国战争小说题材的继承与发展性。战争小说不仅反映了战争的惨烈与残酷，更揭露了战争创伤及其给美国社会带来的负面影响。"一战"小说主题和越战小说主题之间具有继承与发展的双重关系，相较而言，除了揭露战争的残酷与人性的泯灭，越战小说还反映了战争给美国社会带来的更广泛的创伤和各种负面影响[2]。杨金才认为当代美国小说通过绘制、窥测和再现等方式与世界对话，切入人物内心世界，大都在后现代语境下表达各自对人性的反思，希望从失意中获救的愿望，其愿景正是小说家追寻的一种救赎叙事空间，其中蕴含着现代人试图走出文明困境的"荒野意识"。这种荒野意识在 21 世纪美国小说创作

---

① 卢姗：《20 世纪美国战争小说的英雄主义困境解读》，《北方论丛》2008 年第 3 期。

② 周子汇：《越战小说对"一战"小说主题的重构与发展——比较〈林中之湖〉和〈永别了，武器〉》，硕士学位论文，武汉理工大学，2010 年。

中一直扮演了可能性的追寻者与预示者角色，也是小说家笔下人物寻找自由、努力摆脱消费文化和商业文明羁绊而获得拯救的新象征。新世纪美国小说家们致力于某种再想象，重新思考和建构时间、叙事与主体性之间的关系，并在创作中不同程度地体现战争、灾难、文化冲突与交融的主题特征①。蒋天平和欧红燕研究了冯尼古特的两部小说，认为20世纪五六十年代文学中的疯狂成了一个政治符码。疯狂的内涵在20世纪发生了巨大变化，从混乱演变为救赎。冯尼古特参战的亲身经历迫使他在《茫茫黑夜》和《五号屠场》中塑造了精神分裂和多重人格这两种疯狂形态。研究者认为尽管疯癫者形态各异，但是他们的存在就是反战②。

在中外反战文学比较研究方面，吴秀明和周保欣对中外反战文学进行了比较研究，认为中西作家的反战文学的价值观不同。中国人的创作反映了群体英雄③。程桂婷对中外反战文学作品《寒夜》《钢琴师》《奥斯威辛的爱情》进行了对比研究，认为战争中的个人并不总是与国家和民族同呼吸共命运的。抗战文艺作品与反战文艺作品有着本质的区别。对个人命运关注的中国作品使得这些作品成为优秀的反战文艺作品④。

我国研究者对国外反战文学的历时性研究和经典解读为本书提供了宝贵的经验和视角。他们的研究大都聚焦在白人反战文学上，本书在前人研究的基础上，专门研究族裔作家们叙述遭受多重伤害的反战小说，以期从理论运用和文本解读上为研究者和文学爱好者提供更广阔的视野。

---

① 杨金才：《论新世纪美国小说的主题特征》，《深圳大学学报》（人文社会科学版）2014年第31期。

② 蒋天平、欧红燕：《反战：冯尼古特两部小说中的疯癫叙事》，《南华大学学报》（社会科学版）2011年第12期。

③ 吴秀明、周保欣：《精英文学视野中的抗战——反法西斯题材创作》，《文艺研究》1995年第5期。

④ 程桂婷：《人性的光辉——从〈寒夜〉、〈钢琴师〉等反战作品谈起》，《武汉科技大学学报》（社会科学版）2009年第11期。

第五节　本书的研究路径

美国族裔小说的反战叙事是本书研究的主题。本书拟从土著印第安人抵抗白人的生存战、黑人和亚裔的战争逃避、犹太族裔的战争黑色幽默书写、奇卡诺族裔的创伤回忆和土著印第安人的创伤治愈与回归土著族裔和反霸权等各个方面分析和探讨美国族裔经典作品中所反映的反战思想。研究对象为詹姆斯·韦尔奇的《福尔斯·克罗》（*Fools Crow*）、詹姆斯·鲍德温的《桑尼的蓝调》（*Sonny's Blue*）、约翰·冈田的《不不儿》（*No-No Boy*）、约瑟夫·海勒的《第二十二条军规》（*Catch-22*）、库尔特·冯内古特的《五号屠场》（*Slaughterhouse Five*）、阿尔弗雷多·维亚的《诸神去乞讨》（*gods go begging*）、纳瓦雷·斯科特·莫马迪的《日诞之地》（*House Made of Dawn*）、莱斯利·麻蒙·西尔科的《典仪》（*Ceremony*）和德梅特莉亚·马丁内兹的《母语》（*Mother Tongue*）等9部著作。选取这些研究对象的原因是20世纪50年代以来，这些作品大都一经出版就轰动族裔世界与全美国，至今已成了美国的文学经典，并在美国的大学课堂里作为阅读必读教材使用，它们的作者都获得了美国多项顶级文学奖，它们是美国族裔文学的精华和美国文学的重要组成部分。再者，研究族裔文学时，研究者除了研究作家反映的族裔身份问题，也应研究那些反映摧毁人类肉体、人性、种族以及带来永久心灵创伤的战争的反战文学。

本书运用后现代主义理论来探讨美国族裔反战小说。从20世纪50年代至今，美国文学家们从来就没有停止过对战争的批评与反思。在多种创伤叙事中，文学性创伤叙事具有无与伦比的功能，因为文学作品是影响最深刻、最广泛、最久远的媒介。战争创伤叙事的小说能够起到警示、感动、触动、教育和引导的作用，把战争不再发生这样的思想植入人们的灵魂并使之成为行动。本书将通过文本细读、综合分析与个案研究，对美国族裔反战小说进行解读，以期使我国读者对美国的族裔反战小说有一个更加全面的了解，并从中获取更为广泛的文学知识和深刻的人生哲理。

第二章 反白人之战：《福尔斯·克罗》

　　20世纪60年代以来兴起的美国族裔反战文学所描述的首场战争不是1898年的古巴战争，也不是第一次世界大战、第二次世界大战、朝鲜战争或越南战争，而是美国白人杀戮土著印第安各民族的惨绝人寰的战争。詹姆斯·韦尔奇的小说《福尔斯·克罗》（Fools Crow）（亦译为《愚弄鸦族》）就是这样一部巨著。美国内战后的日子里，似乎有一种不祥的梦魇笼罩在中北部平原印第安人黑脚（Blackfeet）部落的孤独食客家族头顶。白人缓慢的入侵不可避免而又非常凑巧地到来了。跟随本故事主人公"白人的狗"（后来又被命名为"福尔斯·克罗"），我们会发现，他的氏族里有些人努力追随白人的生活方式，有些人竭力反抗白人入侵，有些人则漠视白人的存在。这股外来势力用种神秘的方法来改变土著人的生活方式，我们看到他们的个人生活、家庭与传统正一步一步地坍塌。韦尔奇的小说就像是还原保留了百多年前的土著印第安人的生活方式，让读者感觉对印第安人的生活重新鲜活起来。他的小说让读者发现，在人类历史发展的进程中，我们失去了许多宝贵的人类文化传统，我们需要继承与发扬优秀的传统文化。

第一节　詹姆斯·韦尔奇和他的
小说《福尔斯·克罗》

　　詹姆斯·韦尔奇（1940—2003）是一位美国小说家、诗人和编剧，被人们称为"美国土著文化复兴"的奠基人。他出生于蒙大拿州的布朗宁市，在他父母所属的土著印第安人黑脚部落长大，中学毕业后曾做过森林消防员,后来进入蒙大拿大学获得了美术专业硕士学位,曾获得蒙大拿大学名誉博士学位。他曾执教于华盛顿大学,讲授英语和写作。1997 年韦尔奇获得了美洲原住民作家圈终身成就奖。法国文化部曾授予他艺术及文学骑士勋章。

韦尔奇的创作基于真实的印第安人的生活,其主题是土著人与美国白人斗争中善与恶兼有的本质。他在蒙大拿熟悉的土地上建立了丰富的景观意象。在他的作品中,风景被描绘成人物,与印第安人的社区息息相关。他称自己为"回忆死亡的仆人"①,以"既是外部观察者的身份又是理解土著印第安人的内部人物的特殊视角"② 去进行创作。他的处女作《血浴冬季》(*Winter in the Blood*,1974)于 2013 年被拍摄成同名电影发行放映。他的第三部小说,也是本研究涉及的小说《福尔斯·克罗》(1986),曾获得美国国家图书奖、《洛杉矶时报》图书奖等多项殊荣。

韦尔奇不是多产的作家,但他的创作深受读者喜爱。他包括《福尔斯·克罗》在内的作品被翻译成 9 种文字。

《福尔斯·克罗》是作家基于 19 世纪 70 年代美国政府发动针对印第安人的中北部平原战争的背景而创作。该书共有 5 个部分,36 章。韦尔奇采用后现代叙事学的多层次的叙事并置和插植方法,以大西部的地形(河流、山脉、田野、草原、道路)、天气、鸟、牲畜、树木和天空作为故事的背景,讲述土著印第安人黑脚部落与入侵的白人之间的生存战争。他把读者带回到了那遥远的过去,在历史的时空中穿行。

黑脚部落,亦称皮库尼(Pikuni)的人们崇拜自然,他们崇拜的神灵都是大地和宇宙万物。雷神(Thunder Chief)和太阳神(Sun Chief)是赐予皮库尼人力量的大神。皮库尼人的生活富有浪漫色彩。在冬季安营扎寨定居下来后,男人们会邀约一起去打猎,尽可能地猎

---

① "James Welch". Jan. 7, 2018. Wikipedia. Retrieved Jan. 10, 2018. https://en. wikipedia. org/wiki/James_ Welch_ (writer).

② Ibid.

到充足的野物，以便来年开春去与白人进行交易，获得更多的枪支弹药。在每年春季的交易会上，人们都会举行隆重的仪式来祭奠诸神。崇尚自然神的黑脚部落的男人们在战争之前都会把全身涂满自己崇拜的图腾，以显示自己的力量。一个黑脚部落年轻人成熟与否的标志就是看他能否从别的部落成功盗取多匹马。

已经长大成人的土著印第安黑脚部落青年"白人的狗"（White Man's Dog），后来因偷马时采用诈死法杀死了向他进攻的克罗（Crow，亦称鸦族）家族人"公牛盾"（Bull Shield）而更名为"福尔斯·克罗"（Fools Crow，意为"愚弄鸦族"）。为了证明自己的能力，他和经验丰富的"黄肾"（Yellow Kidney）以及童年伙伴"快马"（Fast Horse）等一行六人昼伏夜行，经过几个昼夜不停的奔跑，到达了目的地鸦族的驻地，并在月黑风高的深秋夜晚，成功地盗取了一百多匹马。在得胜回乡时，他受到了族人的热烈欢迎与盛赞。他分得了多匹马，也因此有能力自立门户，不再与父亲"骑门槛"（Rides-at-the door）以及父亲的三个老婆"双击妇"（Double Strike Woman）、"条纹脸"（Striped Face）和"近湖杀"（Kill close-to-the-lake）挤在一个茅草屋下。当人们欢庆盗马成功的时候，突然想起"黄肾"和"快马"两人不曾返程。大家正准备出去寻找他们时，"快马"饥寒交迫、踉跄地回来了。他曾经看见"黄肾"在克罗家族的居住地大胆地穿梭，最终消失在那片棚屋中。

在交易到来的季节，黑脚部落的人积极购买可以连发的枪支和弹药。部落人里卜林购买了18支枪，并把它们作为礼物分送给了他认为很重要的人。

克罗再次碰到"快马"时，发现他闷闷不乐，心中似乎隐瞒了一些有关"黄肾"失踪的事情。"快马"的性格发生了很大的变化，他不再与别人交流，特别是他父亲。原本要把祖传之物交给他的父亲"三只熊"（Three Bears）也对他产生了怀疑与失望情绪。"快马"希望自己即刻死去，让寒神把他的心脏冻结。但他没有死，他开始憎恨自己部落的人，认为他们无力量，是可怜虫，他们害怕包括白人在内的一切。他认为即使他们目前还居住在这片土地上，白人也会很快夺走他们的土地。他认为只有在外面游荡的"猫头鹰孩"（Owl Child）有力量，有胆识，敢嘲笑夺走他们土地的人，也敢讥讽自己部落里胆小怕事的人。"三只熊"欲将自己的儿子"快马"驱逐出本部落，因为后者的狂妄自大使得大家认为"黄肾"受到了敌人的虐待。

大家都为"黄肾"的老婆"重盾妇"（Heavy shield-woman）和几个孩子的生活担忧。责任心极强的克罗向孤儿寡母伸出了援手，把自己得到的马匹送了一些给他们，还不时地送些猎物给他们充饥。在与"黄肾"家人的接触中，克罗发现"黄肾"的女儿"红漆"出落得亭亭玉立，便向她示爱并与之结为夫妻。"黄肾"的失踪引发了族人对其同行者"快马"的不满，后者最终被逼离家出走，加入了刺杀白人的队伍。

"黄肾"出乎意料地回了家，但被打成终生残疾。原来，在血洗鸦族时，他被追杀。他躲到一个发高烧的女孩的被子里逃过一劫，但他随后无耻地强奸了奄奄一息的女孩。在后来的逃跑中，他被"公牛盾"（Bull Shield）一行捉住并绑在大叶树干上，"公牛盾"用刀把他的手指一个一个割了下来，他立刻晕死过去。随后他双腿被绑在马腹下，缰绳绕着他的脖子，他看见自己的粪便流到了衬衫上，已经结冰。待他醒来后，"公牛盾"把绑着"黄肾"的马打出了他们的领地。"黄肾"后来落入一个陌生部落的手中，他们对他进行了药物治疗，为他包扎了伤口，但最终恶有恶报，他沦落为本部落人眼中无用的"老狗"。皮库尼族人仍然对"黄肾"的遭遇充满了同情。大家听了他的描述后愤愤不平，纷纷发誓为他报仇。为了报复打残"黄肾"的"公牛盾"，"狐眼"组织的300人跨过平原，南下攻击其所属的克罗（乌鸦）部落。在快接近"公牛盾"营地的时候，奇怪的天象发生了：太阳被阴云遮住，人们看不见周围的东西。过了好一会儿太阳才又出现。这种天象是不吉利的预兆。皮库尼部落血洗了乌鸦部落。克罗枪杀了"公牛盾"，剪下了他的头发，剥了他的头皮，砍掉了他的脑袋。"狐眼"也被"公牛盾"枪杀。这正应验了土著人古老的传说：太阳藏起他的脸，重要首领必死无疑。后来"黄肾"看到家人被族人照顾得很好，偷偷地离开了家，外出流浪，客死他乡。

"快马"发现"黄肾"死在了战争屋中，并把他的遗体运回了家。"黄肾"的老婆"重盾妇"在丈夫出事后想成为女巫医，依照皮库尼族人的要求，她必须做到自身能力强，有奉献精神，并能担当起保卫族人的责任。她举办了隆重的仪式来庆祝自己成为巫医。族人们帮她砍来了大树，建起了神殿。"重盾妇"在族人的支持下，经过几天的绝食后，成了本部落的巫医。

克罗拜访过的黑补丁鹿皮鞋家族的头领是"小狗"（Little Dog）。后者曾与白人交好，按照白人的生活方式进行播种耕种，但他们收获的粮食根本就无法满足族人的需要，全族人都挨饿了。"小狗"想放弃种植，但白人坚持让他们放弃狩猎的生活。最后因为饥荒，所有的黑补丁鹿皮鞋家族的人都重新过起了狩猎的生活。族人认为是"小狗"头领对白人的示好和妥协毁了他们平静和富裕的生活，于是他们把"小狗"杀了。杀害"小狗"给整个家族带来了毁灭性的灾难，白人血洗了整个家族，全族只剩一片惨景："毛骨碎片散落在小屋周边，好像有人把动物拖进了营地，吃掉了他们想要吃的，剩下的尸体留给了一群狗，腐肉的臭气刺得'白人的狗'泪水直流。"①

白人的到来、不平等条约的签订、种植方式的改变和白人的言而无信使得黑脚部落的年轻人愤怒不已，开始有组织地对白人进行杀戮、强奸。"快马"加入了刺杀白人的队伍，和"猫头鹰孩"等人一起不断地对进入黑脚族领地狩猎和种植的白人进行攻击，他们要把白人赶出去并夺回属于自己的土地。他们杀死了几个白人男子，并强奸了他们的妻子。克罗也在神鹰的指引下枪杀了一个他认为会威胁他妻子"红漆"的白人。他们的杀戮引起了白人和白人政府的强烈不满，后者首先派武装代表到族裔人驻地要求交出杀人凶手"猫头鹰孩"。在面对白人武装威胁的时候，所有的首领对他们的去留进行了激烈的讨论，他们反复掂量着利弊。一方面，为了能够继续生存下去，他们希望迁移出去；另一方面，他们不愿意拱手将自己的土地让给白人。所以他们的选择

---

① James Welch, *Fools Crow*, New York：Penguin Books，1986，p.94.

不是为了生存而逃离就是为了生存而与白人进行血肉之战。"白人的狗"提出向北越过药线（美加边境）的建议没有得到大家的一致认可，他感到惶恐不安。

索要凶犯未果后，白人政府派出了大批的军队，命令所有黑脚部落长老、头领到白人驻地的办公室进行谈判。白人军官拿出单边制定的条约，要求黑脚部落长老们交出杀死白人麦尔康的凶手"猫头鹰孩"，交还从白人那里盗取的马匹，否则所有的黑脚部落人都将被视为罪犯一并惩处，且他们必须从现有的土地上搬迁出去。

最终白人的军队血洗了"重跑者"（Heavy Runner）家族，曾经依赖白人保障自身安全的头领"重跑者"被白人杀害于他亲人的眼前，造成了历史上最为严重的西部印第安人大屠杀。同时发生的瘟疫使得黑脚部落几乎不战而败。克罗利用自己从老巫医那里学来的医术治疗疾病，最后治好了部分族人。为了族人的幸福与安宁，他花了一周的时间向南去寻找睡梦中出现的神给他指引的能够拯救他们的"神人羽毛妇"，经过与她的交流之后，"白人的狗"预见了皮库尼人的未来，他不再害怕，他将带领他们"到一个更加幸福的地方，远离白人、疾病和饥荒"①。他坚信他的族人经历磨难后必将生存下去。于是他回到家，帮助亲人们治疗疾病。大病过后，克罗携着妻儿，带领黑脚部落人迁徙到了更远、更加贫瘠的西部山区，继续过着他们浪漫而又艰辛的游牧生活，繁衍生息。

这部作家詹姆斯·韦尔奇创作于 20 世纪 80 年代民权运动持续兴盛时期的小说，描述的是 19 世纪 70 年代美国中北部平原印第安人黑脚部落遭遇白人屠杀，奋起反抗，最终因瘟疫流行被迫迁徙的血泪史。它一方面反映了印第安人内部各部落原始战争的残酷；另一方面反映了印第安人与白人战争的血腥，在经过血洗的战争和瘟疫后，黑脚人仍然生活在贫瘠的大地上。由此可见，作家热情地歌颂了以黑脚部落为代表的土著族裔人的顽强生命力。

---

① James Welch, *Fools Crow*, New York：Penguin Books, 1986, p. 359.

第二节 为土地和信仰与白人抗争

19 世纪 70 年代以前，美国中北部草原生活着以游牧为主的黑脚部落印第安人。他们用皮毛与白人进行和平交易。白人为了获得更多的皮毛，与土著人签订协议，许诺向他们提供粮食和生活必需品，让他们按照白人的方式进行耕种以便于获得更多的利润。但白人对皮毛的需求远远大于印第安人的供应，用武力夺取资源便成了白人获得财富的方式。事实上，美国境内的印第安人长期面临外部势力的迫害和对其文化的摧毁，特别是对他们建立在宗教信仰与实践基础上的世界观的毁灭。白人一直在压制这些古老的宗教，认为是这些宗教信仰阻止了印第安文明的进步。美国政府曾经颁布法令，宣布印第安人的宗教活动为非法活动。1882 年内政部长下令廓清所有"古老的异教的舞蹈"[1]。到 1884 年，参与任何传统宗教活动（其中包括行医）的人，可能被监禁 30 天[2]。面对白人的宗教、语言和武力的入侵，黑脚部落人进行了长达数十年的抗争。

一 大平原上的反白人侵略

黑脚部落原本生活在肥沃的中北部大草原上，白人 19 世纪中叶来到了这里，黑脚部落人与他们进行了抗战。该小说中对老一辈杀敌的描述笔墨不多，但足以表明他们杀敌的英勇。

在白人入侵之前，美国中北部平原到处都生长着茂密的大树，在 19 世纪初白人诗人菲利普·夫里诺（Philip Freneau）的眼中，他们所栖息的地方大树成荫，大自然的子孙们无忧无虑地玩耍，印第安人以打猎为生，自古以来他们就过着这种亲近自然的游猎生活[3]。在韦

---

① Kari Forbes-Boyte , "Fools Crow Versus Gullett: A Critical Analysis of the American Indian Religious Freedom Act," *Antipode*, Vol. 31, No 3, July 1999.

② Ibid.

③ Philip Freneau. "The Indian Burying Ground." 2005, Doethunter. Retrieved Nov. 15, 2017. http://www.poethunter.com.

尔奇的描述中，美国中部的印第安人的敌人曾经是大树，而到了19世纪50年代，他们最大的敌人是白人①。

　　要真正消灭一个民族，击败它的文化是最彻底的方式。美国白人政府正是这么一步步地尝试着征服土著部落，但未能成功。当白人寡不敌众时，他们便通过宗教信仰来"教化"和愚弄黑脚部落人。在白人武装进入黑脚部落的集聚地之前，白人牧师总是先行者，他们以友善者的身份出现，教授英语，传播宗教。头领"骑门槛"就通过白人牧师的《圣经》教授学会了英语。一个被皮库尼人称为"长牙"（Long Teeth）的牧师多年前就曾与他们同住。和武装起来的白人不一样，他身穿黑袍，除了了解皮库尼人的生活方式和得到在他带来的薄薄的白色生皮革上画上他们面相的机会外，他什么也不要。同时，他还向皮库尼人讲述白人是如何征服了一切，而且没有表现出自豪的情绪②。他只是向他们传播他的宗教。白人的潜在文化进攻和获取他们相貌特征的特务行为没有引起黑脚部落人任何注意。他们只是不敢和他同坐一起，担心他夺走他们的"助梦神"——尼索康（Nitsokan）。但大多数人还是比较信任他，甚至有一小段时间他们还认为他是以朋友身份来到了他们中间③。巫医米克-阿派（Mik-api）年轻时也见过白人。那时的白人比较容易相处，他们自己打猎，从不主动与印第安人交往。相反，有些印第安女子主动跑到白人那里去与他们同居，而且一般都是从此杳无音信，人们也不见她们和男人生育孩子。印第安男人还以为白人男子没有生育能力。白人最初以他们表面的谦逊和弱势使得印第安人有了轻敌思想。在最初的武力斗争中，白人因为寡不敌众，屡屡失败，人口众多的印第安人常常把白人打得落荒而逃。

　　曾经常常得胜的黑脚部落人用黑脚部落语言将白人称为"老男人"（Napikwan），是他们不屑一顾的软弱之人。然而，在一年一度的皮毛换日用品和枪支的交易中，越来越多的白人擅自进入黑脚部落的

---

① James Welch, *Fools Crow*, New York：Penguin Books, 1986, p. 110.

② Ibid., p. 274.

③ Ibid.

领地，亲自打猎，种植农作物，用他们自己特有的生活方式引诱黑脚部落女子抛弃自己的家人去和他们生儿育女。后来成为黑脚部落人和白人之间的传话人的乔·基普就是混血儿，他的父亲是白人，母亲是黑脚部落人。对于一夫多妻制下彪悍勇猛的黑脚部落男人来说，外族的入侵忍无可忍。黑脚部落的每一个年轻男子都是战士，他们为了个人的生存与其他部落的人进行厮杀，更为了民族的生存和文化的延续与入侵的白人进行殊死搏斗。"白人的狗"的父亲"骑门槛"曾经英勇杀敌，"三只熊"和"老板肋骨"（Boss Ribs）也曾和白人进行了英勇的斗争。后来被白人杀害的"重跑者"曾经是最勇猛的反白人斗士。

在进行了多年的平原战争后，最终敌不过白人强大的武器，黑脚部落人为了整个民族的生存和发展第一次对白人做出了让步。他们与白人签订了停战协议，获得了白人给他们的许诺：放弃自己的领地，他们就能得到公正的待遇，获得酬金和政府的配给①。事实上，尽管他们放弃了大片的平原沃土，却还是什么都没有得到过。黑脚部落离开中部平原，迁徙到了落基山脉东部的丘陵地带，以自己的方式继续生活，白人的宗教也没对他们产生什么重要影响。

二 山丘地带的反白人蚕食

19 世纪的下半叶始，白人掠夺了黑脚部落人的土地，将他们驱逐到了落基山与平原交接的贫瘠丘陵地带。在早些时候签订的协议中，白人许诺给他们衣服和食物，却最终失信于印第安人，没有向失去土地的黑脚部落提供任何物质援助，后者遭受了严酷的寒冬与饥荒。有些黑脚部落女人被迫向白人出卖身体以获得食物。到了小说主人公克罗生活的 19 世纪 70 年代，白人越来越多，他们居住在黑脚部落领地的南边，相对来说是比较安全的白人占领区。他们抢占黑脚部落人的土地，引诱并霸占他们的女人。这一切引起了黑脚部落人的强

① James Welch, *Fools Crow*, New York：Penguin Books，1986，p. 158.

烈不满与反抗。

　　黑脚部落的年轻男子对白人进行了有组织的反抗，并最终得到了长老们的大力支持。小说中的年轻人"猫头鹰孩""快马""黑鼬鼠""红角""熊头""公牛下面""乌鸦顶"（Crow Top）和"砍手"（Cut Hand）等人在"大山首领"（Mountain Chief）的带领下，与进入黑脚部落领地的白人进行斗争。"大山首领"非常不满其他部落人对白人的一再忍让，认为他们愧对先祖，成了"一无是处的人"①。听到"大山首领"对他父亲、"三只熊"等人的批评，克罗头皮发冷，因为包括他父亲在内的许多首领都想着和白人和平共处②。而"大山首领"等人的主要反抗行为是杀死进入他们居住地的白人，抢走他们的马匹并卖给加拿大人。

　　在所有皮库尼人中，"猫头鹰孩"是最有能力让那些白人痛哭的人③。他在大河上已经杀了两个白人伐木工。因为白人对"猫头鹰孩"的追杀，他随着抵抗白人入侵的"大山首领"逃到了加拿大，后来又回到家乡。他曾经偷盗过白人的马，也因此遭到了白人麦尔康·克拉克当众鞭打和侮辱。更有甚者，"猫头鹰孩"的表妹还嫁给了白人④。他发誓将寻找一切机会对白人进行报复，他要让白人对他闻风丧胆。"猫头鹰孩"在白人麦尔康·克拉克家里亲手杀了他，看见克拉克躺在血泊里，听到他老婆在隔壁房间的号哭，"猫头鹰孩"心里非常痛快。杀了这个白人本应是够本了，但"猫头鹰孩"认为还有更多的白人和克拉克一样坏，这些白人把"猫头鹰孩"叫作"狗和女人"，"窃取了他们的土地，杀绝了他们的黑角牛，娶了他们的女人"⑤。黑脚部落人对克拉克的死亡毫不同情，因为他干了伤天害理的事。他是个两面人，说一套，做一套，也是个恶霸，对黑脚部

---

① James Welch, *Fools Crow*, New York: Penguin Books, 1986, p. 215.

② Ibid.

③ Ibid. , p. 60.

④ Ibid. , p. 209.

⑤ Ibid.

落人没有半点尊重①。另一个进入黑脚部落人领地的人弗兰克·斯坦德利（Frank Standley）也随后被杀，其妻子被当着子女的面强奸，后来发了疯。

第二个让白人胆寒的黑脚部落青年是"快马"。他因为在袭击乌鸦族人时没能保护好"黄肾"而受到了族人的谴责，因此离开部落一年多，去寻找杀死白人的机会。他曾到过许多地方，去过白人的酒庄，和白人女子睡过觉，杀过三个白人并抢走了他们的金子。"快马"认为自己已经不再是皮库尼部落的人了。但"白人的狗"的妻子"红漆"曾倾心于他，希望与这个高大帅气的小伙成亲，生一大群孩子。"快马"在外面闯荡的经历已经使他的思想发生了很大的变化。狩猎、收集动物皮毛和寻找肉类的想法在他的脑海里已经烟消云散，变得毫无意义。他有更简单的办法获得财富。袭击其他部落，偷盗他人的马匹是浪费时间，光是白人的几匹马就比蛇部落和砍脑壳部落所有的牛群都值钱。

在黑脚部落男人的潜意识里，有一种欲望：既然打不过白人男子，那就征服白人女子。这也是他们心理上获得胜利的一种方法：用强悍的身体去战胜弱小的白人女子。至于女人，在边界贸易站附近随处可见，还有一个黄头发白人女子，"她曾奋力抗争，但最后屈服于他，不再抗争"②。"快马"曾经受伤也是因为袭击一家单独居住的白人。他偷鸡不成蚀把米，被白人射中，身负重伤。他骑马拼命往老家方向跑，希望族人能救他一命，正好碰上"白人的狗"而得救。他病愈后就偷偷地离开了部落，继续去寻找白人报仇。

黑脚部落人通过以暴制暴的方式对付入侵的白人，希望以残忍的方式吓退白人。"乌鸦顶"和"砍手"非常残忍地剥光了红头发白人老婆的上衣，用棍棒猛抽她上身，并在她两个孩子面前强奸了她，最后留下了疯疯癫癫的她去向其他白人传递信息。"乌鸦顶"等人认为白人看到她傻呆的样子后一定会对他们敬而远之。"快马"杀了红头

---

① James Welch, *Fools Crow*, New York：Penguin Books, 1986, p. 156.

② Ibid., p. 193.

发白人，取了他的头发，小心地包起来，策马而去。这些年轻人都通过强奸白人妇女泄恨，还天真地认为他们这样做就等于征服了白人。

　　小说的主人公克罗在神鸦的指引下枪杀了企图杀害他妻子"红漆"的白人。神鸦告诉克罗，白人将谋害他的妻子。果不其然，第二天他就看见一个白人男子光顾了他的小屋，并朝在河边做针线活的"红漆"走去。该男子发现克罗后开枪朝他射击。克罗躲过射击后，举枪射杀了白人。此事件引发了皮库尼人该如何对待白人的大讨论。大家一致认为白人死有余辜。长者们七嘴八舌地分析了当前的形势，一直强调没必要再进行反白人的战争，他们现在面临的是"为生存而战斗"①。皮库尼长老们认为白人所签署的条约是不诚实的条约，白人在骗取他们的土地与牲口。如果他们主动发动战争，就将给白人以消灭他们的最佳借口②。"骑门槛"曾经参加过反白人的战争，其结果是他们被白人从东部驱赶到了西部。而且那时的白人很少，现在的白人却越来越多。即使已经购买了很多白人的连发枪支，他们也无法将白人消灭。白人几乎杀绝了中分头部落（修衣族）的人，也会这么对待皮库尼人，因为在他们眼里，皮库尼人什么都不算。"如果皮库尼人要生存，我们必须学会善待白人。他们人数太多，足以对付你们的任何行动。"③"骑门槛"还认为他们的处境是由太阳神决定，认为"太阳神更青睐白人，也许是因为他们来自太阳升起的地方"④。而"猫头鹰孩"不这么看，他认为，在将来的某一天，一个白人就会站在"三只熊"现在居住的地方，围绕白人的将是成千上万的悠闲吃草的白角牛，而"三只熊"将成为白人用脚踢起的尘土的一部分。若是他拥有那方土地，他将在敌人到来之前将他们杀得片甲不留⑤。年轻的一派认为，白人大批进入他们的领地，没有征询他们的意见，也没有给他们送礼表示礼貌，

---

① James Welch, *Fools Crow*, New York: Penguin Books, 1986, p.177.

② Ibid., p.176.

③ Ibid., p.61.

④ Ibid.

⑤ Ibid.

白人要求交出"大山首领"以便把黑脚部落人赶尽杀绝。白人把他们看成是可以随意踩死的蚂蚁。若要死亡，他们愿意昂首前进，勇敢杀敌直至牺牲性命。

"猫头鹰孩"认为他们这些年轻人将会领导皮库尼人把白人魔鬼赶出他们的土地。长期在外奔波寻找机会杀死白人的"猫头鹰孩"因生活无规律而变得神经质。他愤怒地谴责皮库尼人的软弱无能。他认为：

> 他们是蠢货……因为我想把白鬼驱逐出我们的领土，他们很生我的气。他们也和我一样痛恨白鬼。但我和白鬼抗争时，他们却说我错了。他们想杀掉这些害人虫，但当他们靠近敌人的时候，自己又变成了软弱无力的狗。现在他们把自己的软弱无能归咎于我，他们说是我让灾难越来越靠近他们。也许我给他们带来了站起来和敌人战斗的机会呢。①

为了不让白人侵占他们的土地、夺走他们的女人与破坏他们的生存方式，黑脚部落人连续不断的抗争引起了白人的强烈不满，白人请求政府军到黑脚部落驻地去威胁各位头领，命令他们"马上执行命令，杀掉伤害了白人的'猫头鹰孩'和他的同伙，必须归还从白人那里抢走的马匹，必须停止与美国公民为敌"②。白人似乎把印第安人看成是侵犯了白人利益的外国入侵者。后来，白人将军派遣基普到黑脚部落传递信息，让他们到白人驻军的办公室进行谈判。在收到白人通过基普发给他们的面谈通知后，以最受皮库尼人尊重的"重跑者"为首的部分头领们组成了谈判代表团，前往白人军队的驻地进行谈判。"重跑者"认为他曾在前一次的谈判中获得过白人的先祖颁发的勋章，这次他也一定能成功获得白人的尊重。他还让7个年轻人佩带了枪支，骑上高头大马随行在头领们的队伍之后以显威风。没料到

---

① James Welch, *Fools Crow*, New York：Penguin Books, 1986, p.299.

② Ibid., p.283.

白人军队驻地已经全副武装，还没等他们进去，白人就要求所有年轻人解除武装，并不得入内。双方坐在谈判桌前，没有谈判，白人将军直接向他们宣布自己的决议，要求皮库尼人首先交出杀害白人克拉克的凶手"猫头鹰孩"等人，让他们在白人的法庭上得到惩处；归还在过去半年内被皮库尼人盗取的马匹；所有的黑脚部落人都是罪犯，他们的存在威胁到了白人的生命与财产安全，"做贸易的没有生命保障，矿工的金子被抢，性命也不保，伐木工不敢再去伐木"①。白人将军希望的不是这些无能的头领们参加谈判，而是希望杀害了白人的"大山首领"自投罗网。为了本部落能够生存，在皮库尼人接受白人提出的交出杀人犯和盗取的马匹后，"重跑者"代表其他首领乞求白人将军萨利给他们签署文件，以此证明他们这些到会的人是愿意与白人和平相处的人。阿尔弗雷德·H.萨利将军在纸上胡乱地写下了几个字，日期为1870年1月。这正是历史上黑脚部落遭遇大屠杀的时期②。

就在白人军官威胁黑脚长老们不久之后，"猫头鹰孩""快马""黑鼬鼠"和"红角"四人合伙再次袭击了逃离内战、从南部来到蒙大拿州做非法烈酒贸易的商人，焚烧了他们的尸体。皮库尼青年组织对白人的袭击是盲目的、极端的仇视行为，他们只要看见白人就袭击。他们哄抢食物的行为就是乌合之众的行为，他们把所有的货物包装给捅开，寻找各自需要的东西。令他们烂醉如泥的威士忌是他们的最爱。这次袭击发生在离皮库尼部落聚居地不远处，"快马"在袭击之后很快意识到这次袭击即将给他们的亲人和族人带来毁灭性的灾难。"猫头鹰孩"也意识到了这一点。尽管族人将他驱逐出本族，他认为族人虽然"是愚蠢的，但我也是皮库尼人"③，给自己的民族带来灾难是他不愿意看到的结果。"快马"感觉"猫头鹰孩"体力与精神明显不如从前，他被赶出本族之后，一直居无定所，奔波劳累过度

---

① James Welch, *Fools Crow*, New York: Penguin Books, 1986, pp. 277-279.

② Ibid., p. 309.

③ Ibid., p. 299.

地消耗了他的生命。他们的反抗也日渐平息。

三 反抗失败成因

黑脚部落武装反抗白人侵略的斗争以失败告终。究其失败的根源，除了敌对势力的强大，黑脚部落人内部的分裂和他们软弱的性格也是重要原因。

其一，在韦尔奇的描述中，读者总是可以读到黑脚部落各家族之间的厮杀格斗。为了显示自己的本领，夺取他人财产、杀害其他家族的人，甚至自己的亲人，这些都是家常便饭。38岁的"黄肾"曾经是印第安人内部的"大湖战争"中的一员大将。在此战中因为蛇部落杀害了三个皮库尼部落的人并抢走了30匹马，"黄肾"等人在一个夏天进行了疯狂的报复。他们杀死了40多个蛇部落人，抢回了他们的马①。"白人的狗"等人还毫无缘由地袭击了乌鸦部落，杀死了他们的头领。"白人的狗"还因此改名为福尔斯·克罗（意为"愚弄鸦族"）。许多年轻人都各自为政，不再听从长者的建议，喝白人的烈酒，互相残杀。部落的女子在白人驻地转悠，以性交易换酒喝，开始变得丑陋不堪②。土著人内部的分裂使得他们失去了强大的凝聚力。

其二，由"大山首领"领导组织的年轻人的反抗活动虽然是有组织的，但都是为了报一己之仇。反抗组织的核心成员"猫头鹰孩"发誓要杀绝白人，是因为他曾经因盗窃受到了白人在公众场合的侮辱。"快马"则是因为在突袭乌鸦族时没能保护好"黄肾"，受到族人谴责而负气出走，并非真心想要为了黑脚部落的利益去杀人。"大山首领"在白人大批到来时早已逃离，北上跨过边境线到了加拿大。"白人的狗"杀掉了一个白人，只是因为神鸦说他的妻子可能会遭遇白人的侵犯，他根本就没有要杀害任何白人的心理准备。所以黑脚部落的杀敌行为即使有组织，也只是个人泄私愤，当白人大举进攻的时候，他们各怀鬼胎的心理和不统一的行动导致了战而不胜的结局。

---

① James Welch, *Fools Crow*, New York: Penguin Books, 1986, p. 19.

② Ibid. , p. 256.

其三，混种人的叛变行为加速了黑脚部落人的失败。乔·基普就充当了这样的角色。他的母亲是泥土屋家族的人，父亲是与黑脚部落进行贸易的白人。他深谙两边的语言与文化。当白人麦尔康·克拉克被杀、白人派军队到皮库尼的首领家要求交出罪犯的时候，乔充当了领路人和翻译。他还替白人对黑脚部落长老进行威胁：如果不交出"猫头鹰孩"，他们将会失去白人许诺的一切优惠待遇。后来，基普作为黑脚部落和白人的中介人，把白人发给黑脚部落各家族的会议通知送到了他们手中。他思量着不管是黑脚部落把自己的领地拱手让给白人还是白人进行土地扩张，黑脚部落都会失去一切，而他作为混种人，有机可乘。

其四，强势文化击败了弱势文化。在白人入侵土著部落的时候，他们带去的不只是武器，更有他们的文化。与白人接触后，许多年轻人很快就发生了变化。例如"快马"，在外晃荡了一年，去过加拿大和白人的淘金之地，再回到家乡时，他的装束有了很大的改变：他身披水牛皮大衣，头戴黑色帽，内穿白色无领衬衫，下身穿着灰色羊毛裤，脚穿鹿皮鞋，但马鞍上挂着一双白人的靴子①。他已经半白人化。他不再对本族的文化感兴趣，拒绝继承父亲的民族巫医术。年轻人在语言上也发生了很大变化，他们模仿白人的语言，最常用的句子就是"狗娘养的"。更可怕的是，白人开设了学校，让他们的孩子接受白人的教育和文化熏陶。

其五，那些曾经与白人抗争过的长老们的优柔寡断。他们曾经在反抗白人的斗争中失败并签订了和平协议，最终得以苟且偷生。当白人再次大举进攻黑脚部落领地的时候，他们感觉到了生存危机的来临。白人已经剥夺了他们的粮食与赖以生存的皮毛。部落的长老们召集了全体男性族人商讨对策时，以"骑门槛""三只熊"和米克-阿派为首的长老们认为，他们年轻的时候也和白人打过仗，最终因落后的武器而告败，都不愿再和白人厮杀，但求和平共处，不再惹是生非，安享多妻、多子、多孙的晚年。"骑门槛"甚至认为是他们对太

---

① James Welch, *Fools Crow*, New York：Penguin Book, 1986, p. 182.

阳神不够尊重，做出的牺牲不够，所以神不再怜悯他们。为了和平共处，他们可以做出一些让步，甚至"自己可以杀掉'猫头鹰孩'"[1]，因为年轻人要反抗的已经是他们这些长者无法做到的，反抗白人是他们的孩子们的，甚至孩子们的孩子们的事了。"三只熊"认为他们正在进行的是一场伟大的战争：生存战。如果不需要武器能战，他们就战；如果白人把他们对和平的渴望视为软弱，那他们就战斗至生命的最后一息[2]。

总之，面对白人灭绝种族的大屠杀，黑脚部落进行了英勇不屈的战斗。虽然他们内部矛盾重重，但最终以"骑门槛"为首的头领们拒绝了白人将军交出"猫头鹰孩"等人和归还马匹的要求，他们随时准备誓死保卫领土主权。但他们抗争的决心并没有迎来胜利，一场更大的灾难——天花瘟疫正等着他们。

第三节　与天花瘟疫的生死之战

盎格鲁文化的物质诱惑使人们看到黑脚部落不可避免地变得越来越依赖与白人的经济贸易。每年的春季交易会，黑脚部落人总会以毛皮换取他们所需要的日常用品和狩猎所需的枪支弹药。正是与白人的接触使得黑脚部落人染上了几乎灭绝种族的瘟疫——天花。

一　天花肆虐

崇尚自然的印第安人各部落原本生活在大草原和丛林中，世世代代生生不息。白人的入侵带来了天花瘟疫，承受这可怕灾难的印第安人无回天之术。

历史上，1870 年 1 月，黑脚部落族人染上了天花瘟疫，因缺医少药，死了好几十人。作家在小说中描写道：冬天来临时，在皮库尼人寂静的冬季聚居地，两位不速之客突然造访。一个是白人化了的"漂

---

① James Welch, *Fools Crow*, New York：Penguin Books, 1986, p. 255.

② Ibid., p. 177.

亮顶"，另一个则是娶了印第安女子为妻的斯德基斯（Sturgis）。后者告诉皮库尼人他的妻子已死于天花病，其他聚居地也都有人染上这种烈性病。他让皮库尼族人拒绝任何有病症的人进入聚居地，以免大家都染上这种病。"三只熊"和其他首领都有亲戚分布在各个部落，他们担心自己真的会受到传染，但又不忍心看到亲人受到折磨，若是他们来访，接纳还是拒绝成了他们犹豫不决的心患。就在大家热烈地讨论时，"白人的狗"仔细观察着斯德基斯的服饰，发现后者是一个牧师。所以，当大家都在讨论如何对待患病的亲戚时，他突然提出不能完全相信这个白人的话，这个白人自己可能就是带来病毒的人。他建议所有人迁往北方，远离其他部落的传染疾病与白人因他们拒绝签字妥协而进行的侵略与毁灭性打击。然而，天花病已经开始在皮库尼人中间肆虐。婴儿、大人，健康人、体弱者统统染上了这种病。"红漆"的两个弟弟都已染病，她在掩埋父亲时看到了母亲的坚毅，希望能够与母亲一起照顾弟弟，可母亲坚决拒绝她进屋，希望她能够保住肚子里的孩子。"白人的狗"想尽一切办法来减轻病人的痛苦，但也没能挽救他的小舅子"好小伙"的性命。春天来临，瘟疫散去后，黑脚部落的驻地一片寂静，包括"三只熊"在内的几十个人死了。皮库尼人的人数锐减。

白人威胁带来的恐惧和瘟疫的蔓延使黑脚部落人感到"他们的世界看起来毫无希望"[1]。皮库尼巫医米克-阿派、"老板肋骨"的草药和巫术已经失去了作用。人们似乎只能坐以待毙。

二　拯救族人

在黑脚部落人面临灾难的时候，"白人的狗"通过去寻找羽毛女神来解决他们的问题。羽毛女神的故事有两个版本，一个是她和丈夫从天而降，受尽了磨难；另一个则是他们后来过上了幸福的生活。克罗在幻象中与羽毛女神接触后，通过梦幻皮纸上呈现出的一幅幅黑脚部落人蒙受灾难的画面看到了族人的未来。虽然他无法阻

---

① James Welch, *Fools Crow*, New York: Penguin Books, 1986, p. 309.

止这种可怕的幻象变为现实，但他有勇气帮助族人面对未来。

瘟疫流行之时，米克-阿派和"老板肋骨"使用巫术加草药日日夜夜地为所有人祷告、治疗。"骑门槛"则和儿子一起挨家挨户地查看病情，把已经死亡的人迅速掩埋，把健康的人与病人隔离开来，以减少传染。粮食不够时，"白人的狗"组织了打猎队伍，出去寻找猎物。瘟疫结束后，各家族之间活着的人不再往来，是"白人的狗"和他的父亲走出家门，到其他家族去拜访和慰问，并给那些仍然在病中的人送去草药。"骑门槛"和儿子"白人的狗"又迅速清点幸存人数，开始了新生活的计划。此时，"白人的狗"和"红漆"的儿子"蝴蝶"（Butterfly）诞生了，"骑门槛"已怀孕的二老婆不久就要生产。小生命的到来就是对黑脚部落人的未来的充分肯定。它表明尽管大屠杀和天花瘟疫对黑脚部落人造成了沉重的打击，但是他们仍然将继续繁衍与生存下去。

在"白人的狗"和他父亲的帮助下，黑脚部落度过了天花瘟疫带来的艰难时日，而后为了更好地生存，踏上了迁徙之路。

三 迁徙之路

经历了白人的屠杀和瘟疫的肆虐后，"骑门槛"和他的儿子"白人的狗"意识到，若要生存，他们必须迁徙。他们把所有幸存的族人召集起来，由米克-阿派举行了隆重的迁徙仪式。仪式上他们高声唱着自己民族的歌曲以显示他们的力量。

作家以隆重的笔调描述了皮库尼人在春天来临时的迁徙仪式。首先，巫医米克-阿派在室内举行了敬神仪式。他在灰暗的房子里做祷告，助手们坐成一圈，唱起了"马歌、猫头鹰歌和黑角牛歌"，"向各方诸神敬献了烟叶，期盼来年牛马肥壮，草长得更高，树上结出更多的果实，自然界里长出更多的食物"[1]，祷告的"动静很大，但祷告词却是喃喃细语"[2]。巫医一边祷告一边想起了40年前因染上白人

---

[1] James Welch, *Fools Crow*, New York：Penguin Books, 1986, p. 387.

[2] Ibid..

带来的天花而病逝的妻子。他就在妻子去世的前一天得到了治病的医药术。虽然没有治好妻子的病，但他能够治愈从断腿到精神崩溃的所有疾病。后来他因为医术的进步赢得了族人的"信任、尊敬和敬畏"①。他的医术很快将由"白人的狗"传承下去，继续为黑脚部落族人服务。黑脚部落将会像从前一样繁荣昌盛。后来，仪式转到室外进行，所有皮库尼人都加入了仪式，他们载歌载舞，迎接新生活的到来。往西，远处的群山将是他们的幸福家园。

虽然活着的人已经不多，"白人的狗"和长老们是去是留的抉择也异常艰难，"每一个决定意味着他们生活的改变"②，但他们还是在"白人的狗"的带领下，移居到了离白人更远的西部，仍然按照自己的方式生活。皮库尼人在大地母亲的庇佑下生生不息。长老"骑门槛"兴奋地说："只要大地母亲对她的孩子们微笑，我们将继续，我们将继续成为一个民族。我们生，我们死，然后继续活。这就是皮库尼人的方式。"③

作家韦尔奇以生育孩子的方式来表明，黑脚部落人无论经历战争还是瘟疫，都会作为古老的民族永远延续下去，世界仍然是他们的。

第四节　土著民族文化保卫战

美洲古老的印第安人是一个视自然万物皆为神的民族，笃信大自然的神灵与宇宙的威力。在《福尔斯·克罗》中，在经历了杀戮与几乎灭绝种族的疾病之后，在年轻的新头领福尔斯·克罗的带领下，黑脚族人转移到了更加贫瘠的西部山区，继续他们的生活，保留了他们的民族特性与文化。作家韦尔奇以其美丽的语言向读者展现了土著印第安民族的文化与精神，体现了对印第安文化的继承与发扬光大。

---

① James Welch, *Fools Crow*, New York：Penguin Books, 1986, p. 387.

② Ibid., p. 314.

③ Ibid., p. 347.

一 永远的大自然之子

印第安人热爱大自然，他们大都以大自然里雄壮有力的动物或动物的某个部位或者根据事物的特征来命名。在韦尔奇的小说里，各个氏族的名称听起来都威武雄壮，如黑脚部落（Tribes of the Blackfeet）、孤独食客（Lone Eaters）、乌鸦部落（The Crow）、鹰脑壳（Eagle Head）、铁胸脯（Iron Breast）、砍脑壳（the Cutthroats）、斑点马人（Spotted Horse People）、头发中分人（the Partied Hairs）。男性人名大都个性十足，如"白人的狗"（White Man's Dog）、"黄肾"（Yellow Kidney）、"快马"（Fast Horse）、"骑门槛"（Ride's-at-the-door）、"老板肋骨"（Boss Ribs）、"三只熊"（Three Bears）、"鹰肋骨"（Eagle Ribs）、"疯狼"（Mad Wolf）、"猫头鹰孩"（Owl Child）、"公牛下面"（Under Bull）、"公牛盾"（Bull Shield）、"乌鸦顶"（Crow Top）、"砍手"（Cut Hand）、"红角"（Red Horn）、"奔跑的渔夫"（Running Fisher）、"草药捅"（Medicine Stab）等。女人的名字则明显不同于男性，表现出她们的从属地位与柔弱。如福尔斯·克罗父亲的三个老婆，被依次分别命名为"双击妇"（Double Strike Woman）、"挨他自己坐"（Sit-beside-himself）、"条纹脸"（Striped face）和"近湖杀"（Kills-close-to-the-lake）。福尔斯的妻子被命名为"红漆"，"黄肾"的老婆叫"重盾妇"（Heavy-shield-woman），后妈被称呼为"近妈"（Near-mother）。

对与他们生活息息相关的日月星辰、山川河流等大自然万物，他们的命名充满了敬意，如天上的太阳叫"太阳头领"（Sun Chief），月亮叫"晚间红光"（Night Red Light），北斗七星是"七个人"（Seven Persons），北风是"严寒制造者"（Cold Maker），赐予他们生命之水的河流名叫"两片药河"（Two Medicine River），他们心中神圣的落基山脉名叫"世界脊骨"（Backbone of the World），猎手经常光顾的山名叫"头领山"（Chief Mountain）、"女人不走路"（Woman Don't Walk），北部一望无际的国境线叫"药线"（the Medicine Line），顶上没有植被的山丘被称为"红色老人山"（Red Old Man Hill），香草精是"撒谎者的药"（Liar's Medicine），他们的集居地叫"营地"（camp），房子叫"帐篷"（lodge），也就是随季节迁徙的临时性茅草屋。

在时间概念上，印第安人都只大概估计，年月的时间以月亮出现的次数计，一天的时间不以 24 小时计，而以睡了几觉来计，一周就是睡了七次觉。人们的年龄不以多少岁来计，而是多少个冬天，18岁就是"18 个冬天"（eighteen winters）。他们的舞蹈叫"太阳舞"（Sun Dance）。对待心中的诸神，他们则非常委婉地称之为"上面的人"（the Above Ones），而对待他们痛恨的白人，无论男女，都称之为"老男人"（Napikwans）。总之，富有印第安人生活气息和幽默感的俚语式的人名、地名和物名是韦尔奇小说语言特点之一。它表现了印第安人深厚而又丰富的语言文化和作家对本民族文化的热爱与尊重，更体现了印第安人与大自然融为一体的生活习俗与人生哲学。

印第安人把落基山脉称为世界的脊骨，他们依山靠水而居，河水的涨落他们总能应对自如。当落基山脉的冰雪开始融化时，河水上涨，带来生机，他们到河边饮马、洗衣、沐浴，尽情享受大自然赐予的一切。大水也给他们带来担忧。克罗的父亲"骑门槛"就经常担心自己的儿子会被洪水冲走，所以也会在洪水季节格外小心。当枯水期到来时，他们便会越过河流，到离家很远的地方去狩猎，储备过冬的食物。

印第安人的习俗与大自然融为了一体。在严寒的冬季，他们的取暖方式也充分利用了自然。"在小茅舍的正中央打个地洞，用木柴把火点燃后，就把大石块堆在木头上，让石头变红散发热气来提高室内温度。"① 印第安人原始的强身之道是汗蒸。在烧得通红的石头上洒水，水蒸气充满密闭的小屋，男人们坐在屋里享受温暖的水蒸气。在时间表述上，他们遵循大自然的规律，依照星辰斗转和大地万物的自然生长顺序表述。秋天的夜晚被描述为"黄色叶子的月亮"（the moon of the yellow grass）。一个男人可以娶三个以上的老婆，而且几个

---

① James Welch, *Fools Crow*, New York: Penguin Books, 1986, p.50.

老婆都分工明确，和谐相处。"骑门槛"的二老婆"条纹脸"是大老婆的妹妹，她是一个风骚的女人，三老婆"近湖杀"是"疯狼"（Mad Wolf）的女儿，是"从不笑"（Never Laughs）部落的穷人。"疯狼"和"骑门槛"是远房表亲，也属于同一个组织——"疯狗"（All Crazy Dogs）。因为没有陪嫁，"疯狼"便把他女儿嫁给了不要嫁妆的"骑门槛"。"近湖杀"和丈夫的儿子"奔跑的渔人"在小屋里鬼混时被二老婆"条纹脸"跟踪发现并报告给了"骑门槛"。因担心被族人耻笑，"骑门槛"只是平和地把儿子打发走，让他离家到遥远的北方亲友家历练，"近湖杀"则被遣送回娘家，还赠予了丰厚的礼物。

印第安人是一个善于分享的民族。在以"黄肾"为首的盗马贼们盗得马匹后，"鹰肋骨"根据贡献的大小把马匹分给了盗马贼们。"黄肾"的妻子"重盾妇"得到了最大份额的 35 匹马。"白人的狗"独自狩猎获得猎物后总会分一部分给失去丈夫的"重盾妇"。有时他还会送一整头黑角牛给她，除了将牛肉作为食物，她还可以用牛皮制作各种用具，以解决生活中的困难。

印第安人富有同情心。在"黄肾"失踪后，"鹰肋骨"梦见他并没有死，而是在克罗家族里游荡。而"黄肾"的妻子得知丈夫遇难的消息后，绝食三天，最终为了三个年幼的孩子，她鼓起勇气去拯救自己的丈夫。在本族头领"三只熊"的召集下，所有族人经过讨论，同意她去冒险救夫，且族人们都愿意尽力相助。

真正的皮库尼人视金钱如粪土。白人所热衷的黄金对他们来说就是尘土。当村寨里的人谈起叛逆的年轻人的去向时，一般都会说"听说他们到南部山区白人挖黄色灰尘的地方去了"①。"挖黄色灰尘"指的是白人 19 世纪 40 年代末开始的西部淘金热。

但杀人，对于印第安部落来说，也是常见的事，只要他们自己感觉受到了威胁就可以举起屠刀。

总之，黑脚部落印第安人对大自然的万物充满了敬意，与大自然

---

① James Welch, *Fools Crow*, New York：Penguin Books, 1986, p. 121.

和谐相处，整体上人心向善，后来虽经历磨难，但在他们的新头领福尔斯·克罗的带领下仍然与大自然融为了一体。

二 延绵不绝的独特土著印第安文化

韦尔奇笔下这些崇尚自然的土著人拥有自己独特的黑脚部落文化，是土著印第安文化的重要组成部分。家族概念与尊老思想、自省式教育、万物皆神论、预言哲学、对女性的尊重、太阳舞仪式、游牧狩猎、巫医草药和汗蒸养生术等构成了他们简朴的原生态文化。

黑脚部落人拥有和谐的家族文化，他们的社会组织结构主要是氏族制，由家庭成员和同族人组成社会圈。家人和族人之间以及与其他族人之间互换礼物、平等交流是黑脚部落人的交际原则。小说中的黑脚部落就由几个氏族组成：皮库尼人、西克西卡斯（Siksikas）和开那斯（Kainahs）等。皮库尼氏族里又有不同的家族："孤独食客""乌鸦""小狗""疯狼""黄肾""三只熊""老板肋骨"等。在一个家庭里，一般是男主外女主内，男人打猎养活一家人，女人做饭、洗衣、处理猎物、缝补衣衫。男人可以同时拥有几个老婆，克罗的父亲"骑门槛"就拥有三个妻子："双击妇""条纹脸"和"近湖杀"。孩子的教育由父母亲和族里长者共同进行。在家族里，他们长幼有别，尊卑有别。"骑门槛"的大老婆掌管家里的一切，三老婆地位低下，经常干的活就是伺候大老婆和二老婆。家族里，越是年长的越受到族人的尊重。74岁的米克-阿派是族里的巫医，无儿无女，但大家无论需要做什么重要的决定都会去找他咨询。

对外族作战时，他们有自己的出征仪式。在黑脚部落决定袭击他们认定的敌人时，他们首先决定谁将成为出征者，然后进行充分的准备工作。"白人的狗"所属的孤独食客族人偷取鸦族人的马时，他们选定六人作为进攻者。备足干粮后，进攻者们风餐露宿，一路南下来到了目的地。进攻营地前他们把自己打扮了一番。"黄肾"头上插上两根羽毛，脸上涂上王者图案，腰间别上连发式枪，其他的五个年轻人把自己喜欢的图腾用自己喜欢的颜色涂在身上。"'白人的狗'蹲在小河边，用河水把黄色素调成糊糊，然后站起身，脱掉皮衬衣，用手指沾上糊糊，按照米克－阿派教他的方法，从锁骨到腰部，他画了几条闪电形状的条纹，然后在脸上，从太阳穴到颧骨画了两条黄色的太阳狗。"① 在做过祷告后，他们向敌人发起了进攻，最后得胜回朝。

　　名为太阳舞的祭祀仪式是黑脚部落人隆重的祭神宗教活动，它由一系列的活动组成。整个部落的男女老少都会倾巢而出参加活动。他们在集会的地方搭起帐篷，生火做饭，孩子们在草地上嬉戏，大人们进行各种活动。

　　小说中描述的太阳舞以"重盾妇"的入行仪式开始。"重盾妇"在她的丈夫失踪后向长老们提出自己做巫医以济族人。她成为巫医药师的仪式就在夏天的太阳舞活动期间进行。"白人的狗"帮她建起了神殿——神圣的发誓妇之屋。她禁食几天后，在神殿里代表族人向大自然诸神祈祷，请求太阳神夏季赐予他们丰足的粮食、冬季赐予他们健康，大地母亲以水灌溉大地上的小草、浆果与农作物且令各类牲畜肥壮，星星赐予他们和平并让他们平安地生活，太阳神保佑他们的子孙长命百岁②。在室内敬神仪式结束后，他们会在室外进行类似游行的活动，在神殿外转圈游行，然后进行男子摔跤比赛或赛马等活动来显示他们男性的力量。又矮又壮实的年轻人"鹰肋骨"就曾经把12个对手打败，成为最有力量和最有平衡力的摔跤手③。他们的活动热闹非凡，一直延续好几天，并在不同的地方进行。在各种消耗体力的活动结束后，他们还会通过汗蒸来舒缓身体。

　　汗蒸是印第安人独创的养生方式，它既可以治疗身体疾病，也可以治疗心理疾病。它是在一间密闭的房子里，人们用木块把大块的石头烧热发红，然后把水洒在烧红的石头上发出蒸汽，有需要的人赤身躺在屋子里享受热气的熏蒸并出汗。若是进行汗蒸的人有心理疾病，药师会在病人的身上抹上特定的草药并进行按摩，直至病人感觉良好为止。或者长者和年轻人一起汗蒸、聊天，直到年轻人对一些事情的

---

① James Welch, *Fools Crow*, New York: Penguin Books, 1986, p. 27.

② Ibid., p. 113.

③ Ibid., p. 11.

看法有所改变。

　　印第安人在疾病治疗方面深信巫术与草药的疗效。克罗婚前因渴望结婚成家而在心理上产生了疾病。他曾几次做同一个梦，梦见自己来到了一个敌人的营地边。那晚月光皎洁，鹿皮鞋踩在雪地上嘎嘎地响。一条黑狗朝他走来，把他引进了敌人的驻地。他撩开房子的皮门，看见了几个黑影。再定睛一看，那些黑影有呼吸。在他的对面，黑影中的一个撩起了它的睡袍。他看清了那影子原来是一个白脸女孩。她向他招手，但他被吓得转身就跑。而他转身逃跑时，回头看了一眼，看见了那女孩渴望得到他的眼神。后来，所有的影子都开始蠕动，它们都是年轻的女子，一丝不挂，全是渴望得到他的眼神。白脸女孩站了起来，伸出双臂，克罗朝她走去。美梦在此打住①。米克-阿派采用汗蒸、全身敷草药与按摩的方式将他治愈。"黄肾"曾经因盗窃被敌人割掉手指，一个陌生部落的人救了他，用草药将他的伤治愈。而且在印第安人的部落里，通常会有各自家族专属的巫医。在小说《福尔斯·克罗》中，黑脚部落里就有好几个巫医：米克-阿派、"老板肋骨"和"重盾妇"。巫医们的医术都是祖传下来的，然后一代一代传下去。米克-阿派和"老板肋骨"都打算将自己的医术传给"白人的狗"。"红漆"的小弟弟"一点"在外面玩耍时遭遇野狼侵袭，严重受伤。克罗用巫术救活了他。

　　在后代的教育方面，土著印第安人采取了自省式教育。小说中的黑脚部落和其他部落一样，没有法律来约束人们，特别是年轻人的行为。一旦年轻人犯了错误，族人或家人会采取"谈话"的形式和他们进行长时间的交流，直到他们认真反思并承认自己的错误。当克罗意识到在岳父面前吹嘘自己的英雄行为伤害了后者的时候，他反复地检讨自己的行为，并进行了忏悔。他哭泣并诅咒自己可恶的行为，认为自己不该酗酒，也后悔杀死了"公牛盾"，不应让人们认为他愚弄

---

① James Welch, *Fools Crow*, New York: Penguin Books, 1986, pp. 17-18.

了"公牛盾"①。他认为自己的行为可耻，便亲自去找巫医药师米克-阿派寻求心理上的帮助。在民族遭遇危难时，他反省了。

> 眼睛落在挂着的"公牛盾"的头皮上，它在房柱子上在火光中闪闪发亮。我那时候力大无比且运气也很好，他想到，但当人们在受苦，魂飞魄散的时候，你的个人力量有什么用处啊？太阳神不正嘲讽他们，因为不满而抛弃他们？为什么他非得让他们分离？为什么他非得让他们相互抛弃？②

在冥想之中，他似乎看到了助梦神"尼索康"，后者给他指明了出路。后来他循着神的指引把黑脚部落人带出了困境。

克罗的父亲"骑门槛"也非常善于自省。他的二老婆向他告密，让他知道了小儿子"奔跑的渔夫"和他三老婆通奸的事。"骑门槛"和他的小儿子摊牌，并询问他儿子通奸是否属实时，得到了肯定的回答。按照族规，通奸者要被处死，而"骑门槛"并没有责备儿子和老婆。相反，他认为"这是对他贪婪的惩罚，他明知娶幼女为错而为之"③。他独自一人坐在家里反省了自己的行为，认为娶了好朋友的女儿不是"一种慷慨"的行为，而是另外一种"显摆"④。他怀疑自己娶三老婆的动机不纯，他不是在帮他的困境中的朋友，而是在自己取乐。本该被处死的三老婆获得了"骑门槛"的原谅。他给了她三匹马，让她回到了娘家，但绝对不允许她讲出被遣送回娘家的真实原因。他的小儿子也得到了原谅，被打发连夜离家，到遥远北方的亲戚那里反省自己的过错，低头做人，争取获得亲戚们的原谅。至此，"骑门槛"的两个儿子都离开了他们，剩下的是两个老婆。二老婆和儿媳妇都将临产。"骑门槛"不禁感叹：去了的人总有人来替代，这

---

① James Welch, *Fools Crow*, New York：Penguin Books, 1986, p. 153.

② Ibid.

③ Ibid., p. 342.

④ Ibid., p. 340.

是上帝赐予他的一切。

这种自省方式是其他民族所不具备的、最人道的治病救人的方式。

从"骑门槛"处理小老婆通奸的不伦事件，读者会发现，黑脚部落女子的社会地位并不完全是外界所描述的奴隶一般，她们相对来说是家庭的重要成员，承担了一切家务劳动，辅佐丈夫谋生。她们也以自己精致的手工活换取生活必需品或赢得爱情。"近湖杀"的通奸最终获得了丈夫的原谅，"红漆"自由婚恋，幸福无比。"红漆"的母亲"重盾女"当上了受人尊敬的巫医。在宗教信仰里，黑脚部落人尊敬的神不光有男性太阳神，还有大地母亲。在其他印第安部落里，女子，特别是年长的女子也享有很高的地位，因为他们相信大地运转的周期和女性的月经周期相似，因而女性也有神圣的属性。一般的大型祭祀活动他们都会选择在月圆的时间进行。而成为奴隶的女人一般是部落之间进行战争被俘的人。

黑脚部落人最深信不疑的哲学是预言哲学。他们相信自己的本能感知。通过梦里的预言，他们可以预见到即将发生的事，特别是坏事。预言，或者预言预示着即将到来的是什么，是许多土著群体深信不疑的理念。预言及其解释可以有多种形式。"追溯预言"并不否认真实的预言的可能性，但它也允许后见之明视角下对预言或创造的预言的考量①。人们可以从过去的事件看到现在，更可以从现在的事件预测未来的事件。土著黑脚族人把他们过去经历过的白人侵略事件与他们现实中遇到的白人卷土重来的事件联系在一起，预见到了他们即将被驱赶的事实。作家韦尔奇把过去的事件与他所生活的时代联系在一起，促进了印第安人生活的改变与土地权益的获取。

伯林盖姆认为，韦尔奇采用了"追溯预言"的写作方式来描述劫后余生的印第安人的未来生活。韦尔奇在复述旧神话和创造新故事

---

① Lori Burlingame, Empowerment through "Retroactive Prophecy" in D'arcy McNickle's Runner in the Sun: A Story of Indian Maize, James Weich's Fools Crow, and Leslie Marmon Silko's Ceremony, *American Indian Quarterly*, Vol. 24, No. 1, Winter 2000.

时，预测并指出了土著人受到不公正待遇和染上疾病的原因，并根据他们的故事预言：最终土著印第安人的未来会回到他们自己的手中。事实亦是如此。从 20 世纪 80 年代起，土著人的民权运动使他们获得了与其他少数族裔同等的权益。

在《福尔斯·克罗》中，黑脚部落人所有的大型活动或灾难都会由某个当事者以梦的形式预测到。小说中"白人的狗"梦见黑脚部落年轻人对白人的厮杀导致了白人的优惠待遇许诺落空，白人带来的瘟疫更是雪上加霜。"猫头鹰孩"等杀死了白人后，白人要求所有的黑脚部落头领到驻地开会，命令他们严惩凶手，并停止曾经向他们许诺的一切待遇。白人在印第安人的居住地建起了小木屋，长期驻扎了下来。由于白人大批的入侵，给黑脚部落带来了种族灭绝式的天花病。大批的老弱妇孺染病而亡。随着梦中神的指引，克罗告别了妻子，策马奔驰向南而去，去给族人寻找一个安全的栖身之地。经过三天三夜的连续奔袭，他来到了与家乡完全不同的世界——南部的大峡谷。这里没有冰雪，没有植被，没有野生动物，只有干涸的沙漠。在这里，他的鹿皮鞋显得格格不入。克罗遵照助梦神"尼索康"指引的路来到了一个独居的女人家，女人给他准备了食物。在填饱了肚子后，他美美地睡了一觉。待他醒来时，女人不见了。他来到一个山丘上，看见那女人在放声痛哭。他感到迷惑不解：女人为谁而哭？她又是什么人？他见到的女人是传说中的羽毛女。因为她和她儿子像流星一样从天而降，所以她给皮库尼族人带来了灾难：疾病、饥荒、白人和战争①。通过羽毛女的黄色皮画布，克罗似乎洞悉了皮库尼人的现状与未来。白人像蚂蚁一样蜂拥过来，皮库尼人正在失去自己的土地，天花病在各个部落流行，染上了此病的人正在大批死去，他们的孩子被同化，上了白人的学校，但他们在性格上与白人孩子格格不入。皮库尼人没有做过伤天害理的事情，但他们仍然受到了惩罚。他通过与羽毛女的交流得知了他们民族的过去与未来以及他们将面临的毁灭性灾难。他了解了要如何拯救自己的民族，便迅速回到族人的营

---

① James Welch, *Fools Crow*, New York：Penguin Books, 1986, p. 352.

地，开始了自救。从作家韦尔奇的视角来看，是"白人的狗"的梦中预言指出了黑脚部落人的出路，拯救了他们的未来。

印第安黑脚部落的文化与美国白人主张个人主义的主流文化大相径庭。要保护自己的文化，黑脚部落人必须依靠自己的领路人。作家韦尔奇在他的小说中创造了这么一位智勇双全的英雄式人物——"白人的狗"，亦称福尔斯·克罗（"愚弄鸦族"）。

三　黑脚部落文化保护神：福尔斯·克罗

福尔斯·克罗，原名西诺帕（Sinopa），小名"白人的狗"（Whiteman's Dog），9岁的时候经常像狗一样跟在一个名叫"胜利袍"、喜欢讲故事的白人老头儿的后面。有一天人们突然发现"胜利袍"独自一人，便问他"白人的狗去哪了？"于是西诺帕就有了这个绰号。"白人的狗"，是孤独食客家族"骑门槛"的大儿子，和盗马贼头子"黄肾"（Yellow Kidney）一起亲手砍杀了发现他偷马的克罗——鸦（Crow）族的头领"公牛盾"后，成功盗取了克罗家族的一百多匹马，受到了家人的热烈欢迎。在攻击鸦族时，"白人的狗"身中一刀，倒地装死，待"公牛盾"靠近时将其射杀，削了他的头发，剥了他的头皮，并砍下了他的头颅。回到本家族后，人们把克罗的故事无限夸大，再传到鸦族那里时，已经变成了他的药具有神力，可以使另一个人视力出现差错，"白人的狗"使"公牛盾"号啕大哭，嘲笑"公牛盾"并朝他吐唾沫，和他妻子做爱，然后杀了他并把他的下体塞进了他的口中[①]。他的名字也正式由"白人的狗"改为福尔斯·克罗。之后，人们不再叫他"白人的狗"（可怜人）或取笑他。他拥有了财富后便独立建起了自己的房子，娶了老婆"红漆"，生了儿子"蝴蝶"。在韦尔奇的笔下，福尔斯·克罗最终是一个完美的印第安黑脚部落人形象。只有像他这样的人才能承担起民族生存与发展大业的重任。

福尔斯·克罗是父母眼中的能人。在闲暇的时光，印第安人都会

---

① James Welch, *Fools Crow*, New York: Penguin Books, 1986, p.151.

走亲访友，互通信息。"双击妇"为了得到娘家人的消息，安排儿子福尔斯·克罗去给其他营地的人传递消息，也把对方的消息一一带回来。她自己小时候就常常跟随父亲串门，受到了邻居与亲朋的热情款待。从对他人的拜访中，他们可以掌握他人的所有信息。在拜访亲友的过程中，他可以顺便找寻合适的婚姻对象。克罗去拜访了他母亲的表亲，结识了"乌鸦脚"（Crow Feet）的女儿——"小鸟妇"。"近湖杀"比"白人的狗"小一岁。她是大老婆和二老婆的奴隶。克罗曾对她怀有非分之想。"奔跑的渔人"是"骑门槛"的小儿子，也因为参与盗马获得了赞誉，但他不如哥哥克罗。克罗的功绩远远大于弟弟，成了部落的英雄，也深得他父亲第三个老婆的青睐。"近湖杀"从心底里喜欢"白人的狗"，甚至梦见自己因邪念被灰熊咬掉的指头变成了白色石头，她把它送给了"白人的狗"，他一直带在身边，他得到石头，也就得到了力量。"白人的狗"得到了母亲、老婆和梦中情人的祝福，获得了巨大的力量。

克罗访亲探友时去了熊河岸边的贸易坊，碰到了商人里卜林（Ripling），油脂融人家族的"老角"（Old Angle）和他的两个儿子。他陆续拜访了"黑门"（Black Door）、"小袍"和"乌鸦腿"（Crow Leg）的家人，也见到了"小鸟妇"。但他心中的理想情人是"红漆"。他想如果他的父母把他与"小鸟妇"配对儿，他就不可能娶"红漆"，因为这样他就会违背父母的意愿，而不顺从父母意愿的孩子会受到惩罚。克罗发现油脂融人家族已经太过于依赖白人过活，他希望自己能够聚集神力来对付将来可能发生的战争。他认为"战死比站在白人的营地外等待那些永远不会到来的食物要好得多"①。

克罗的妻子"红漆"也是绝顶聪明与能干的人。她是印第安女子聪颖、贤惠的代表。在她父亲失踪后，她很快成熟起来，成了母亲的好帮手，挣钱养家的能手。她在母亲的指导下，专注女红，为她母亲缝制了跳太阳舞的鹿皮鞋，平日里也为那些没有女人的年轻人做些针线活来换取食物与生活必需品。尽管很多年轻男子在她家门前晃悠，

---

① James Welch, *Fools Crow*, New York：Penguin Books, 1986, p. 93.

她从来都不曾动心。在传染病的灾难来临时，他们夫妻俩为拯救整个部落做出了不可磨灭的贡献。

克罗是位真正的男子汉，他富有同情心，也很有责任感。他除了帮助寡妇"重盾妇"之外，也常常给独居的巫医米克-阿派（Mik-api）送些肉类食物，陪他聊天，帮他生火，并对他的巫医术产生了浓厚的兴趣。巫医米克-阿派是个相信梦的人。当他梦见西方落基山脉里的乌鸦向他寻求帮助去解救落入白人陷阱的大熊时，他便派遣克罗前往营救。经过风餐露宿，克罗到达了目的地，随着乌鸦飞行的方向，果真找到了被套住了腿的熊。

克罗在帮助了老人之后，感觉自己变得强壮，也变成了不可小觑的人。但他常常反省自己的行为。他因杀害了鸦族的一个青年自责不已。他不断地从心底为自己辩护，认为杀人是迫不得已。他也认为自己应为"黄肾"的失踪负责，因为他曾经梦见了后者所描述的白人女子，他认为"黄肾"的遭遇是他的噩梦所致，便心生内疚。但他的家人和族人都把他视为真正的英雄。在民族危难之际，克罗反省了自己作为英雄人物的作用，认为不能只考虑自己家庭的利益，应该为族人的生存考虑。巫医"疯羽毛"（Mad Feather）曾是太阳舞仪式上的巫医，受人尊敬。他告诉了克罗有关"小狗"家族的事情。"小狗"曾经因为与白人和平相处和帮助白人而获得了后者授予的金质奖章。后来因为与白人闹翻了，"便偷了他们的马回到了自己的村寨。村里的人冲向他，把他给杀了。他的族人出卖了他。这导致人们认为黑补丁鹿皮鞋家族的人不可信任"[1]。善良的克罗邀请"疯羽毛"和他的亲人与他一起到远离白人的地方去生活。

克罗还善于自救。在杀了人之后，他噩梦不断，主动找到米克-阿派忏悔，后者用药蒸的医术使他获得了慰藉。

克罗对自己民族的医药产生了浓厚的兴趣。而为了成为人人敬仰的巫医，印第安人首先得自己经历苦难，因此克罗在米克-阿派的主持下进行了双乳放血的洗礼。"老板肋骨"愿意将技术传给他并给他

---

[1]　James Welch, *Fools Crow*, New York：Penguin Books, 1986, p.96.

讲述了河狸药术的故事。该故事讲述了两个孤儿的经历。两个兄弟在父母双亡后相依为命。弟弟与哥哥嫂子住在一起。后来嫂子讨厌弟弟，哥哥便想了一个杀掉弟弟的办法。哥哥带弟弟划船到了一个湖中小岛上，让弟弟在那里拾羽毛，自己则悄悄地划船离开，打算一年后再来收弟弟的尸骨。但弟弟自给自足生存了下来。他与河狸生活在一起，河狸教会了他如何治病，如何举行治病仪式。第二年哥哥真的来了，但他被河狸打死。弟弟带着河狸回归了他们的部落，教会了人们各种仪式上的舞蹈。后来弟弟继承了河狸的医术与各种巫术仪式，并为大家治病。河狸的医术一代代传下来，最后到了"老板肋骨"手中。继承祖辈们留下来的医术与巫术是长老们的心愿。他们并不希望打仗，只希望和平地生活。但他们的希望随着白人的入侵而破灭。最终克罗学会了"老板肋骨"的医术，掌握了民族药方，获得了治病救人的能力，成了黑脚部落巫医的继承者。

克罗是最爱好和平的人，但白人为了弄到动物的皮毛，来到印第安人居住的地方，大肆捕杀各类野生动物。为了家人与族人的生存，他选择战斗与反抗来赢得和平，在父亲"骑门槛"的帮助下，成了黑脚部落的领路人、文化传承者和保护者。

作为黑脚部落人的后裔，作家韦尔奇以优美的文字描述了他先祖的生活场景和与白人以及瘟疫抗争的故事。以"骑门槛"和"白人的狗"为首的黑脚部落人经历战争与瘟疫的磨难后最终将自己的民族和文化保存了下来。读者不难发现，作家的创作本身就是一场文化保卫战，他真实地再现了19世纪黑脚部落的历史与文化。传统上，黑脚部落人把土地看作为人类服务的资源，应该基于精神和相互联系的理念通过管理系统对其进行保护。黑脚部落人共同让出了被控制的领土，他们缺乏私有土地购买和出售的概念。这些欧洲裔美国人的侵占让他们感到不安，他们被强迫接受了欧洲裔美国人的经济理念。随后，他们与主流社会签订了若干条约。虽然在文化上不熟悉条约的法律后果，他们却真诚地签订了协议，但后来他们发现，美国政府受益后又改变了协议条款。时至今日，印第安人仍然坚持他们自己对美国的土地具有土著领土权，这种权利植根于精神上的联系。然而，他们曾经屈服于美国白人政府捍卫欧洲裔美国人土地所有权的威压，承认1868年签订的拉勒米堡条约具有法律效力。而在有关土著人的土地权方面，美国白人政府从来就不一致。事实上，西方法律和印第安人土地权纠纷的历史一直是一个"发现"，其次是"占有"和"财产"，再次是"所有权"①。美洲大陆的印第安人已逐渐被各种"合法"驱赶他们的法律弄得流离失所。

《福尔斯·克罗》是土著印第安作家的作品，描述的是19世纪末印第安人黑脚部落为了生存与其他部落进行厮杀，同时各个部落又联合起来共同反对白人入侵的战争。作家生活在20世纪，在黑脚部落里长大。在他笔下，土著印第安民族是一个古老而生生不息的民族。当20世纪80年代美国政府派出军队到处发动战争的时候，作家把自己民族几乎被灭绝的血泪史和丰富多彩的文化付诸笔端，以示其反对战争的态度。

总之，韦尔奇的创作反映了土著印第安人对白人入侵的抗争，展现与保存了古老的印第安文化。他在小说中对公平与正义的追求，体现了土著人的世事轮回哲理，连接了历史与未来。

---

① Kari Forbes-Boyte, "Fools Crow Versus Gullett: A Critical Analysis of the American Indian Religious Freedom Act," *Antipode* 31, No. 3, 1999.

第三章 逃避战争:《桑尼的
蓝调》与《不不儿》

在美国族裔小说家的反战小说中,书写消极反战,或者说逃避战争的创作主题的人当属黑人作家詹姆斯·鲍德温和亚裔作家约翰·冈田。作为不同的族裔,他们有着不同的文化背景,而作为非白人主流文化的作家,他们在对待战争的态度上有惊人的相似之处:尽管手段不同,作家们和他们故事中的主人公们对待战争都是那种"与我无关"的陌生态度。但于陌生中,作家们表明了他们强烈的反战情绪,尽管白人主流社会大都持积极的支持态度。与韦尔奇讲述的土著印第安人在美国本土积极反抗白人侵略的历史不同,他们所叙述的都是以当时第二次世界大战为背景的美国人在海外的战争,他们以局外人的态度去对待它。下面即将探讨的鲍德温的短篇小说《桑尼的蓝调》和冈田的长篇小说《不不儿》都创作于1957年,除了对"二战"的反抗态度,他们还对美国社会的黑暗、族裔社区的贫穷与种族歧视进行了揭露与批判。

第一节 以黑人爵士乐为武器的
反战:《桑尼的蓝调》

作为20世纪50年代最著名的黑人作家之一,詹姆斯·鲍德温的创作思想是美国黑人族裔意识形态的表述。虽然在第二次世界大战中黑人做出很大的贡献,但他们战后的生活并不因此而改变,他们依旧生活在贫穷的族裔社区,像小说《桑尼的蓝调》中的黑人桑尼一样,靠自己的个人奋斗去改变自己的人生。

一 作家詹姆斯·鲍德温与他的小说《桑尼的蓝调》

詹姆斯·鲍德温（James Baldwin，1924—1987）是美国最著名的黑人小说家、散文家、戏剧家和社会评论家。他出生于纽约的黑人集居区——哈莱姆区。作为当时非洲裔美国人文化的中心，哈莱姆一度是一个充满文化活力的社区，但深受贫困和暴力的影响。他母亲被他父亲抛弃后嫁给了牧师大卫·鲍德温（David Baldwin），他的继父在写作和宗教信仰上对他影响很大。在上高中时，他就知道自己具有同性恋倾向，但与此同时他的写作才华崭露头角，做过学校报刊的编辑，为学校写校歌。他在朋友的引荐下去了"二战"时期的艺术中心——格林威治村，在那里结识了知名作家理查德·赖特（Richard Wright），著名小说《土生子》（*Native Son*）的作者，后者帮助他获得了写作基金资助。他努力创作的同时，也对文学进行批评。

为了逃避国内的种族歧视与迫害，鲍德温离开纽约去了巴黎，在那里生活了9年，遇到了一些最著名的作家和哲学家，如索尔·贝娄（Saul Bellow）和法国哲学家让-萨特（Jean Sartre）。鲍德温也通过一系列的文章开始为自己赢得了名声，其中有些文章直指鲍德温的第一个文学导师理查德·赖特。尽管鲍德温的散文很成功，但他还没有实现出版小说的梦想。1951，他到瑞士阿尔卑斯山的一个小村庄，创作了他最早和最著名的小说《向天呼吁》（*Go Tell It on the Mountain*，1953）以及许多其他的作品。他于1957年回国，之后立即投入到民权运动中。在这场伟大的斗争中，鲍德温成为最直言不讳和雄辩的倡导者。随着民权运动的逐渐衰落，鲍德温达到了他声望的顶峰。他继续出版包括小说和非小说的系列书籍，其主题涉及种族隔离、哈莱姆以及在贫困中出现的和年轻非洲裔美国人面临的几乎无法克服的障碍。鲍德温一生创作了六部长篇小说，九部论文集，两个剧本，一部短篇故事集。他是20世纪60年代黑人族裔"最强大、最有智慧的代言人，曾警告白人爆炸性运动即将到来，也告诫黑人防范种族仇恨所产生的自我毁灭性的过度行为"。他坚持这样的观点："在20世纪，美国复杂的命运必然会使黑人和白人的生命与他们所担忧的事密不可分。"①

鲍德温的短篇小说《桑尼的蓝调》(Sonny's Blues)(1957)创作于民权运动的早期,是他最早的短篇小说之一。1957年在《党派评论》发表,故事叙事者讲述自己作为兄长如何发现他那吸毒又弹钢琴的弟弟桑尼的本质。在哈莱姆区,就像鲍德温的其他作品一样,《桑尼的蓝调》是光明与黑暗、失败与救赎之间的永恒的斗争。这个故事被收集在短篇小说集《去见这个人》(Going to See the Man,1965)。这本小说集包含了鲍德温十多年的故事,见证了作家的发展。和他后期的小说一样,评论家们对这本书褒贬不一。尽管如此,故事集,特别是《桑尼的蓝调》,展现了鲍德温将社会和政治问题转化为艺术创作的能力。在《桑尼的蓝调》中,鲍德温同时对哈莱姆区恶化的环境、宗教信仰的失去、毒瘾的泛滥以及"二战"后的美国进行了叙述。

《桑尼的蓝调》的无名叙述者在一份报纸上发现他的弟弟桑尼因贩卖和吸食海洛因而被捕。做中学教师的叙述者"我"准备上代数课时,回忆起了弟弟儿时的情景。他意识到,在贫穷的哈莱姆区成长的那些学生因遇到种种困难,总有一天会和桑尼一样进入监狱。放学后,叙述者"我"在回家的路上注意到桑尼脏兮兮的高个子老朋友在校园等他。他们两人走在一起,谈论桑尼。叙述者既讨厌又同情桑尼的朋友,因为尽管他问题多多,但他让叙事者"我"更清晰地了解桑尼的瘾君子生活是多么艰难,而这种艰难还将会继续。时间流逝,但叙述者"我"直到小女儿格蕾丝(Grace)去世才给监狱里的桑尼写信。桑尼给哥哥回了一封长信,在信中他试图解释他是如何坐牢的。然后两兄弟继续保持联系。桑尼出狱后,叙述者"我"就出现在他身边。他带桑尼回到他自己家的公寓。

---

① James Baudwin, "Sonny's Blues", Anthology of American Literature, 3rd ed, George Mc-Michael et al., New York/London: Macmillan Publishing Company/Collier Macmillan Publisher, 1985, pp. 1771-1772.

在一段很长的倒叙中，叙述者回忆起桑尼和他们的父亲过去是如何互相对抗的，原因是他们的个性非常相似。他记得他假期的最后一天准备返回部队时见了母亲，她告诉他要看护好他的弟弟。她告诉他，他叔叔是一个吉他高手。在一个周六的晚上，他叔叔和他爸爸参加完音乐会步行回家时遭遇一群醉酒的白人小伙飙车，他们看见他叔叔从路边跑出来便加速前进，从他身上碾压过去。他们热爱音乐的叔叔就死在他爸爸的眼前。这段经历给他的父亲留下了深刻的精神创伤并毁掉了他的余生。对于他的父亲来说，是对音乐的热爱使他弟弟丧命，所以，他不允许他的孩子再玩乐器。

在和母亲谈话之后，叙述者"我"回到军队，直到母亲去世后才想起他的弟弟。葬礼之后，兄弟俩坐在一起谈论桑尼的未来。桑尼告诉哥哥他的梦想是成为爵士钢琴师，叙述者对此予以驳斥。叙述者安排桑尼和他妻子的家人住在一起，直到桑尼大学毕业。桑尼勉强同意这样做。但他不想住在这所房子里，他把所有的业余时间也都用来弹钢琴。虽然桑尼很喜欢音乐，但家里的其他人却很难忍受他不停的练习。桑尼和嫂子住在一起，逃学时惹了麻烦。他试图隐藏学校发出的关于他逃学的信件，但信件最终被发现。当他嫂子的母亲与他对峙时，桑尼承认他将所有时间都花在格林威治村，和音乐家们在一起。两人吵了一架，桑尼意识到他对这个家庭是多么沉重的负担。两天后，桑尼加入了海军。直到收到一张来自希腊的明信片，叙述者一直不知道弟弟的死活。战后，兄弟俩回到纽约，但他们很久都没有见面。当最终相遇时，他们为桑尼在生活中的决定而争吵。在一次争吵之后，桑尼告诉哥哥，从那一刻起他就可以认为他已经死去。叙事者"我"走开了，告诉自己桑尼总有一天会需要他的帮助。故事的闪回结束于此。

在桑尼和他一起住了几个星期后，叙述者"我"就是否应该去搜寻桑尼的房间进行了激烈的思想斗争。当他来回踱步时，他看到了窗外街角的奋兴布道会，并思考着它的意义。最后桑尼回家，邀请哥哥晚上看他表演。两兄弟去了一个小爵士俱乐部，每个人都知道并尊敬桑尼。桑尼和他的乐队上台表演爵士乐，当他们演奏时，叙述者"我"看着桑尼在音乐中挣扎,后者的痛苦在弹钢琴时倾泻而出,直到这时"我"才意识到桑尼是什么样的人,他有什么样的素质。

该故事表面上看描述的是"我"受母亲临死前的嘱托对弟弟的照顾以及兄弟之间因为弟弟的追求不符合哥哥的心愿所产生的矛盾与冲突,但置于作家创作的时代背景,笔者发现,故事的主人公桑尼借助爵士乐所要"逃避"的东西就是战争、贫困和毒品。这也是作家的创作意图。

二 逃避战争与邪恶:桑尼的蓝调

故事的主人公桑尼像小说中故事叙述者"我"所教的高中学生那么大的时候,"满脸灿烂,脸色呈棕色;他的眼珠是棕色,性格温柔,还有自己的小秘密"①。"二战"中期,桑尼15岁,他是父亲的心肝宝贝。作为一个不安分的年轻人,从少年起就对海洛因上瘾,但他不像在附近的许多年轻男孩们,既不刻薄也不残酷。除了演奏音乐,他把所有的问题都隐藏起来。

黑人族裔的民族音乐"蓝调"是桑尼在逃避现实问题时的寄托。在监狱中他给哥哥回信,说他沉湎于音乐是在"害怕某个事或者说逃避某个事"②。"二战"中,年轻人要逃避的就是战争,而对于哈莱姆区黑人青年来说,除了战争,还有弥漫在整个社区的贫穷与毒品。桑尼上学时经常逃学,跑到艺术家云集的格林威治村去学习黑人的民族音乐。后来他离家出走,随身带走一些有关音乐的书、磁带和小录音机,加入驻扎希腊的美国海军。小说没有叙述他去部队做了什么,但读者能够猜想到的也就是音乐。他从战场回到哈莱姆区,和许多没有稳定职业的黑人退伍兵一样,以打工为生,但仍然执着地追求音乐并

---

① James Baudwin, "Sonny's Blues", Anthology of American Literature, 3rd ed, George Mc-Michael et al., New York/London: Macmillan Publishing Company/Collier Macmillan Publisher, 1985, p. 1772.

② Ibid. , p. 1775.

形成了自己的风格。鲍德温在小说中描述的"逃避一些东西"是他本人现实生活的写照。"二战"中已经成人的他沉湎于文学创作,没有应征入伍,"二战"后美国国内盛行的白人对黑人的歧视他无法承受,无意抗争的他采取了回避的方式,远离故土,远走他乡,直到自己在文学界功成名就才返回美国参加轰轰烈烈的民权运动。

从故事的标题到结尾的场景,音乐在定义"黑人的蓝调"中黑人的角色和文化方面起着关键的作用。在年轻的时候,桑尼决定成为一名音乐家,这是他哥哥难以接受的决定。桑尼列举了他那个时代最伟大的爵士乐演奏家查理·帕克(Charlie Parker),帕克打破了爵士乐的传统,创造了一种新的、更自由的音乐表现形式。早期的爵士乐很大程度上依赖于精心策划和周密的安排,而像帕克这样的音乐家的音乐是信手拈来的,因为男人们倾听并相互回应。音乐靠的是本能,而不是僵化的结构。桑尼将他的音乐偶像的成就与上一代的音乐作品进行对比,认为其僵化、古典的音乐表现形式已不再有效。对于桑尼来说,这个世界和他哥哥成长的地方完全不同,因此需要新的艺术形式来传达它的真实性。

桑尼演奏和喜爱的音乐并不是基于严格的正规程式的非纯粹的灵魂表达,他喜爱的"波普"是一种激进的新形式的爵士乐。像桑尼这样的音乐人用"波普"表达了向往自由生活,藐视社会规范的思想,并创造一些完全原创的音乐。对那个时代的许多伟大的音乐家来说,毒品是一种永恒的诱惑。桑尼的音乐英雄查理·帕克就因为沉迷于毒品而英年早逝。在故事的结尾,叙述者"我"见证了桑尼的亲身表演。这段经历类似于叙述者"我"先前见证的宗教复兴会,但不同的是音乐中确实存在真正的救赎。

黑人的音乐"蓝调"可以使他们走出困境,忘却悲伤。桑尼的表演就像是一场宗教布道,只不过他的传播方式,只有音乐。鲍德温以一个传教士的风度描述了音乐对叙述者的影响①。

---

① SparkNotes Editors, "SparkNote on Sonny's Blues," SparkNotes.com. SparkNotes LLC, 2007, Web. Jan. 16, 2016.

三　灵魂救赎

桑尼奏响的蓝调不只是对现实的逃避，更是对贫穷的人们的心灵救赎。叙述者"我"和弟弟桑尼生活的世界被黑暗、绝望、毒品和牢狱所折磨，人们都在寻求一种拯救的方式来净化不仅是来自世界，而且来自他们自己的罪恶。

在整个故事中，叙述者"我"反复叙述周围的人几乎毫不掩饰的愤怒，以此来表现人物的内心与外界的矛盾冲突。生气和愤怒不仅仅是因为当时的非裔美国人在哈莱姆区生活的机会有限，在故事开始时，叙述者"我"就指出他的学生们"充满了愤怒"，他们意识到机会甚少，而这种意识滋生了一种破坏生命的内在的、毁灭性的愤怒。他们被困在贫民区，无处可去，因而不可避免地把愤怒发泄到自己身上，最终导致他们进入黑暗的生活。而且他们面临的是两种黑暗：一是现实生活的黑暗，二是电影里所描述的黑暗，这种银幕上的黑暗让他们盲从另一种梦寐以求的黑暗——聚众报仇①。

从年轻的时候起，桑尼就被贫穷、黑人身份和被束缚在自己社会范围内的重压所困扰。作为一个出生在哈莱姆的非裔年轻男性，他意识到自己所面临的局限和障碍。他试图努力摆脱人们对黑人的成见，离开哈莱姆区，开始一段音乐生涯。与他的哥哥不同，桑尼非常渴望逃离哈莱姆和传统的社会秩序。然而，桑尼不仅没有能够逃离，反而被关进了监狱。他不是被局限在自己的社区里，现在是真正地被囚禁了。即使在桑尼被释放出狱后，叙述者"我"还把他描述成一个笼子里的动物，试图摆脱监狱对他施加的影响，以及导致他入狱的毒瘾。

叙述者"我"也被自己的失败困住了心灵，陷入自责之中。他的母亲委托他照顾弟弟桑尼，要求他充当弟弟的监护人。母亲在叙事中

---

① James Baldwin, "Sonny's Blues", Anthology of American Literature, 3rd ed, George Mc-Michael et al., New York/London: Macmillan Publishing Company/Collier Macmillan Publisher, 1985, p. 1772.

扮演了先知的角色。她能看到自己即将死去的情景和她最小的儿子将面临的危险。作为一个母亲,她守护着自己的家庭,但现在她知道自己将要死去,再也不能像以前那样引导和保护家庭。她的死亡预示着叙述者"我"与他兄弟关系的转变,使他成为桑尼的新保护者,对抗世界上要入侵他们生活的更大的黑暗。在母亲去世后,桑尼的生活就被监狱和吸毒所破坏。两兄弟之间的关系是如此紧张,以至于在一次特别凶的吵闹之后,桑尼告诉哥哥从那一刻开始权当他已经死了。叙述者"我"背叛了他的兄弟,桑尼蹲监狱,他没有按照母亲的命令去监视兄弟,但故事结束时,讲述者把桑尼带回了自己的家,终于扮演好了兄弟守护者的角色,不断观察和担心着桑尼,希望他从监狱和毒品的阴影中走出来。

《桑尼的蓝调》中的主要角色叙述者"我"和桑尼在生理上和情感上都被囚禁了。在整个故事中,他们一直在努力摆脱一个又一个障碍。桑尼不仅吸毒成瘾,还被关在监狱里失去了人身自由。叙述者"我"的生活被限制在哈莱姆区政府为穷人建的廉租房里,他显然很讨厌这种环境。此外,他还被困在自己的内心深处,无法表达自己的情感,也不能履行他作为兄弟的义务,直到女儿的死亡给了他改变的动力。

叙述者"我"和桑尼都被囚禁,但他们被囚禁的方式完全相反。桑尼在监狱里,身体被禁闭,但作为一个年轻人,他能够做哥哥从未做过的事:逃离哈莱姆,创造自己的生活。另一方面,叙述者"我"身体上是自由的。他不在监狱里,也不像桑尼和他所在社区的许多年轻人一样沉迷于毒品。尽管如此,他还是被困在哈莱姆区及政府的廉租房中。作为一名音乐家,桑尼能够表达他入狱的沮丧和愤怒。弹钢琴时,他可以挣脱束缚,像任何人一样自由地生活。叙述者"我"则生活在自己的世界里,很难与弟弟沟通,因为无法忍受一起生活带来的价值观的冲突。"我"最终被桑尼释放了,因为后者在小俱乐部演奏的爵士乐给了"我"一个难得的了解弟弟和释放自我情绪的机会。

在作家眼中，兄弟之爱的观念超越了叙述者"我"和桑尼之间的关系，辐射到了整个黑人社会。虽然哈莱姆区充斥着毒品、贫困和挫折，但社区的成员聚集在一起，彼此守望和相助。成年人星期六下午一起分享故事，给周围的孩子一种温暖和保护。虽然叙述者"我"最初激怒了桑尼那个吸毒成瘾的老朋友，但最终承认他与该男子的邻里联系，并给了他钱。而桑尼，即使自己有许多问题，仍愿意用音乐帮助周围的人忍受挫折，继续生活。桑尼的一个长处就是懂黑人民族音乐——蓝调，通过它，他可以表达自己的梦想或挫折。桑尼的音乐为他提供了救赎的机会，但同时他知道演奏音乐可能会把他带回到吸毒的深渊中去，他也知道这是他必须承受的负担。为了创作音乐，桑尼必须忍受生活中的苦难和悲痛。最终，他将痛苦转化为艺术去救赎他的听众。

鲍德温在小说《桑尼的蓝调》中叙述了不同的救赎。叙述者"我"一直被自己没有给监狱中的弟弟回信的事困扰着。他拒绝了弟弟桑尼的求助和母亲临终的要求，否认了兄长对弟弟的义务。这是他最大的失败。叙述者"我"的女儿格蕾丝的死促使叙述者立即写信给弟弟，他知道他已经失败了，他需要寻求弟弟的原谅。与此同时，桑尼也经历了一种地狱般的生活，打架斗殴、酗酒、吸毒，直至被关进监狱。出狱后，他想从毁灭他的毒品中拯救自己。桑尼在音乐俱乐部找到了真正的自己，创新了黑人爵士乐蓝调。就在桑尼邀请他的兄弟观看他的表演之前，他在街上实现了一次"良心复活"。在一个周末，邻居四兄妹以布道的名义在街上行乞。他们唱的是歌颂上帝的歌，但上帝却不能解决他们的温饱问题。围观他们布道的人没有也不是真正愿意听他们的歌，仅是给他们施舍。桑尼非常慷慨，把自己所有的钱都掏了出来，也只有他听懂了他们的歌和他们歌里所表达的忧伤。最后，在桑尼的盛情邀请下，"我"去俱乐部欣赏了桑尼的音乐。出乎"我"的意料，桑尼已成为整个俱乐部的王牌钢琴家，他的音乐把自己全部的不幸与悲伤倾泻出来，让"我"仿佛"看到了我的母亲……我的小女儿"①。叙述者和桑尼都找到了他们一直寻求的救赎,哪怕只是暂时的。

四　作家无声的反抗:叙事中的隐姓埋名人

小说《桑尼的蓝调》创作于黑人族裔深受白人压迫且自身贫困潦倒的 20 世纪 50 年代,描写的故事发生在"二战"时期及战后,他们日常的基本生活都难以维持,更谈不上拥有社会与政治地位。在鲍德温的创作中,他巧妙地采用无名氏和第三人称的手法来表达他的族人在轰轰烈烈的"二战"中毫无身份地位可言的可悲处境和对战争的漠视——无声的反抗。

故事以代词"我"作为叙事者开头,讲述他的弟弟桑尼是一个本质不坏的青年。"我一直不相信桑尼会变成一个罪犯","他很野但并不疯狂。他一直都是个非常乖的孩子,从来就不像哈莱姆区的其他男孩子那样突然变得冷酷、邪恶或不尊重他人"②。在后面的讲述中,"我"还涉及了很多与桑尼相关的人物,但除了"我"的妻子伊萨贝尔、死去的女儿格蕾丝和引导桑尼走上爵士乐道路的克里奥(Creole),作者再也没有提及其他人的姓名。桑尼的父母和叔叔、社区里出名的油腔滑调的混混青年、来到"我"家做礼拜的社区邻居们、在街头以奋兴布道会的名义乞讨的邻居四兄妹、摆小摊的大胖子、和桑尼斗气的伊萨贝尔的父母、其他热情为桑尼捧场的文艺青年和给桑尼送茶水的女子以及飙车杀死"我"叔叔的白人青年,都没有名和姓。作家描写的这些黑人就是所有普通黑人群体的代表。他们身处战争年代,但从作家描述的他们的日常生活中,读者很难看出惨烈的"二战"给他们带来了任何影响,无论战前、战中和战后,他们依旧贫穷,战争似乎是白人的事情。而作家本人在"二战"时期

---

① James Baudwin, "Sonny's Blues", Anthology of American Literature, 3rd ed, George Mc-Michael et al., New York/London: Macmillan Publishing Company/Collier Macmillan Publisher, 1985, p. 1792.

② Ibid., p. 1772.

也已是成年人，他的生活与宗教和创作相关，与战争似乎相去甚远，他感觉到的是种族的歧视，所以他远走他国。事实上，自从珍珠港偷袭事件后，战争对美国所有人的生活，尤其是族裔人的生活都产生了深远的影响，很多母亲失去了儿子、妻子失去了丈夫。但作家鲍德温笔下的故事叙述者"我"为了得到津贴参加了战争，毫发无损地回到了美国并成为中学数学教师，而他的弟弟桑尼也仍旧是个贫穷的爵士乐追求者。

在《桑尼的蓝调》中，"我"既是叙述者又是身处其中的参与者，鲍德温的这种叙述角度有两个特点：这个人物作为叙述者兼小说角色，可以参与事件过程，又可以离开作品环境为读者进行描述和评价。这双重身份使他不同于作品中其他角色，比其他人物更透明、更易于理解。其次，他作为叙述者的视角受到角色身份的限制，不能叙述本角色所不知的内容。这种限制造成了叙述的主观性，但也正因为如此才会让读者产生身临其境般的感觉。

> "我"的邻居，桑尼的朋友，一个小混混，在得知桑尼被捕入狱后，去"我"的学校把消息告诉"我"，并以此来获取报酬。这个混混儿浑身酸臭，穷困潦倒，从中学开始就吸食毒品，并诱惑桑尼吸毒。①

这里叙事者"我"对哈莱姆区小混混的描写，仿佛让读者感觉这个角色就站在面前，让人浑身不自在，产生一种又恨又怜悯的感觉。尽管混混儿吸毒成瘾，但他能够雄辩地解释吸毒成瘾给生活造成的困难。他是一个困惑、无名的灵魂，短暂地出现在这个故事中，讲述了哈莱姆区无数吸毒成瘾的年轻人的故事，给读者留下了深刻的印象。

作家鲍德温正是以此叙事手法表现了大部分黑人和他自己对美国

---

① James Baudwin. "Sonny's Blues", Anthology of American Literature, 3rd ed, George Mc-Michael et al, New York/London：Macmillan Publishing Company/Collier Macmillan Publisher, 1985, pp. 1773−1774.

白人主流社会主持的海外战争的态度——消极反战。与此同时,作家也通过无名氏"我"逼真地描述了"二战"前后美国黑人居住区哈莱姆区人们物质和精神上真实的生存状况。

《桑尼的蓝调》的叙述者不仅洞察了桑尼和黑人的生活,而且对他们的生活环境了如指掌。虽然故事的标题里强调了桑尼,但它是通过叙述者的眼睛来展现桑尼和哈莱姆区。与他所在社区的大多数男人相比,叙述者无疑是个成功者:他有妻子和两个孩子,还有一份体面的教师工作。然而,他不断地意识到哈莱姆的黑暗与更危险的一面。他看到了廉租房附近的游乐场和旧住宅的消失,还看到了他兄弟桑尼与这个破旧社区的抗争。他为被贫困、犯罪和滥用药物困扰的整个社区的安危和他弟弟桑尼的挣扎担忧。

历史上,"二战"前的纽约已经开始了一场重要的文化和政治革命,它永久改变了这个国家。来自世界各地的艺术家使纽约成为一个新的文化首都,建立了作为城市波希米亚中心的格林威治村,在那里桑尼曾经短暂地居住。不同的艺术家,包括画家杰克逊·波拉克(Jackson Pollack)、音乐家查理·帕克(Charlie Parker)、白人作家杰克·凯鲁亚克(Jack Keruac),都聚集在纽约。虽然在风格和题材上有很大的差异,但这些艺术家相互借鉴,他们的艺术成果对战后美国独特的文化和政治危机做出了反映。

在《桑尼的蓝调》中,桑尼想超越传统的音乐惯例,而许多战后艺术家的作品也表达了对个人自由和艺术自由的激进的新观念。与此同时,纽约的艺术景象正在剧变,成千上万的非裔美国士兵从战场返回家园,向北来到哈莱姆这样的社区,在那里,他们没有找到新的就业机会和平等的权利,而是面对着新建造的廉租房和广阔的城市贫民区。桑尼和他的兄弟都在战争中服役,他们各自返回美国,发现他们的生活与白人完全不同,哈莱姆区数以百计的房屋被夷为平地,以便于进行政府推行的住房项目,而这些项目最终成了城市衰败和贫困的象征。成千上万非裔美国人在战争结束后参加了国内的另一场战争——民权运动。虽然20世纪50年代的美国总体上比较保守,但20世纪60年代激进的政治运动的基础正在形成。民权运动在20世纪60

年代初从南方兴起，在数百万非洲裔美国人为争取平等权利而振臂高呼的巨大声势的助推下，很快开始在全国各地展开。

正如桑尼指出，哈莱姆区在历史的关键时刻似乎已经准备好来一次"爆炸"。《桑尼的蓝调》佐证了美国城市生活的挫折和挫折感最终转化的政治和艺术运动①。

总之，《桑尼的蓝调》以第一人称和闪回手法讲述了叙事者"我"和弟弟桑尼的故事，在"二战"期间和战后，桑尼通过黑人爵士乐逃避了一切艰难困苦，从中找到了人生的价值，救赎了苦难的灵魂。整个故事涉及了很多与桑尼相关的人物，但除了能够使桑尼开怀大笑的叙事者的妻子伊莎贝尔和引导桑尼走向音乐道路的导师克里奥（Creole）外，其他所有的人都无名无姓，他们的父母，惨死的叔叔，桑尼的混混儿朋友，甚至故事的叙述者，他们都被"隐形"并化成了"普通角色"，似乎他们的经历是每一个非裔人的经历。笔者认为，作家鲍德温以他巧妙的笔法反映了他的反战态度：逃避。这与亚裔作家约翰·冈田的艺术手法有异曲同工之妙。

第二节 "不"参战：《不不儿》

和詹姆斯·鲍德温的《桑尼的蓝调》一样，日裔作家约翰·冈田的《不不儿》（亦译《混混儿》）叙述的也是第二次世界大战中族裔青年消极反战的经历。两本著作的相同之处在于它们都出版于1957年，故事涉及的主人公的家庭都有两个儿子，他们都对战争持消极的态度，他们的母亲都曾给予他们无微不至的关怀，父亲虽然爱他们，但在家里似乎都是对妻子言听计从的人。战后他们都经历了迷惘与挣扎，最后经过自我反省，通过艺术与学术追求走出了身心困境，融入自己的社区文化中。而两个故事的不同之处则在于作家们本身在"二战"中的个人经历与所处的社会大环境及文化背景不一样，他们所遭

---

① SparkNotes Editors. "SparkNote on Sonny's Blues," SparkNotes. com. SparkNotes LLC, 2007, Web. Jan. 16, 2016.

受的歧视程度也大相径庭。所以他们小说中的人物消极对待战争的后果也大不一样,《不不儿》里的主人公以及和主人公一样的"不不儿"们所遭受的歧视更深、更普遍、更具毁灭性,其产生的原因也更复杂。

一　作家约翰·冈田和他的《不不儿》

约翰·冈田(1923—1971)是一位日裔作家,被公认为第一位日裔美国小说家。他出生于西雅图,第二次世界大战中日本偷袭珍珠港事件发生时,他在华盛顿大学就读。他被迫中断学业,和家人一起被拘留在专为日本人设立的拘留营里。后来他从拘留营被带走,在宣誓不效忠日本天皇后被征入伍,成为美军日语翻译。退役后他回到华盛顿大学,完成了学业,获得了英语学士学位和图书学辅修学位,后来又到哥伦比亚大学学习并获得了英语硕士学位。他从事过教学工作。1956年他完成并出版了他唯一的小说《不不儿》。该小说在日本出版时没有受到读者的青睐。到了20世纪70年代,当亚裔文学蓬勃发展时,人们才重新审视冈田50年代的创作,华裔作家赵健秀(Frank Chin)在该小说2014年版的后记"寻找约翰·冈田"中这样评价冈田和他的作品:"对于西雅图以外的亚裔人来说,约翰·冈田是黄种人灵魂的佐证"[1],"小说《不不儿》是如此优秀,让我感觉自己是如此渺小"[2]。如今,在美国的族裔文学课堂里,《不不儿》是必读教材,由此可见,该小说在美国族裔文学,特别是亚裔文学中的地位。

《不不儿》是关于日裔美国青年山田一郎(Ichiro Yamada)因拒绝美国政府征兵而招致两年牢狱之灾,出狱后遭到日裔人侮辱,在迷惘、失业、自我反思之后,最终走出困境的故事。他的父母在他出生之前就到了美国。"二战"期间他和父母像其他众多日本后裔一样被关进了离家很远的拘留营。尽管他们没做错什么,但仍然被当罪犯对

---

[1]　Frank Chin, "Afterword:In Search of John Okada", *No-No Boy*, John Okada. Seattle/London:University of Washington University Press, 2014, p. 224.

[2]　John Okada, *No-No Boy*, Seattle/London:University of Washington University Press, 2014, p. 225.

待。他们很多人对巨额财产被没收还被无辜关进拘留营的遭遇耿耿于怀。对征兵的军官提出的要他们日裔人参军打仗、效忠美国反对日本的两个问题，一郎回答的都是"不"，所以他被称为"不不儿"。他的回答使他被判入狱两年。战争结束后，他也出狱回到西雅图，他原来熟悉的一切似乎都不存在了。

他过去的朋友中，有些人从战场回来成了残疾人，有些战死在疆场，和他同类的"不不儿"整日无所事事，打架斗殴。退伍拿到了抚恤金的青年有些以参战经历为资本炫耀自己是美国人，他们花天酒地，鄙视一郎这样的"不不儿"，在一郎看来，包括他的亲弟弟太郎（Taro）在内的所有人都瞧不起他。一郎的各类青年朋友代表了族裔青年在那个时代不同的选择：弗雷迪也和他一样进了监狱，出狱后靠着和一个邻居的老婆鬼混整天过着醉生梦死的生活；贤治（Kenji）入伍参战失去了一条腿。一郎的母亲效忠祖国日本，她希望儿子也和她一样。一郎因坐牢而感到困惑和羞耻，认为自己犯了错误，会前程尽毁。他不知道自己要做什么，但知道他不可能回到从前，假装什么都没有发生。无所事事的他，在不知不觉中乘车回到了母校，那里的老师对他充满了同情，鼓励他回校继续学习，但当饥肠辘辘的他走出学校后，感觉内心一片空虚，只剩静静的悲哀。他也与母亲有争执，抱怨母亲冷漠、顽固不化，愤而离家出走，和贤治一起到了波特兰市。一郎的母亲一心想回日本，她始终认为日本不应该被打败，但两次收到妹妹请求给予物质援助的信件和儿子一郎的离家出走使她坚持的梦想破灭了，精神失常的她最终在浴缸自杀结束了自己的生命。一郎对母亲的死没有任何遗憾，甚至认为她早就该死。他的父亲软弱无能，以酗酒来逃避所有的问题。他的弟弟未完成学业就到酒吧里酗酒鬼混，后来参军入伍去证明自己是美国人，直到母亲去世都不曾回家。一郎不仅面临着来自白人和黑人的威胁、恐吓、歧视和仇恨，还面临本族人的憎恨，因为日裔美国人认为他是叛徒，背叛了美国。一郎和贤治去酒吧喝酒，碰到了一个绰号叫"公牛"（Bull）的日裔男孩带着一个白人女子进来喝酒，他知道一郎是个"不不儿"，对他一脸的不屑。与此同时，一郎的弟弟太郎也在喝酒，认为哥哥是"叛徒"的他带人殴打了一郎。一郎对这个充满歧视的世界充满愤怒。

他的朋友贤治把一郎介绍给了漂亮的爱美（Emi）。她的丈夫在部队久不归家，一郎与她交往了一段时间后不再往来，后来爱美得知一郎的母亲去世后到他家悼念，并告诉他自己正在办理离婚手续。一郎到医院探访治疗断腿的贤治后在回西雅图的途中拜访了爱美，她告诉一郎她爱贤治，但不是男女之间的爱，得知贤治因腿伤严重将不久于人世，她伤心地哭泣。她鼓励一郎改变生活的态度，并帮他寻找工作。当他在寻找工作的过程中重新遇到一些高尚之人之后，他的怨恨减少了。他学会了原谅自己和母亲。即使最理解他的朋友贤治突然离世，他也没有对生命失去希望。最终他善良、好脾气的性格又回归了，和爱美谈上了朋友，准备帮助父亲打理小杂货店并继续自己的学业。就在这时，秋元（Akimoto）的儿子弗雷迪邀请他出去放松自己，他们先到了一个嫖娼的地方，拉皮条的黑人告诉他们妓女供不应求，他们就来到了东方俱乐部酗酒，在这里他们遇见了憎恨"不不儿"的"公牛"，后者看不惯"不不儿"弗雷迪便将他赶出去暴打一顿，弗雷迪一气之下跑到停车场开车猛撞另一辆车，最后将车开到街边的墙上，车反弹下来把他自己撞成两截身亡。目睹了这一切后，一郎最后陷入沉思，并走上探索之路，去追求他心中的梦想与幸福生活。

约翰·冈田通过主人公的心理独白来描述第一代日本移民对祖国的愚忠和"二战"给日裔美国人造成的身心创伤与财富损失以及战后日裔美国青年寻求自己美国人身份的苦难经历，他让读者看到所谓的日裔人"身份危机"非常真实，但它同时又是虚假的东西。

二　对祖籍日本的愚忠

日本人进入美国得益于美国政府对中国人的歧视。他们在 19 世纪末美国政府的排华法案禁止中国移民进入美国后以合同工的身份大批涌入美国，而且美日两国 1908 年的"君子协定"使得日本男性移民的妻子儿女及其亲属能够入境美国，建立了比较完整的日裔家庭[①]和日裔社区。他们大都怀揣富人梦，聚居在美国西海岸的城市与农村，以服务业和农业为生，希望有朝一日荣归故里。

在"二战"中，日本于1941年12月偷袭美国珍珠港后，美国总统罗斯福发表了著名的国会演说，谴责日本为"最无耻的国家"，随后，政府以安全为由发动了大规模关押日裔美国人的运动，将西海岸的十几万日本人迁移到了美国内地大沙漠地带或岛上拘留营，同时也对其他州的日裔美国人进行了筛选与关押。恶劣的生活环境对日本移民造成了巨大的消极影响。其中大量日本人要求放弃美国国籍返回日本，在哈特山申请回日本的人仅在1943年就从42人增加到800人，从1942年到1946年总共有4727人返回日本本土[②]。在这样的背景下，许多仍然留在美国的第一代日本人坚持对日本故土和天皇的狂热效忠，还要求自己的子女效忠祖国并以此为骄傲。冈田小说《不不儿》里一郎的父母亲和他们的大部分同乡就是这样的人。

冈田笔下一郎的母亲山田夫人是一个典型的效忠祖国日本和日本天皇的第一代日本移民，她固执、强势、好面子又能干、勤俭持家，可惜命运不济，是一个悲剧人物。

山田夫人从小长相甜美，在学校成绩优秀，有远大的抱负，想成为一个让家族人骄傲的女儿。所以她在结婚后便与丈夫远渡重洋来到美国辛勤劳作，把儿子送进了大学。然而尽管她是一个典型的日本"能干婆"，但她在儿子的眼里只是一个"个子瘦小，平胸，身材单薄，头发梳得光光的在脑后打个结，样子看起来就像个13岁以后就不再发育的女孩"[③]。她的性格像块石头，经过不停的捶打，最后失去自我，什么也没剩下；她基于自己顽固的立场对儿子进行教育；她从美国所要索取的只有儿子的教育，学习书本知识以便他们将来回到

---

① 施琳：《美国族裔概论》，中央民族大学出版社2006年版，第112页。

② 同上。

③ John Okada, *No - No Boy*, Seattle/London：University of Washington University Press, 2014, p. 11.

日本成为更优秀的人,其他的如音乐、舞蹈之类都是无用的东西①。
她对儿子一郎非常刻薄,总是用她那"卑鄙和让人看不见却又无处不
在的憎恨方式咒骂他"②。珍珠港事件后,是她让儿子面对白人军官
的询问说"不"愿意参军打日本,"不"愿意效忠美国而要效忠日本
天皇,她的教唆使她儿子一郎蹲了两年的监狱并获得了比空虚更为可
怕的东西——对自己身份的怀疑和对生活的迷惘。她用她的卑鄙和仇
恨亲手扼杀了一郎的一切③。然而她为儿子说了"不"而被关进监狱
感到无比自豪,认为只有"她强大的基因才能培养一个这么强大的儿
子,忠于日本的儿子"④。

　　她的祖国情结非常强烈,换句话说,她要在家乡人面前表现她自
己的优秀和富裕的欲望非常强烈。她在一郎回家的第一天就提出让儿
子回到学校去继续学业。因为一郎在珍珠港事件之前曾在大学学过两
年的工程专业,她坚持认为儿子学好了专业将来"回到日本,机会多
多"⑤,大有作为。这一切让她感觉她离富人梦只差一步之遥,她已
经感觉自己是个成功的女人,在同乡面前是个人上人,对别人的行为
也可以指手画脚,不可一世。为了炫耀自己的成功,她在儿子回家的
当晚就按照日本人的习惯带他去拜访了老友兼同乡熊坂和足田两家,
在他们面前显摆自己的能力,她因此更觉得她的大日本帝国是个伟大
的国家,忠于祖国是她的荣耀。她固执地生活在自己所认知和幻想的
世界里,认为日本是个永不失败的帝国,等战争胜利了,帝国将会派
船只来接他们回国。

　　然而,一郎母亲的祖国情结是盲目的、自欺欺人的妄想症,她是
一个心理上极端狂热的典型愚忠者。战争结束后,当她收到亲人们从
日本寄来大批信件向他们请求物资援助的时候,还认为日本不可能被

---

　　① John Okada, *No-No Boy*, Seattle/London: University of Washington University Press, 2014, p. 182.

　　② Ibid., p. 13.

　　③ Ibid.

　　④ Ibid., p. 12.

　　⑤ Ibid., p. 14.

打败，是美国的媒体在作祟，她拒绝了亲人提出的任何形式的援助请求，因为她认为这些信件是美国媒体伪造的。她对待邻居儿子战死疆场的悲剧也毫无怜悯之心，认为熊坂夫妇的儿子鲍勃的死亡意味着他们自己的死亡，他们没有教好儿子，居然让他为美国人去欧洲打仗。如果她的儿子一郎去参军或想参军，她都会自杀①。但她遭到了儿子一郎的鄙夷。一郎始终认为他的母亲是个疯子，当他听到母亲讽刺失去儿子的邻居时，他挖苦她说："有胆量！"② 他愤怒地谴责母亲的疯狂行为，认为母亲给他的只有疯狂，她只是一块充满仇恨和疯狂的顽固的石头，既不是一个女人，也不是一个母亲。他对母亲不屑一顾，而她曾经认为自己有强大的力量来阻止儿子为美国效力。

生活在幻想世界里的山田夫人的美梦最终被日本战败的现实击得粉碎。一郎的姨妈再次写信来向她请求援助，怕她不相信，便讲出了她们两姐妹在一次洪水中妹妹救姐姐的故事，而这个故事是她们之间的秘密，他人无从知晓。这个故事让她突然变得沉默，开始相信媒体的报道。她的日本必胜的梦想终于破灭。后来儿子一郎的离家出走让她真正变成了疯子，最后她在绝望中走进浴室将自己溺亡在浴缸中。

山田夫人的死体现了第一代日本移民对日本天皇愚忠的悲剧。和他母亲一样，一郎的父亲山田先生的生活也是悲剧。

山田作为合同工从日本来到美国修铁路是为了挣钱再回家买地，做富豪，但年轻时血气方刚，没有节制，每周劳动得来的钱都在周末花在了赌博、酗酒和嫖娼上。后来意识到自己的初衷，便戒掉了这些坏习惯。他是个好人，但无一长处。他和妻子在美国生活了 35 年，但他们日本人的习惯一点也没改变。他们只会讲几个不成句的英语单词，一个字也不会写。山田先生坚持说母语，保留日本男人夜不归家的习惯，还酗酒成性。在新的文化环境里一点也没有改变自己。死守自己的日式生活和文化。在遭到美国政府关押的时候，他和妻子一

---

① John Okada, *No-No Boy*, Seattle/London：University of Washington University Press, 2014, p. 40.

② Ibid. , p. 41.

道,以儿子坐牢的代价换取了自己的自由。他是一个没有责任心或担当的丈夫与父亲。在他儿子的眼里,他只是一个"该死的、肥胖的、只知道傻笑的、懦弱的小人,是个无用之徒"①。在他老婆自杀身亡时,他自己醉倒在家,酣睡不醒。看见父亲的窝囊废样子,一郎认为他"既不是男人,或女人,或日本人,也不是美国人,他是一个被稀释了的混合体"②。

最后,山田在妻子自杀身亡后才成为家里的主人,向日本的兄弟姐妹寄送他们所需的生活必需品,在夫人的葬礼上昂起头,听着邻居的赞美之词,他心里美美的,觉得自己并非酒鬼与窝囊废,葬礼后他举行宴会款待了同乡。但35年的奋斗后,他还只是一个妻子留下的小杂货铺的老板,勉强糊口。他的富人梦最终也没能实现。他一生都是强势妻子的影子,和妻子一样,也希望儿子上大学,成大器,回日本做人上人。然而他的两个儿子都不尊重他。在作家冈田看来,这种墨守日本成规的男人永远只能处在社会的底层。

冈田运用对比手法,把贤治的父亲和一郎的父亲进行了对比性描述。他们都怀揣着富人梦来到美国,在拘留营,贤治的父亲听取了一个日裔心理学家的报告。后者告诉拘留营的父母如何对待自己的孩子,认为他们陪伴孩子的时间太少,不懂孩子的心思,他们应该知道他们的孩子是美国的孩子,不是父母的孩子,父母们若把在日本种植水稻和在美国种植杉树当成一回事是愚蠢至极。听过心理学家讲座的父母或多或少改变了对子女的看法或态度。例如贤治的父亲,他经历了丧妻之痛、被关进拘留营等磨难后,儿子贤治应征入伍到欧洲战场参战,以失去了一条腿的代价换来了七居室的大房子、车子和抚恤金。为美国而战的儿子给他带来的富裕和儿孙满堂的幸福生活让他放弃了回日本的打算,因为他的家庭是个充满爱的家庭。在贤治的腿病继续发作的时候,他的父亲、弟弟、姐姐和姐夫们都对他关怀备至,

---

① John Okada, *No-No Boy*, Seattle/London: University of Washington University Press, 2014, p. 13.

② Ibid., p. 105.

让他死而无憾。

作家冈田通过对两个父亲不同结局的描述向读者证明了自己的观点：作为移民，不接受白人主流价值观，一味地幻想将来富裕了回国就会有更好的生活，把对故国的忠诚视为生活的信条，那么等待他们的就是自取灭亡。和他妻子一样，山田也只是一个没落帝国的愚忠者。

山田夫妇这样的愚忠还表现在日裔社区里其他的第一代日本移民的身上。虽然日本人给人以抱团生活的印象，但冈田所描述的日裔社区是一个充满内斗和敌意的社区。年轻人有的忠于祖国，拒绝参战，有的效忠于美国，对美国有狂热情感。年长的日本人大部分效忠祖国，希望发达了再衣锦还乡，而小部分人认为自己虽然不愿意，但觉得美国的生活也不坏，如贤治一家非常和谐和幸福。

战后的社区发生了巨大的变化。一郎刑满释放回到西雅图后，发现那里的一切都变得"破旧、肮脏和破烂不堪"①。从珍珠港事件开始，针对日裔人的冷酷与可怕的仇恨情绪涌现出来，它远远超出了对黑人、犹太人、墨西哥人、中国人，太矮的人、太胖的人或太丑的人的仇恨②。在这种仇恨中，日裔美国人社区的人际关系变得非常冷漠。

日本人的社区原本有着和谐友善的氛围。在各种重要的场合，关系亲近的家庭之间都会相互正式拜访，尤其是一个家庭成员离家或因长期在外返回家乡时，他们都会去串门，叙叙旧情。"二战"后，邻里间拜访时的话题都是对不效忠日本的参战年轻人和他们的父母的谴责、尖酸刻薄的嘲讽与挖苦。一郎回家后的当天晚上，他母亲领着他去拜访和她一样效忠于日本的足田夫人，后者热情地接待了他们，并告诉一郎他的许多伙伴都回到了西雅图，渡边家的儿子从日本回到了美国并带回了广岛和长崎遭原子弹轰炸后的图片。足田夫人和山田夫人都拒绝相信日本被炸的事实。更可笑的是足田夫人认为是美国人把

---

① John Okada, *No-No Boy*, Seattle/London：University of Washington University Press，2014，p. 7.

② Ibid.

渡边的儿子带到其他国家拍摄了那些惨景图片，甚至认为"他相信媒体的宣传，简直太可怕了"①。她抨击渡边家小子拿起武器回到日本去攻打自己的叔伯、表亲、兄弟姐妹还不够，还目无尊长，拿美国媒体的宣传画来欺骗老人。如果她有个儿子去加入美军打日本，她会因羞愧而自杀②。一郎的母亲认为渡边先生"教子不严，愚蠢之极"③，而她自己则是最明智的人，她的儿子就没有拿起武器去对付自己人。

一郎看到他母亲和足田夫人一唱一和地批评渡边一家时，对表面上温柔、善良的足田夫人产生了极大的厌恶情绪，认为她的丈夫在一个宾馆上夜班，低头哈腰地向美国富人们收取一毛二毛钱的小费，一家人连公交车都坐不起，还在做着有日本国的船只来接他们回母国的白日梦，这才是可耻的行为。一郎的母亲在拜访足田家时，还把那封要接他们回日本的信给足田夫人看，一郎感觉羞愧难当，而足田夫人则狂喜不已。这两个女人愚蠢、固执地笃信祖国对他们会不离不弃。

一郎父母的第二个同乡熊坂一家来到美国也是为了挣钱，他们战前开了一家干洗店，挣了很多钱，但仍然住在破旧的房子里。但战后他们买了新房子，一郎发现他们要在美国扎根了。一郎和母亲到访时，熊坂夫人热情地请他们进屋。她战前满头青丝，战后变得白发苍苍了。他们的儿子战死在疆场。一郎的母亲在失去儿子的熊坂夫妇面前故意大声炫耀自己儿子回家的事，认为自己养了个好儿子，如果他是去为日本而死，她会更加骄傲。明知熊坂的儿子为美国战死家人正悲痛不已，她却火上加油地说："一个母亲的命是不容易的。与男人睡觉生个儿子不算什么，把儿子培养成一个让她骄傲的人可不是好玩的。我们有些人成功了，有些人，当然，必须失败。"④她话里藏话，挖苦熊坂夫人教子无方。她对熊坂夫人的丧子之痛没有半点怜悯之

---

① John Okada, *No－No Boy*, Seattle/London：University of Washington University Press, 2014，p. 22.

② Ibid.

③ Ibid.

④ Ibid.，p. 26.

心。一郎认为他的母亲是"疯子，卑鄙和疯狂"①，并诅咒日本，"让它见鬼去！"②

因为第一代日本人之间效忠祖国与否的矛盾引发了他们子女之间对战争和美国政府的态度的分化，战后的整个社区都充满了鄙视与仇恨。中国女孩瞧不起亚洲人，她交了个白人男友，对亚裔人只剩表面上的尊重；意大利餐馆不欢迎日本人、犹太人和黑人；皮肤较白的黑人歧视皮肤黝黑的黑人；年轻的日裔人痛恨年长的日裔人，年长的日裔人痛恨更传统的日本人③。在中国人开设的餐馆里，黑人、日本人、中国人和犹太人之间不断进行斗殴。一郎对战后的社区和社区的人们有落寞、混乱与陌生的感觉，夜晚走在街上，看见一群群日裔青年在消夜，他认出了每一张脸、每一个微笑、每一个手势或每一声冷笑，但这些都与他无关，熟悉的面孔不再意味着他们是朋友。他大步流星往家走，内疚地回避着一切可能认出他的人④。他对前辈愚忠的思想充满了愤懑，有强烈的反抗心理。

在作家眼中，父母对祖国日本的愚忠迫使一郎做出了让自己悔恨不已的决定。日裔社区里的第一代人的愚忠几乎毁灭了第二代日裔人。

三　置身战争之外：蹲监狱

小说中的"不不儿"一郎是第二代日本人，拒绝为美国效力，承受了两年的牢狱之灾。他之所以成为"不不儿"，是由他父母亲对日本的愚忠所致。"不不儿"的由来源于征兵中的两个问题：

第27题：无论命令你去什么地方，你都愿意为美国的武装部队服役吗？

---

① John Okada, *No-No Boy*, Seattle/London: University of Washington University Press, 2014, p. 29.
② Ibid.
③ Ibid., p. 222.
④ Ibid., p. 33.

第 28 题：你会发誓无条件效忠美利坚合众国和忠实地捍卫美国不受任何或全部国外或国内的武力攻击，并放弃任何效忠和服从日本天皇，或任何其他外国政府、权力或组织吗？①

对这两个问题回答"是"的人，都会以美国人的身份应征入伍，被派往太平洋战场或欧洲战场与敌人作战，在太平洋战场的敌人不是别人，正是这些日裔美国人的同胞。但这样做他们可以保护自己在美国的亲人。参战就意味着他们背叛了自己的祖国与那里的亲人，这是那些顽固效忠于日本和天皇的人无法接受的事实。凡是回答"不""不"的青年，经过法庭的审判，都被投进监狱服刑两年。

这些被投进监狱的人不参战，但穿上了另外一种让他们后来感到耻辱的制服，劳改犯的制服。他们也成了没有身份的"不不儿"。作家冈田在小说中对主人公一郎受审和坐牢的描述所用笔墨不多，故事讲述的主要是他出狱后的身心痛苦，但是在"前言"里，冈田阐明了他对日裔人态度的理解。

日裔美国人在日本侵略者偷袭珍珠港事件后遭受了不公正的惩罚，作为日裔美国青年，他们的选择也非常艰难。若是参战，虽然可以保护在美国的家人，但他们那些效忠日本天皇的父母会谴责他们残杀自己的同胞；若是不参战，他们的美国亲人要被关进拘留营，他们自己也要去坐牢。1941 年 12 月 7 日日本轰炸了美国珍珠港，遭到轰炸后，所有美国人都改变了对日裔美国人的态度，"每一件日本的东西和每一个日本人都变得卑劣"②。大学教授发现自己不再可能直面那些谦逊的日本学生；曾经得到过日本酒馆老板帮助的酒鬼在轰炸发生后的第二天就毫不犹豫地参军入伍攻击日本；与日本人做生意赚取了可观利润的白人立刻巧取豪夺了前者的商店；美国人的愤怒、仇恨与爱国主义精神全部转变成了对玷污他们土地的日本人的谴责。所有

---

① John Okada, *No-No Boy*, Seattle/London：University of Washington University Press, 2014, p. x.

② John Okada, "INTRODUCTION", *No-No Boy*, Seattle/London：University of Washington Press, 2014, p. xxiii.

在美国居住 20 年、30 年甚至 40 年的异化了的美籍日本人都被筛选，遭到了和真正的日籍日本人一样的虐待，那些不幸的日本外交官、商人和访问学者被强行装上船遣送回国，那些太积极的日本人被转移到美国内地的沙漠地带拘留起来。几个月的筛选过后，唯一一个捡到了一块"我是中国人"牌子的松三郎被留下，在加州的一个港口找到了一份工作。最后，一个被认为是好青年的日裔美国人参加了美国空军，前往关岛，去为美国窃听日本空军情报。他参军的理由是为了保护被关在拘留营的亲人。而不愿参战的青年则被穿上了另一种制服，送进了监狱①。这是作家约翰·冈田在他小说的前言中叙述的日裔美国人在珍珠港事件后的不幸遭遇。其中参加美国空军的好青年便是作家本人，但他小说中的主人公一郎并非像作家一样是个优秀的空军飞行员或情报员，而是一个拒绝为白人政府效劳被关进监狱达两年之久的"不不儿"。一郎和弗雷迪这些日裔美国"不不儿"在战后根本就找不到生活的目标，整天除了酗酒和玩耍外，无所事事。

笔者认为，作家之所以创造一郎这样的"不不儿"人物，目的在为"二战"中遭受过不公正待遇的日裔青年鸣不平。从一郎出狱后的遭遇和他的独白中，读者可以发现，他去坐牢并非出自真心意愿，而是父母，尤其是他疯狂爱着祖国的母亲的意愿。作为美国人，他不明白为什么要爱他从未见过的日本亲人。他出狱后最后悔的事就是说了招致牢狱之灾的"不"。因为是"不不儿"，他走在街上都遭到同族其他年轻人的鄙视、唾弃与辱骂，甚至是自家弟弟的殴打。在家里，因为没有工作，整日闲荡，要忍受母亲的唠叨与刻薄。因为说"不"而蹲监狱的不只是一郎一人，他只是他那个群体的典型代表。战前他们是美国人，有着日本人血统的土生土长的美国人。但珍珠港事件后，他们成了浮萍：既不是日本人，也不是美国人。他们既想做日本人也想成为美国人，但哪一个都做不成。

作家冈田自己本人是参加了美国空军为美军服务的日裔青年，而

---

① John Okada, "INTRODUCTION", *No - No Boy*, Seattle/London: University of Washington Press, 2014, pp. xxiii–xxvi.

战后他创作的小说主人公却愿意以身陷囹圄去换取对家人的保护和父母对祖国的愚忠。从他的语言中,读者可以看出他消极反抗战争的态度,美国白人的战争不是日裔人的战争,尽管他本人被迫参加了战争,但这并非出自他的意愿。或许他心里也只是个充满矛盾的"不不儿",只是为了家人迫不得已参战。

在作家的眼中,这些充当了"不不儿"的年轻人不应受到如此不公正的待遇。所以,他会在小说中创造这样的人物来引起日裔群体和美国白人主流社会对他们这一代人不幸遭遇的关注,以治愈他们心灵的创伤。

四　"不不儿"的破茧成蝶

和桑尼出狱后从音乐中获得救赎一样,作家冈田小说中所描述的一郎经历了战争的身心创伤,随着时间的推移,在与好心人的交往中,也从自己内心约束和他人的歧视与辱骂的困境中解脱出来,走上了追求新生活的道路。

经历牢狱惩罚的"不不儿"山田一郎战后被释放回家,美国人的胜利让他作为日裔美国人感到羞愧难当。他出狱后在回家的路上遇上了儿时朋友江藤(Eto),后者以为他也参加了美国军队同日本作战,很高兴地想邀请他喝酒,但他发现一郎是从监狱出来的时候,马上变了脸,辱骂他是"烂货,坏杂种"[1],还朝他吐了一口唾沫。回到开杂货铺的家后,虽然父亲非常热情地接纳了他,请他喝酒压惊,但母亲并不急着见他或表达对他的欢迎之情,她只是平静地说:"你回来了我很骄傲,我很骄傲地称你为我的儿子。"[2] 她要求他马上复学并继续完成他因蹲大牢落下的学业,但一郎对继续上大学毫无兴趣,也不知道自己要做什么。他处于非常迷茫的状态,陷入了无限的痛苦,

---

① John Okada, *No－No Boy*, Seattle/London: University of Washington University Press, 2014, p. 5.

② Ibid., p. 12.

希望"屋顶塌下来埋葬一切深入他每个毛孔的痛苦"①,他想哭,但他忍住了。他"咬紧牙关来克制住一直压抑在心中的狂野的、毫无意义的、令人失望的啼哭"②。他感到委屈、窝囊、压抑与绝望。

一郎的压抑感无处发泄,只能针对引发自己错误的家人释放愤怒,他埋怨母亲残害了他。他出狱后,虽然日本已经战败,他的母亲仍然坚定地认为日本必胜,一郎必须按照她的意愿上大学,然后回日本服务。他认为他幼年时沐浴在母爱中,但现在母亲的性格发生了很大的变化,她固执,甚至疯狂地迷恋自己的故土日本。他已经感觉到母亲的不可理喻,对他来说,母亲已经是一个陌生人。一郎发现母亲自尽后,仍然对她充满了仇恨,认为她早在他记事起就在他心中死亡③。虽然自尽的山田夫人的葬礼很隆重,所有该来的日本人都来了,有牧师主持葬礼,老朋友熊坂致辞,回忆了她的一生:她曾经成绩优秀,而且好强,为了幸福生活来到美国工作。但一郎认为悼词是在褒扬一个与他不相干的人,他觉得可笑。他认为母亲犯了太多的错误,不该来美国,不该生两个儿子,更不该在美国这样的国家把他们培养成完整的日本人性格,让他按照她的意愿拒绝效忠美国。一郎在母亲死后的狂喜心态表明他心理上对母亲的仇恨达到了极点,变得非常极端化。他认为母亲为了他的幸福不让他从军,但他从来就没有幸福过,她也并不幸福。而山田先生一直是个好脾气的人,试图劝解儿子,平息他的愤怒,当他说他非常理解儿子和他母亲的时候,一郎朝他发飙,骂他"蠢货"④。

一郎对自己的身份处于迷惘之中。战中,他的母亲让他拒绝参军,因为他是日本人。战后,一郎认为自己是美国人,应该在美国人中间"讲美语、说脏话、酗酒、抽烟、玩耍、打斗、看和听美国人说

① John Okada, *No-No Boy*, Seattle/London: University of Washington University Press, 2014, p. 12.

② Ibid., p. 13.

③ Ibid., p. 165.

④ Ibid., p. 105.

话，以此方式来成为美国人并热爱美国"[1]。他认为自己对美国的爱不够是受了母亲的影响。她的影响使他的性格变得一分为二:一半是日本人,一半是美国人[2]。他有时认为自己已经不是母亲的儿子,不是日本人,也不是美国人。他对自己的身份产生了怀疑。同时,他又真心希望自己是日本人或美国人[3],但他都不是。

他感觉那些可以给教育、婚姻、家庭、工作和幸福增加尊严、尊重、目的和荣誉的东西全部被剥夺了[4]。他的内心无比煎熬,因为他不明白为什么像他这样一个生长在美国的儿子要忠于一个他从来没有踏上过一只脚的所谓的祖国日本。他责怪母亲,也责怪自己,更责怪这个世界,它由这么多国家组成,却又让这些国家相互打仗、杀戮、仇恨、毁灭。这还不够,还得一次又一次地重复进行。他认为主要是他的母亲让他变得不伦不类,他本想成为半个美国人,但他的半个日本人性格将他彻底击败。他后悔没有在法官询问他是否愿意为美国效劳时做出肯定的回答,因为从心底他相信自己是美国人,他想要成为美国人,他珍惜美国,他爱美国[5]。他从弗雷迪家出来乘坐公交车时,突然发现他乘坐的是原来自己上大学的车,这让他回忆起了大学时代美好的生活,也让他感慨,那样美好的生活值得他去保卫。

一郎对所有参加过"二战"的日裔人的行为与言语都变得非常敏感。那些从战场上回来的日裔美国青年在工作时都会在工作服里穿上曾经在战场上穿过的旧军装,以表示他们是忠诚的美国人,曾经为美国服务,并以此为骄傲。当一郎在一家日本餐馆碰到一个这样的年轻服务员时,他非常生气,不承认自己是日本人,说他是中国人,并撒谎说他曾经在战场上获得过多种勋章。在战后的宾馆里,他看到了社会风气的败坏,妓女无处不在,拉皮条成了一些人的职业。他感到困

---

① John Okada, *No-No Boy*, Seattle/London: University of Washington University Press, 2014, p. 16.

② Ibid.

③ Ibid., p. 17.

④ Ibid., pp. 12-13

⑤ Ibid., p. 17.

惑不解。他躲进小旅馆，不敢出去，怕别人知道他的身份，在床上辗转难眠，他甚至忘了怎么哭泣。

回到西雅图拜见了父母的几个老乡和自己的朋友后，他有极强的挫败感。他感觉空虚，既不想见父亲，也不想见母亲。夜晚，他无法入眠。出去闲逛，他遭遇了黑人的辱骂，人家叫他"日本佬!"让他"滚回东京去!"还有节奏地叫着"日本—男，东—京;日本—男，东—京……"而他只能恨恨地小声回答:"该死的黑鬼。"①遭遇黑人侮辱的一郎并没有生气，相反，他感觉"如释重负"②。也许，别人的辱骂可以减轻他的内疚感。

在百无聊赖之中一郎去寻找和他一样被关监狱的伙伴，秋本家的儿子弗雷迪，希望从他那里找到让自己振作的正能量。但弗雷迪出狱后，完全堕落成了一个吃女人软饭的蛀虫，他靠着一个比他大很多的女邻居过活，周末与那些被释放的同类酗酒作乐。一郎对昔日朋友的行为"非常失望"③。从同类牢友那里找不到慰藉，一郎更加感到迷惘。他羡慕起那些加入美国白人部队战死疆场的老友来。看到熊坂家的儿子鲍勃战死疆场时，他对熊坂家充满了同情，也对牺牲的朋友充满了敬意，认为他的死是"为某种比日本国土、美国国土和把一个儿子绑在母亲身上死亡的自私情结更大的东西而做出的英勇牺牲"④。一郎非常崇拜鲍勃和与他一起牺牲的战友们，认为他们不再有任何可以失去的东西，不需要考虑是否要参军。当机会来临，他们知道对他们来说，什么是对的，他们上了战场⑤。这里，作家冈田借一郎之口，表达了年轻的日裔美国人对待战争的态度，他们不是对日本侵略者保持愚忠，而是有着绝对的是非观念。

比外人的侮辱更令一郎失望的是他曾经以入狱为代价保护的弟弟

---

① John Okada, *No - No Boy*, Seattle/London: University of Washington University Press, 2014, p. 7.

② Ibid., p. 5.

③ Ibid., p. 46.

④ Ibid., p. 30.

⑤ Ibid.

太郎（Taro）。太郎满 18 岁那天就决定不去上中学，热衷于参军打仗，对上大学没什么兴趣。理由很简单，战争和拘留营的生活使得日裔年轻人变得像"野猫野狗，难以理喻"①。在他的眼里，哥哥一郎就是陌生人。当哥哥问他"你就那么讨厌我吗？"他答："我不认识你。"② 太郎非常憎恨父母和哥哥，因为他们宁愿坐牢也不愿意参军打仗，哥哥太过于听父母的话而干出了这种有辱于日裔美国人的事。太郎认为哥哥拒绝服役的行为使他蒙羞，他坚决要求退学入伍，并离家出走。在一个酒吧里，一郎和他的朋友贤治（Kenji）看见了太郎，太郎把哥哥约出去，命令一帮痛恨"不不儿"的街头混混狠狠地揍了哥哥一顿，在贤治的帮助下一郎才侥幸逃过一命。

最要好的朋友贤治成为残疾人，但一郎觉得自己与他相比，腿多一条少一条真的不那么重要，他虽是一个四肢完整的健康人，却活得犹如行尸走肉。他甚至愿意"以两条腿去换得贤治的地位"③。在一郎的眼中，这个世界的一切都"非常可笑，因为一切都没有意义"④。在绝望中一郎渴望自己是个为美国而战的美国人。参加了战争的贤治认为"一个勋章、一辆车、一份养老金甚至是享受免费的教育"⑤，这些东西作为拿起武器去打仗的报酬没啥好处。贤治主动提出入伍是因为他把自己当成了美国人，也把美国当成自己的国家，他用生命的代价证明了他该享有美国人的权利。贤治的部队去了欧洲而没有去日本作战，这使得他父亲如释重负，而他一截一截被切掉的腿让父亲充满了内疚感，尽管贤治本人并不在意。一郎对贤治羡慕不已，他认为贤治断了一条腿都值。

贤治发现一郎心理上的苦闷和迷惘，便驱车带他来到了一个女性朋友爱美家。爱美已经独居了很长时间，她在乡下靠出租父亲留下的

---

① John Okada, *No-No Boy*, Seattle/London: University of Washington University Press, 2014, p. 19.

② Ibid., p. 61.

③ Ibid., p. 55.

④ Ibid., p. 125.

⑤ Ibid., p. 55.

土地过日子。在那里，两人第一次见面贤治就安排一郎和爱美同床共枕。感觉对生活非常绝望的一郎在她面前伤心地哭泣，认为做了"不不儿"的自己毫无希望。但爱美却给他鼓励，告诉他"绝望的感觉并不代表前途灰暗"①，劝他改变人生的态度。由此一郎开始对自己的人生态度产生怀疑。

一郎最大的心结是日裔美国人会不会有原谅他们"不不儿"的时刻，他在朋友贤治、盖里、弗雷迪和爱美面前反复问这同一个问题。

与他母亲完全不同的异性的鼓励让迷惘和绝望中的一郎似乎看到了一线希望。他期待时间会冲淡一切，人们会原谅他，不管怎样，他还是一个美国公民。他希望将来会有自己的家庭、孩子和朋友，会与原来的朋友们恢复交往，形成他们日裔美国人完美的社区。

经过一段时间的彷徨失措后，在贤治的帮助下，一郎开始寻找工作，同时也意识到只有自己才能拯救自己。若不自救，他必定会"疯掉"②。在第一次申请工作时，他的监狱经历成了最大的障碍，因为他无法回答一些必须回答的问题。后来他调整策略，到一个白人的小型机械修理厂应聘。白人老板凯里克（Carrick）因为同情日裔人的遭遇而开出了比同类工厂更高的工资。一郎与老板谈话后，认为应该靠自己的能力去挣钱，而不是别人的同情，他考虑再三，写信拒绝了这份好工作。当一郎看到白人老板并不在乎他的牢狱经历并一再因为政府的错误行为向他道歉时，他开始重新审视美国的国家本质，并认为自己的错和它的错一样多③。凯里克的话也让他明白了自己还有机会，他永远感激他④。

一郎在同类朋友盖里（Gary）的帮助下来到基督教回收中心，见到了经理莫里森（Morrison）先生，得到了和盖里一起工作的机会。作为艺术专业的人才，盖里的工作就是给大卡车车身涂刷广告，他在

---

① John Okada, *No - No Boy*, Seattle/London：University of Washington University Press, 2014, p. 87.

② Ibid., p. 130.

③ Ibid. , p. 138.

④ Ibid.

拘留营和监狱的好几年里都没有任何创作。他感叹自己浪费了人生的大好时光。从监狱出来，他发现自己无法与家人交谈，也没有什么朋友，熟人都变成了陌路。他经历牢狱之灾后只剩下了孤独和心中不灭的艺术梦。和一郎一样，他受到了自己人的歧视。他在一个黑人朋友的帮助下度过了人生最艰难的时刻，最后不得不辞职，来到基督教回收中心工作。他在此获得了一小部分日裔人对他们"不不儿"行为的理解与原谅。最终，盖里用自己的经历告诉一郎，人们会逐渐忘记他们这些"不不儿"的事并原谅他们。

基督教回收中心收容的都是些酒鬼、懒汉、同性恋者，他们不会找"不不儿"的碴儿。一郎再度拒绝了基督教回收中心的工作，坐在回家的车上反思自己身上发生的一切。他认为自己"不不儿"的行为从来都没有错，他已去世的母亲只是为了坚定的富强梦而做出了一些让他当时无法接受的事，她也没有错。仇恨九千万日本人的五亿中国人也没有错，可惜他们得到的回报是仇恨①。作家借一郎之口感叹：人们所谈论的、从不会引发仇恨的善良都去了哪里？②

"不不儿"弗雷迪在醉生梦死间逐渐清醒，意识到自己不能完全靠别人的女人生活，他应该有所作为，在拜访过帮助穷人的基督教回收中心后，他改变了自己的想法，愿意重返校园继续学业。可惜的是他最后被憎恨他的日裔青年"公牛"欺侮后车毁人亡。

一郎彻底反思了自己的行为，想到母亲终日无怨无悔、劳碌奔波的身影时，突然产生了怜悯之心，猜测是因为在美国几十年后还没有得到美国人身份和珍珠港事件后美国人对她的态度刺激了自己的母亲，使她性情大变。他希望了解他的外公外婆以及他们曾经的生活方式。他反省了自己与父母之间的关系，最终认为他是父母生活的一部分，他不应该忽视和遗忘他们，他们一家应该在一起③。当爱美来到他家悼念他母亲，并告诉他她已经向丈夫提出离婚时，一郎提出带她

---

① John Okada, *No-No Boy*, Seattle/London：University of Washington University Press, 2014, p. 202.

② Ibid. .

③ Ibid., p. 138.

出去跳舞，因为怕别人认出他，所以他们驱车离开市区到高速路边的一个舞厅，享受他们认为年轻人应该享受的生活。在那里，还有同情他的人给他们买了酒喝。

一郎在经历了几次工作应聘后发现这个世界给每个人都留有空间，像他这样的人也有机会。一郎的内心发生了很大的变化。站在街头，环视人群，他发现路人根本都不瞟他一眼，没有人对他有特别的仇视。出狱后的一郎因为家庭与社会对他的拒绝从心理上作茧自缚，通过重返校园、善良的朋友贤治和爱美的帮助、个人应聘工作的经历和同类人弗雷迪车祸死亡的震撼，他逐渐清醒，破茧成蝶，心中的痛苦趋于平静，开始以友善的心态看待世界，回归正常。这是作家冈田对像他自己一样的日裔美国人的期望。

五 作家冈田的反战与族裔身份危机意识

冈田的《不不儿》中的主人公一郎"二战"中为保护家庭和他们日裔人祖先文化与白人主流社会抗争，拒绝参军；战后，作为"不不儿"，他意识到了自己的错误行为，为自己所遭受的歧视，与母亲和社会抗争。

通过日裔美国人山田夫人因为愚忠和绝望的自杀、参战青年的血洒疆场和"不不儿"弗雷迪车祸身亡的悲剧，作家冈田揭露了美国政府关押日裔美国人的错误政策与卑鄙行为，认为拘留营与监狱给年轻的日裔美国人造成了巨大的精神伤害，他们甚至失去了生命。他还尖锐地批评了美国白人主流社会对族裔人的压迫与歧视，认为白人在对付日裔美国人之前将贫穷的爱尔兰人视为敌人，把他们当作白人奴隶使用，让他们把美国的铁路从东修到西。珍珠港事件后，日裔人替代了爱尔兰人和中国人，成为白人主流社会攻击的主要对象，而黑人和墨西哥裔人一贯是白人的歧视目标，从来就没有改变过。

作家意识到了战后日裔美国人的身份危机，他把那些倾向于自己是美国人身份的人用英语命名，如美术青年大学生盖里、战死疆场的鲍勃和"不不儿"弗雷迪。而那些受顽固父母的控制和影响的人都用典型的日本人名来命名，如一郎、太郎、贤治、山田和爱美等。这可以看出作家的身份认同倾向：日裔美国人既是日本人也是美国人。在"二战"期间，美籍日裔部队的英勇表现成为日本移民融入美国社会的转折点，因为在最艰难的时刻日裔美国人表现出了对美国绝对的忠诚[①]。他提出了解决族裔内部分歧和治疗年轻人心理疾病的方法：(1) 让时间抚平伤痛；(2) 社会上好心人的帮助，尤其是基督教回收中心这样的宗教组织的帮助，他们给历经磨难的人以心灵慰藉与经济援助，填补了他们空虚的心灵。

在故事的叙述中，冈田还预设了理想的日裔美国人家庭。在妻子离世后，菅野独自抚养大了六个孩子。原本打算赚够了钱就回日本，但后来慢慢地发现自己的孩子融入了美国白人社会，他是孩子们的一部分，所以他也成了美国的一部分。他因儿子贤治的战功拥有了大房子、汽车和退伍军人家属津贴，六个儿女都有稳定的工作，也对他非常孝顺，周末都会有大型的家庭聚会，其乐融融。虽然最后失去了儿子贤治，但菅野先生和他的一家仍不失为理想的日裔美国人。

总之，詹姆斯·鲍德温和约翰·冈田运用小说中人物的自我反省与独白叙述了黑人和日裔美国人矛盾的心理状态和由于战争而受到不公正待遇的族裔青年从愤怒、迷惘到自我救赎的心路历程。

小说中的"二战"可以说是被作家异化了的战争。小说里的主人公面对全世界反法西斯的战争不仅没有全力支持，反而选择逃避，宁愿坐牢也不参战。这种态度产生的深层次原因一是美国白人主流社会的假民主与对族裔人的真迫害，二是族裔人本身内心的丑陋与缺陷。他们有着狭隘的民族主义思想，狂妄自大，唯利是图，贪生怕死，正义感缺失，盲目崇尚祖先文化，具有病态的愚忠祖国情结，不善于随机应变，经常内讧，是乌合之众。

鲍德温和冈田通过小说中人物对音乐和学术的向往与追求，为黑人和日裔美国人如何从身份困惑中走出并融入美国人之中指明了方

---

① 施琳：《美国族裔概论》，中央民族大学出版社 2006 年版，第 112 页。

向。冈田是最早意识到并描述亚裔人身份危机的亚裔作家，给后来的民权运动开辟了"为身份而战"的道路，而鲍德温直接成为民权运动的参与者，他们通过创作和实际行动推动了美国族裔文学和民权运动的发展。

第四章　越战阴影下的无硝烟战争：《诸神去乞讨》

美国发动的越南战争是美国所有人都始料未及的最无意义的海外战争，参加的人数之多，延续的时间之长，伤亡的数量之大，战后对人们身体和心理的影响之深远，都超乎美国人想象。阿尔弗雷多·维亚的小说《诸神去乞讨》是他亲历战争 30 年后写就的杰作。从他痛苦的回忆里，人们还能感受到那份深深的伤害，更能体会到另一场没有硝烟的战争——退伍老兵为正义与生存而战。他毫不讳言地批判美国政府以及白人价值观对族裔的歧视与虐待。

第一节　阿尔弗雷多·维亚和他的《诸神去乞讨》

阿尔弗雷多·维亚（1954—　）出生于亚利桑那州，在那里长大。在应征入伍被派往越南前线前是一个流动农民工。退伍后，为了能够攻读法学，他从事了从卡车司机到嘉年华会技工等好几份不同的工作。他现在是一名刑事辩护律师，生活在三藩市。维亚获得了 1999 年海湾地区书评人奖，《诸神去乞讨》也被评为"1999 年度最佳图书"之一。这之前他还写过两本畅销小说《奇迹》（*La Maravilla*）和《银云咖啡馆》（*The Silver Cloud Cafe*）。

小说《诸神去乞讨》通过主人公刑事律师杰西·帕萨都布尔为犯罪嫌疑人卡尔文辩护的过程，描述了身心受到越战摧残的男男女女的痛苦经历。该小说由十四个独立标题的故事组成，第一个故事"亚马逊便餐店"讲述的是越战遗孀黑人珀尔塞福涅·弗莱尔（Persephone Flyer）和越南女子庄梅（Mai）合伙在旧金山波特热罗山（Potrero

· 115 ·

Hill）下开设便餐店，因被疑为同性恋惨遭邻居混混儿杀害的故事，犯罪嫌疑人是一个名叫卡尔文的少年。第二个故事"咖啡馆"介绍了小说的主人公刑事律师、越战老兵杰西·帕萨都布尔（Jesse Pasadoble），他是卡尔文的辩护律师。在法庭大楼的咖啡店里，律师们在吃饭的时候分享各种案情和他们所辩护的嫌疑人的各种丑态。杰西·帕萨都布尔（Jesse Pasadoble）律师承接了亚马逊便餐店枪击案的官司，替嫌疑人卡尔文（Calvin）辩护。他到监狱去探访他的辩护对象时，想起了他在越战时进过的监狱。第三个故事"躺着的男人"描述了美国监狱里犯人受虐待的情形和白人的法庭枉法乱判族裔人案件的故事。杰西让卡尔文在监狱读书识字以便在被审判时可以讲清楚案件的情况。在第四个故事"法语课"中，杰西想起了越战时期在越南岘港的美国军事法院藐视国际法将与他交流过的俘虏洪差（Hong Trac）残忍杀害的事件。洪差原本在法国留学，因为战争而回国效力，被俘房后，美国军警将螺丝钉从他的太阳穴锤入大脑致其死亡。第五个故事"臭名昭著的蓝色芭蕾舞"讲述了杰西所在的部队经历的残酷丛林战。参战的士兵大部分由黑人、印第安人、奇卡诺人、俄罗斯裔等族裔的青少年组成，他们参战是为了改变自己和家庭的生活状况，但在战场上仍然遭受歧视。因越南政府采取的"春节攻势"，被围困在一个小山头上的杰西所在部队的士兵和牧师经历了死亡的恐惧。第六个故事"墨西哥人在宇宙"继续描述越南战场上杰西和战友们对待战争的态度和战场上的种族歧视对他们造成的心理伤害。正当黑人在替白人打仗时，黑人的领袖马丁·路德·金被谋杀。因为担心战场上黑人士兵起义，军官们隐瞒了国内的消息，继续欺骗族裔士兵。杰西所在的山头被夷为平地，那位随军牧师逃离了战场。处于死亡恐惧中的墨西哥裔士兵依赖幻想墨西哥人哪天能够进入宇宙来消除黑夜里死亡的恐惧。第七个故事"在图雷特山上"描述了战争给杰西和战友们以及他们的家属造成的各种神经紊乱症。刑事律师杰西为他的各种当事人进行辩护，抱有偏见的白人法官和陪审团成员不屑一顾，他们总是按照自己的臆想来给嫌疑人定罪。第八个故事"芭蕾玫瑰"讲述杰西为了了解他的当事人卡尔文的情况对其所生活的环境进行实地调查的过程。杰西拜访了卡尔文和其同伙小勒吉（Little Reggie）的母亲，看到了当事人和许多越战退伍残疾军人恶劣的生活环境。在调查中他发现真正的凶手是卡尔文的同伴小勒吉，后者之所以成为罪犯是因为他从小就受到做模特的母亲的性骚扰，他对女性恨之入骨，尤其是那些侵害幼童的同性恋者。第九个故事"蜘蛛的宴会"讲述了杰西部队的随军牧师从战场逃亡，一路漂泊到泰国、中国澳门、中国香港，最终回到美国的经历。他逃离丛林后，跳进湄公河，随着贫民的尸体漂流，几天后被渔民打捞上来，流浪到香港后靠开出租车为生，与同样从战乱中逃生的越南女子庄梅同居了一段时间，最后回到了美国旧金山成为"无名先生"。第十个故事"诸神去乞讨"讲述了被战争梦魇困扰的主人公杰西和他的战友霍利斯（Hollis）尽管战后有女友和妻子却无法相爱与生子的故事，也描述了当代族裔社区里女子受到各种虐待而无人问津的悲惨生活。第十一个故事"女人们的大合唱"叙述黑人女子珀尔塞福涅·弗莱尔四姐妹中除她以外的三个姐妹如何掌控自己的丈夫，不让他们参加越战，而她的丈夫却为了赢得"性许可证"（证明他的性力量）去穿军装，最后在越南战场失踪。同样失去了丈夫的越南女子庄梅写信邀请她一起到旧金山开设餐馆，她欣然接受邀请，打算两人合伙经营，等待她们的丈夫有一天能够回到她们身边。第十二个故事"饼干剧"是关于杰西为喜食饼干的男孩卡尔文辩护前进行仔细调查的经历。卡尔文被释放后遭遇同类黑人的谋杀未遂住进了医院。经过对案件相关人小勒吉的父亲安维尔·哈普（Anvil Harp）和卡尔文的邻居的调查，杰西掌握了小勒吉杀人的确凿证据，而卡尔文在枪杀发生时曾试图保护他爱着的庄梅。杰西在调查中还发现了他在越南战场上的战友们在贫民窟里吸食大麻，过着贫穷的群居生活。第十三个故事"独奏者"是律师杰西在法庭上对整个谋杀案的综述。被枪杀的黑人女子是他三十多年前在越南战场上牺牲的战友福莱尔的遗孀，越南女子梅是福莱尔的敌人庄春的遗孀。在她们被枪杀时卡尔文试图保护他喜欢的梅，但没有成功。在两个女子死亡后给她们做祷告的是一直追随和爱着梅的"无名先生"——越南战场上的那位随军牧师。他看到小勒吉的暴行后，举枪击毙了后者。杰西由此感叹：剥去了人性的欲望只剩下战争。最后的故事"蓝调突尼斯之夜"是关于卡尔文和无名先生的悲剧。因为杰西所提供的证据充分，卡尔文被无罪释放。正当杰西和他女友在庆贺他的胜利时，他们接到了助手打来的电话，后者告诉他们卡尔文和无名先生遭到小勒吉母亲的枪杀。侥幸的是无名先生送到医院后被曾经参加过越战的医生救活，护士和医生发现"无名先生"是一个地道的墨西哥裔人。还没有等到伤口愈合，无名先生就偷偷地从医院溜回了贫民窟。他向所有的退伍老兵告别后，走向了大海，去寻找他挚爱的梅。

作家维亚通过运用故事情节的错置与并置以及魔幻现实主义和隐喻手法，以主人公杰西·帕萨都布尔的人生经历为主线，一方面描述了残酷的越南战争给族裔人带来的死亡和长期的身心创伤；另一方面讲述了现代族裔人的无硝烟战争——艰苦的反种族歧视，以揭露现代美国社会司法的不公。

第二节 被越战魅影阉割与湮灭的灵魂

维亚小说中的几个主要越战退伍兵角色在战后沦为社会上的影子，他们被残酷的战争阉割，成为行尸走肉。

一 无名先生

《诸神去乞讨》中最悲惨的人物是在越南战场上小说主人公所在部队的随军牧师。他从一个受士兵尊重的牧师沦落为现代都市中的"无名先生"，最后因情人被杀而绝望投海自杀。他在祖国墨西哥奇瓦瓦市出生时父母给他取名吉耶尔莫·卡拉韦拉（Guillermo Calavera），后来在部队被命名为威廉·卡尔弗特（William Calvert）、卡瓦亚尔神父（Padre Carvajal），再到后来在香港被称为无名氏（Vô Dhan，意为"no one"，"无名之辈"），最后回到旧金山被邻居称为无名先生（Mr. Homeless）。他的灵魂被战争阉割。

无名先生的身世对他周围的人来说似乎是个谜。人们猜测他可能来自富裕家庭。但他实际上来自墨西哥奇瓦瓦市普通农民家庭。他的先祖具有犹太人血统,父亲甚至爷爷都是非常节俭的人,所以家中才积累了财富。他们家因为富有招致了全村人的嫉妒,人们谣传他的先祖们不是人类,而是由虫子变来的。后来他们一家人来到了美国,改信了天主教。

越战开始后,年轻的威廉·卡尔弗特作为随军牧师随杰西的部队来到越南,驻扎在岘港附近的小山上,两度亲临战场,为牺牲的战士们进行祷告。

在第一次遭遇越军的袭击时,他面对死亡和死亡带来的恐惧,被吓得魂飞魄散,从山上逃回到指挥中心,来到了上校凯尔文·额尔班(Kelvin Urban)位于安全地带的办公室。他"双眼圆睁,无法控制地汗流浃背,裤腿上沾满泥土"①,上校对他没有半点同情心,相反,还以轻蔑的口吻告诉威廉黑人领袖马丁·路德·金在国内已经被谋杀的消息,认为人们就不应该授予他那样的黑人宗教人员博士头衔,他不配叫什么路德·金。接着,上校开始怀疑起威廉的宗教信仰来,质问他是不是实用主义者,怎么就信了天主教。上校越说越激动,愤怒地拧着威廉的衣领把他从椅子上拉起来摔到地上,威廉满脸都是汗水和泪水②。而白人指挥官在对他训话的时候,话里充满了对他的鄙夷与歧视。看着胆小的他,上校认为他的先祖也是胆小鬼。这里作家表明:即使在战场上白人也不忘记对族裔人的仇恨。

随军牧师逃离阵地后,对上校说出了他对战争正义性的怀疑。他勇敢地直视上校,认为在士兵们临死前他"不能对他们说谎。他们正付出最高的代价,但他们为此什么都没有得到……这种鬼地方就没有民主,也没有上帝"③。上校本人曾经参加过朝鲜战争,已看惯了死亡,也深知越南战争毫无意义,但他也只是在执行上司的命令。美军的情报官员们从不亲自上阵,当士兵们在山上激战时,他们正躲在中

---

① Alfredo Vea, *gods go begging*, New York: The Penguin Group, 1999, p. 121.

② Ibid., p. 123.

③ Ibid., p. 126.

国海海滩附近的空军咖啡馆里享用美酒和美女。参加激战的步兵都是穷人的孩子①。上校认为随军牧师太天真，这些少数族裔士兵的父母不会在乎他们儿子的死亡，他们更加在乎政府的抚恤金以便自己改善生活。随军牧师的出身和宗教教育也受到了上校的嘲讽，认为他的族裔身份不清不白，所受的宗教教育也不是正宗的实用主义思想。牧师在上校面前最终变得强硬起来，谴责上校不懂阿兹特克语，不懂英国国王克伦威尔的心，不了解什么是蜘蛛，不懂音乐，不会用拉丁语写诗，不知道牧师根本就不是天主教徒而是一只蜘蛛，阵地战就是一场蓝色的芭蕾舞，使像上校一样的人成为堕落者②。

但上校非常清楚战争的真实目的，对牧师咆哮道：

> 想想看，你将对那些士兵说啥？你将对那些头脑简单的南方浸礼会教友或甚至没有受过一周神学培训的耶和华见证者说啥？在这片土地下有亿万桶石油？我们需要控制红色中国？难道我们告诉他们我们要在这里展示将卖给波斯湾、伊朗和中美洲军火商的新式武器？见鬼吧，在中国有十亿人正呼吸着新鲜空气。难道我们能告诉他们我们在这里战斗是为了我们的烟草公司能在这里打开市场？见鬼吧！我们不能。
>
> 你给予他们民主与上帝！现在，就只能用这样的祷告词。这是他们在退伍军人节和纪念日能用的玩意。你告诉他们的父母他们的儿子非常勇敢，嘴上带着电影明星的讥讽战死。你不要说他们亲爱的儿子临终前成了空想勇士。而你，我年轻的牧师，是基本原理的一部分，而不是缘由。到这里来的缘由不包括你③。

他从上校那里知道了到越南打仗帮助越南人获得民主是假，而美国人意欲获得石油资源是真，牧师感觉自己受到了欺骗。

---

① Alfredo Vea, *gods go begging*, New York：The Penguin Group, 1999, p.103.

② Ibid., p.128.

③ Ibid., p.127

　　威廉牧师遭到了严厉的训斥后，被勒令返回阵地。在阵地上他看到一个俄罗斯裔士兵的尸体只剩下了胸脯以上的部分，且死不瞑目，便认认真真地帮他闭上了眼睛。在美军和越南兵对阵的山头上，一排绿豆似的装尸袋在阳光下慢慢变干：（装有尸体的）塑料袋被快速封口，蒸汽从里面冒出来。随军牧师在它们之间爬来爬去，大声喊着上帝，撕心裂肺地叫着刚刚战死的士兵的名字。当他一个一个地去找到他们的"狗牌"（身份识别牌）和私人用品并在沾满泥土的纸上记下他们的姓名和阵亡日期的时候，他麻木到全身发颤。他看到"几十颗红色种子从人体里蹦出来，极速冲破士兵灰暗的皮肤和衣裤——这些种子是被打碎的胃和肺，随风飘荡，没有孕育生命的希望"①。收拾士兵尸体时，他还目睹了人体内的肠子和肾脏，它们极像装满土黄色和紫色液体的湿润的塑料袋，当他回想起大家出去参加舞会时这些"袋子"都还在他们身体里时，他痛苦地咯咯笑了。士兵临死前的痛苦他无法用祷告为他们消除。威廉发现自己所受的"宗教教育在死亡面前显得幼稚与遥远"②。

　　牧师认为自己"是一个该死的骗子"，他糊弄了天真的年轻士兵。他在 18 岁年轻人耳旁所做过的临终祷告都是"假冒的、即兴的"③鬼话。牧师"在一夜之间获得了战争退伍兵严厉的眼神和麻木的表情"④。死亡每分每秒都在发生。由于越南政府猛烈的"春节攻势"，他所在的部队的小山头被夷为平地，士兵们被炸得血肉横飞，他只能继续默默地收拾起牺牲战友的"狗牌"与他们身上的遗物。装尸体的塑料袋一排一排地陈列着，里面装着的是前一晚还在和他争论问题的战友们，他不禁哀号："上帝啊，你把我的人打得稀巴烂，你是什么意思啊？"⑤ 死亡的恐惧一次次袭来，牧师几乎被死亡的恐惧感逼疯，最后他因为精神崩溃而逃离了战场。在这山头上体验到的死亡恐

①　Alfredo Vea, *gods go begging*, New York：The Penguin Group, 1999, p. 88.

②　Ibid., p. 115.

③　Ibid., p. 92.

④　Ibid.

⑤　Ibid., p. 139.

惧感伴随着他一生，后来他回到旧金山，在贫民窟里念念有词，都与这个小山的死亡有关。

战争，对于经历了死亡的牧师来说，只有"口水、眼泪、撒尿和排便"①，而战后的生活对于他来说也"只是一个谎言"。

逃离山头的牧师隐没在丛林里，像蜘蛛一样爬行，走出丛林后他来到了湄公河边。为了不被敌人发现，他跳进河中，与漂浮在河上已经发胀的平民尸体一起漂流，任凭蚊叮虫咬，几天后他幸运地被渔民打捞起来，流浪到了泰国，随着逃难的人群，他途经中国澳门到达中国香港。在那里他以开出租车为生，把自己命名为无名氏，认识了同样从越南逃离的梅并与她同居了一段时间，虽然他和用着假名卡桑德拉（Cassandra）的越南女子梅并不真正了解，但这段同居生活是他一辈子唯一的幸福生活，他铭记于心。也是在梅面前，他第一次透露了他的真实姓名：吉耶尔莫·卡拉韦拉。

后来他突然离开，悄悄地回到了美国旧金山，蜗居在波特热罗山下的贫民窟里，像影子一样地在肮脏与阴暗的帆布棚里吃喝拉撒睡，一生都穿着他那褪色而又破旧了的军装和战地长靴。因为受到战场的死亡与死亡恐惧刺激，他成了现代城市中的行尸走肉。他没有爱情，没有工作，没有家庭，白天从来都不出现在人们的视线中，只在黄昏或夜晚偷偷地出现在亚马逊餐馆的花园里，帮助两个女子修理破了的窗户，或给花园的花扯草、浇水以此来换取她们的豆汤和面包。很显然，他已经认出了他的唯一爱人——越南女子梅，他称呼的卡桑德拉，但他没有勇气去和她相认，只是默默地为她做些力所能及的事情。

当小勒吉枪杀了梅之后，无名先生立即出现在梅和黑人女子的身边，就像他在越南战场上给死去的士兵做祷告一样，他给她们做了临死前的祷告。他失去了唯一的希望，愤怒使他拿起武器枪杀了杀人犯小勒吉。这是他这一生中唯一犯下的罪。在杰西调查案件的时候，嫌疑人卡尔文将无名先生供了出来。无名先生最后遭到了小勒吉母亲的报复，险些丧命。幸运的是他被同是奇卡诺人的医生和护士抢救了过

① Alfredo Vea, *gods go begging*, New York：The Penguin Group, 1999, p. 93.

来。但失去了他的挚爱梅，他也就失去了生的愿望。他以走向大海去寻找梅的方式结束了自己的生命。

作家维亚把无名先生的一生都并置在两座山上，一座在曾经战火纷飞的越南，一座在高楼大厦林立的现代大都市旧金山，但它们都不是他的归宿地，前者使他成了精神不正常的行尸走肉，后者将他淹没在贫困中，而他的这种结局是许多亲历越南战争的族裔人的生活写照。

二　性无能的杰西

作家维亚主要通过主人公杰西的经历描述了越南战争给族裔人带来的无穷灾难，以及和平时代美国国内人们进行的另一场长期的、艰难的、没有硝烟的反种族歧视的战争。

和无名先生一样，故事的主人公杰西·帕萨都布尔经历了最残酷的越南战争，尤其是那萦绕他一生的小山头上的殊死战斗。虽然他身体无恙地回到了家乡，通过大学学习，获得了法学学位，成为刑事辩护律师，专门为少数族裔嫌犯进行辩护，但是职业的成功和生活的富裕并没有消除战争给他带来的梦魇与心理疾病。即使在战争之后的几十年里，杰西仍然面临着创伤后的痛苦，无法与任何人真诚地联系在一起。他是完全孤立的。虽然他有朋友和女友，还有一份令人羡慕的工作，但对杰西来说，普通生活中没有什么是真实的，没有什么像在越南战场一样真实。

对死去的战友上士福莱尔的回忆和对越南朋友在美军战俘营被一个螺丝钉钉死的记忆使战后的杰西痛苦不堪。他从不感到轻松自在：他经常抚摸他在战争中收集的朋友的旧"狗牌"，这能给他带来安慰；他总是回头看他随身携带的牺牲战友的玉片去寻找安慰和宽慰。战争梦魇使他失去了性功能，无法满足女友的需要，他只能依赖到酒吧买醉来度过难熬的夜晚。杰西似乎也意识到他和他的女朋友卡罗琳娜不合拍，但他不能纠正自己，也不能接近她。读者可以看到杰西赞赏和崇拜卡罗琳娜，甚至他意识到自己对她的冷淡，但尽管如此，杰西根本无法让自己感受到任何感情或任何与他人深刻的联系。

战争似乎把他变成了石头，所以了解杰西在越南战争中所受到的创伤非常重要。它控制了他的过去、现在和未来。在小说中他做一切事情都要提及或回忆越战。如"在那以后的多年以来，每晚他总要折腾几个小时才能入睡……很久以前被毁灭了的两个人曾成了杰西最亲密的人……第一个是非洲裔美国上士。另外一个则是敌方的士兵"①。他的魂"将永远不可能离开那座山"②。在这里，我们看到了伴随杰西的是对越南战争混乱的回忆。他无法入睡，与他所结交的两个朋友保持着精神上的联系。在他学会控制自己的情绪之前，一想到越南那些事情，他就会情绪失控。这时他会"松开拳头，闭上眼睛，来帮助自己释放愤怒。老兵管理处的心理学家曾教他在痛苦来临时如何分散自己的思想"③，但心理学家给那些从越南回来的老兵们的心理辅导效果不尽如人意。

过去在那个山头的战场上，经过一夜的战斗，杰西感觉"一夜使他老了十岁"，"牙齿因紧张而松弛，牙床变黑了"④。杰西所在的小山头在一夜的激战中被夷为平地，"小山消失了"⑤。因为恐惧，杰西的声音发生了永久性改变。他嘴里蹦出来的词都充满了"死亡一样的阴沉的谐波，野蛮的回声"⑥。

作家对战争的描述让读者看到了战争中存在大量的不确定性与恐惧，尤其是对未知的恐惧。在山上战斗时，杰西和他的战友们说，他们离敌人太近了，能听到他们的声音；对于杰西来说，这是可怕而令人不安的事。越南人是未知的，不明身份的越南士兵正在与他们作战。他们最终将怎样，在很大程度上，都是未知数。他们留下来与这个未知的敌人战斗，而这个敌人掌握了他们所在的地形而且也有极大的优势。杰西感到恐惧，不知道会发生什么，谁将幸存下来再看到日

---

① Alfredo Vea, *gods go begging*, New York：The Penguin Group, 1999, p.74.

② Ibid., p.216.

③ Ibid., p.38.

④ Ibid., p.102.

⑤ Ibid., p.120.

⑥ Ibid., p.105.

出。这种恐惧影响了他的后半生。

在战争中，杰西同时还看到了美国虚伪的民主。"对于很多年轻的黑人来说，越战是他们第一次被允许和白人同坐一桌吃饭，至少在这个排里是这样。在国内，你从不会看到你现在正看到的景象：墨西哥裔的孩子与黑人对话。这非常罕见，即使在这里，也是如此……从保留地来的印第安人的孩子们，除了在电视里，参战前从未真正见过白人，而在这里他们却为白人而战。"① 杰西看到无辜的战友一个个被烧焦时，便发誓战后他"想要的只是些许正义"②。

作家维亚的《诸神去乞讨》不仅仅描述了美国士兵，他还把敌人也进行了描述来揭露美国白人的假民主。杰西·帕萨都布尔中士目睹了美国战俘营里的越南士兵——占族人洪差被美国士兵用铁钉从太阳穴钉穿脑袋而死。洪差家境殷实，留学法国马赛两年，有个法国女友，但为了国家利益，他回到祖国，保家卫国，最终牺牲在战俘营。由此可见，美军的残忍不只是用飞机大炮轰炸敌兵，他们亦无视国际法优待战俘的原则，残忍地杀害战俘。"只要是被叫去询问的人就没有一个再回到战俘营"③，他们全部被木匠用的锤子锤打进去的特殊螺丝钉钉死。俘虏的惨死也使杰西心理的阴影面积大增，永久不能释怀。

杰西发现民主在美国的战俘营被严重践踏。这使他对战争的性质也产生了怀疑。

什么是战争？作家通过黑人中士弗莱尔的口吻给予了回答："'战争'只是一些政客嘴里的一个词。'战斗'是酒吧服务生和体育节目主持人用来描述足球赛的一个用词。'猝死'是延时比赛中运动员期待的东西。一切都是编好了的谎言。"④

美国的士兵参战前被告知，越南当权者"不尊重生命"⑤，他们

---

① Alfredo Vea, *gods go begging*, New York：The Penguin Group，1999，p. 96.

② Ibid.，p. 137.

③ Ibid.，p. 84.

④ Ibid.，p. 94.

⑤ Ibid.，p. 83

有责任去解救越南人民于水深火热之中。美国当局为了哄骗年轻人参战，将非正义的侵略战争宣传为"反魔鬼与概念不清的共产主义"①。而越南士兵参战的目的则完全不同，他们是"从先祖的土地上驱逐日本侵略者、法国侵略者和美国侵略者"②。美国战斗人员死伤人数的增加，对于官方来说，已经变成了数字的变化。它们已经演变成"从有限的损失到可以接受的损失"③。而有关平民的死亡则被认为是"超范围喷射或过度地杀伤"④。

在战争中，美国政府的谎言让杰西感到自己和牧师一样被假民主所欺骗，而战后在国内的民权问题上，他的努力抗争也遇到了极大的阻力。他感到孤立与孤独，甚至想到过跳海自杀，并"把车开到了金门桥上"⑤。曾经在战俘营，当战俘洪差问杰西美国是否是一个分裂的国家时，他回答说是的。"在我国北方，在学校老师告诉孩子们，在美国所有的有色人都生活在独立的国家。"⑥即使战争结束了，他又回到了家乡，他在战争中的孤独感并没有结束。在他工作的地方他还得对付这种分裂，并感觉到了种族问题。当他的一个顾客对他充满敌意时，他说："他可以轻而易举地把他的棕色人种律师看作一个奴隶……他可以用他。"⑦ 杰西·帕萨都布尔经常不得不面对来自客户的这种歧视。来自自己的国家、社会、女友和同事的孤立感导致了他的创伤后应激障碍日益严重。三十多年后，他还"无法接受爱，在给予他人爱的事情上更加糟糕"⑧。上帝真的成了乞丐，无力照顾这些战争的受害者。

简言之，杰西的生活展现了他在越南经历的残酷无情的战争。他

① Alfredo Vea, *gods go begging*, New York：The Penguin Group, 1999, p. 79.

② Ibid.

③ Ibid., p. 91.

④ Ibid.

⑤ Ibid., p. 216.

⑥ Ibid., p. 81.

⑦ Ibid., p. 61.

⑧ Ibid., p. 219.

看着他的朋友们的生命被剥夺,鼻孔里一直能闻到潮湿的空气中飘着的带有一种分解了的尸体的臭味,每天晚上他与北越的交火仍在继续。杰西在越南的创伤经历产生了莫大的危害:他战后有女朋友却无法做爱,有令人羡慕的律师工作却不快乐。作为一个性无能者,他失去了做男人的尊严,成了无情感的动物。

三　身心俱残的霍利斯

小说中和威廉、杰西一样参加了越战的老兵霍利斯(Hollis)无论从身体上还是从心理上都受到了极大的伤害。他的幸福毁于战争给他带来的后遗症。

霍利斯原本是一个健壮的少年,一个偷车贼,经常进出警察局。越战中他两次应征上战场,他16岁时第一次入伍,第二年继续应征。虽大难不死,但从战场回来的他伤痕累累,两条腿和两个胳膊上布满了伤疤,上身的每块肌肉里都有金属弹片,一块塑料网缝进了他的前额①。他能侥幸逃过死亡是个奇迹。

霍利斯身体严重残疾,但他战后的生活没有得到政府的资助,只能靠继续小偷小摸度日。他因犯罪官司与杰西相遇相知,很快成了好朋友。在杰西的帮助下他得以过上正常人的生活,到一个咖啡馆打工。在工作中,他残疾的手和腿给他带来了极大的障碍。他受伤的手不灵活,干活时动作缓慢。他本该"严重跛行的左腿只是有点痉挛,与膝盖和脚踝扭曲了的右腿正好互补……他不跛行,只是比大多数人走路慢一些"②。这让不知道他经历的人认为他的耐心非常好,是个矜持的人③。在咖啡馆,霍利斯可以接触许多漂亮的女人,他感觉这种生活很美好。然而,他的家庭和婚姻是一个巨大的失败。战争永远地改变了他,三十多年后,一提到越战,他"仍然哽咽",他失去了与妻子艾薇(Evie)和平相处的能力,因为他在战争中丧失了生育能

---

① Alfredo Vea, *gods go begging*, New York: The Penguin Group, 1999, p. 218.

② Ibid.

③ Ibid., p. 219.

力，而他的妻子非常喜欢孩子，想要一个自己的孩子。他想用拳头征服妻子，经常把她打得"青红紫绿"①。霍利斯成了虐待狂，而他内心又十分疼爱妻子，认为妻子所做的一切他都喜欢，包括她做的墨西哥饼。

霍利斯上战场是因为他曾相信越南是一个让他们这些青年人培养"搞定女人裙下一切"②的能力的战场。他对杰西说："它应该使我们变成男子汉，但是它把我们都变成了石头。"③而石头是没有生产能力的。战争使霍利斯这样的年轻人变得铁石心肠。正如杰西感叹的，他们只"能拿起枪，扣动扳机，而不能闭上眼睛去亲吻他们的爱人"。霍利斯是个喜欢自己动手干活的人，可他的手已经不再灵便。他喜欢音乐舞蹈，可他的残腿已经使他无法舞动。

最终，霍利斯成了孤家寡人，在思念前妻的忏悔中度日。上帝没有眷顾他这种从战场上回来改过自新了的老兵。

四　亡魂

维亚运用情节并置的方法，把战争带给敌我双方的毁灭表现得淋漓尽致。在《诸神去乞讨》中，故事开头描述了战争遗孀黑人女子珀尔塞福涅和越南女子庄梅遭枪击相拥而死的情景。与此相似的情景也发生在越南战场上，两个遗孀的丈夫经过肉搏战，双方紧紧地纠缠在一起，同归于尽。战争留给参战双方年轻人的是死亡，是魂无归处的毁灭。

与随军牧师、杰西和霍利斯相比，战争给 A. B. 弗莱尔和庄春带来的是彻底的毁灭。他们尸骨全无，仿佛不曾来过这个世界。

弗莱尔是黑人女子珀尔塞福涅的丈夫，他两次应征入越作战。他入伍的目的有两个：一是挣得足够的钱和妻子一起开餐馆，过上儿女成群的幸福生活，二是像电影里鼓吹的那样通过战争洗礼获得男性的

---

① Alfredo Vea, *gods go begging*, New York：The Penguin Group, 1999, p. 222.

② Ibid., p. 223.

③ Ibid.

性许可证，让女人都羡慕他强大的性功能。他第一次侥幸得胜回家，第二次应征时，"A. B. 弗莱尔似乎迫不及待地要返回越南"①，期待着再一次载誉而归。

在越南战场上，作为黑人，弗莱尔面对的危险不只是越南人的攻击，还有来自军队内部的种族歧视。白人军官把黑人士兵派往最艰苦的地方作战。弗莱尔为此与牧师进行了一场对话，他抨击了宗教与美国政府的虚伪宣传，认为有色人种的战争不光是"打击越南人的战争，也是和美国的战争"②。也就是说，在战场上，族裔人即使为白人而战，仍然受到白人的歧视，他们需要与之战斗。

然而，越南军队的"春节攻势"让弗莱尔永远地留在了越南的小山头上。他的死没有得到政府的确认，一直被宣布为"失踪"。事实上，他已经被炸成碎片，尸骨无存。

与之搏斗的是亚马逊餐馆合伙人之一梅的丈夫庄春。春和梅新婚不久就离开家乡去为祖国而战。他并非职业军人，他热爱的是毛泽东的诗词，是戴着近视眼镜的文人。出征时，他曾经信心满满，对妻子挥挥手，告诉她："当战争结束的时候，我要和我的同志们在河内的勒乐大街游行来庆祝胜利。"③

庄春刚加入部队不久，就被派到了战场去攻打弗莱尔所在的山头。在战场上他与弗莱尔相遇，战死。剩下的遗物就只有一副破眼镜和随身的几本书，他的遗体也没能找到。

他们的失踪和死亡受到了他们各自遗孀的尊敬和崇拜。在她们开办的亚马逊餐馆里，她们为亡夫设立了祭坛，每天燃起香烛、摆上贡品来祭拜他们以及战死的士兵。但这种祭奠的仪式因为遗孀们被枪杀戛然而止。就连供奉的遗像都在破案时被警察随意扔在地上，战死的亡魂失去了归处。

---

① Alfredo Vea，*gods go begging*，New York：The Penguin Group，1999，p. 15.

② Ibid.，p. 96.

③ Ibid.，p. 15.

五 湮灭的族裔青年群

除了塑造以上的典型人物外，在小说的第五个故事"臭名昭著的蓝色芭蕾舞"、第六个故事"墨西哥人在宇宙"和第七个故事"在图雷特山上"里，作家维亚还采用空间并置的手法，把人物设置在越南战场的小山头和现代旧金山的波特热罗山两个不同的时空里，描述了美国族裔军人在越战中的无谓牺牲和战后的苦难生活。

"臭名昭著的蓝色芭蕾舞"是作家对美国政府的讥讽和对战争残酷性的描述。蓝色，代表的是忧郁和压迫感。作者把激烈的丛林阵地战比喻成芭蕾舞。炮弹削掉了丛林大树，烟雾笼罩阵地，一阵对射后，剩下的就是一片哭喊求救的声音，活着的人就开始寻找步兵的尸体。黑人中士弗莱尔认为，这场战争就是"一场臭名昭著的蓝色芭蕾舞，它源于法语，意为'对未成年男子进行的下流的表演'"。列入步兵进行阵地战的都是印第安人、黑人和奇卡诺等族裔青年。他们希望战场经历能给他们带来美好的生活，黑人和印第安人希望获得与白人一样的权利，奇卡诺人幻想着获得美国绿卡，成为真正的美国人，然而，等待他们的唯有死亡，乃至尸骨无存。即使侥幸留得一命，他们的身心也永远回不到过去的阳光时代。

在1968年1月的"春节攻势"中，杰西他们遭遇了丛林中的正面遭遇战。小山头被夷为平地，许多士兵死无完尸，腿、胳膊、手和脚撒满丛林，有些还悬挂在树枝上。当黑人士兵在越南为白人卖命打仗时，美国国内发生了白人暗杀民权领袖马丁·路德·金的事件。美国军方从五角大楼发来命令，这种消息必须推迟发布，他们担心士兵滋事，会放下攻打有色人种的武器①。士兵们是从敌方的广播宣传里获得的消息。

在阵地战漫漫的黑夜里，战士们靠着想象未来的日子熬过黑暗、战胜恐惧。墨西哥裔人希望将来有一天宇宙里飞行的全是墨西哥的飞船，他们的人也能进入宇宙。然而，现实中，他们不仅不能去到宇

---

① Alfredo Vea, *gods go begging*, New York: The Penguin Group, 1999, p. 134.

宙，生活在美国的他们根本都没有自己的身份。他们既不是美国人，也不是墨西哥人，他们是战场上为自己赢得可能的身份的白人的替死鬼。他们很多人枉死在越南的丛林里。

侥幸从战场上回来的士兵们和没能从战场返回的亡者的亲人们都生活在旧金山的波特热罗山区域，维亚将其命名为"图雷特山上"，而"图雷特"意为神经紊乱症。作者用此虚构的山名来暗讽美国由白人主宰的社会和战争给人们心灵上造成的灾难。人们因为失去亲人或亲历战争变得神志不清。经历了残酷战争的族裔幸存者并没有得到政府许诺的福利，他们很多都成为无职业、无家可归的街头流浪汉，有些人死后的尸体都无人问津，直到他们"黑黑的皮肤因长时间裸露而变硬，指关节与膝盖被泥土和路边杂草弄得永久性褪色"① 才被运到医院停尸房长期停放。

退伍兵中的许多人因为居住在犯罪频发的贫民区而承受了不白之冤。刑事律师杰西为他们进行辩护才获得自由。

杰西最终在卡尔文案件胜诉的时候，想起了他那些在战场上牺牲的战友们，他放声痛哭，一个个呼喊着他们的名字，但他们早已湮灭在越南的丛林中。

他们信奉上帝，最后却被上帝所愚弄。他们为美国而战，却被白人主宰的美国政府抛弃。

第三节　殃及池鱼

维亚的《诸神去乞讨》以越战中失去丈夫的黑人女子珀尔塞福涅·弗莱尔和越南女子庄梅遭受枪击即将死亡而身体互相缠绕的形象开场。这个场景与他们各自的丈夫在战场上赴死的情形神似，不同的是她们是因关系亲密而被仇视同性恋的邻居杀害。她们也是越战的受害者，和她们一样承受战争之殇的还有许许多多像她们一样的女人。她们是被越战殃及的池鱼。

---

① Alfredo Vea, *gods go begging*, New York：The Penguin Group, 1999, p. 3.

一 越战遗孀谋杀案

在越战中，梅逃离战场，一路漂泊，经由泰国、中国香港，最后到达美国西部旧金山。她邀请同样失去丈夫的黑人女子珀尔塞福涅合作开餐馆。她们用特制的越南风味汤来招揽顾客，生意迎来了开门红。在餐馆里，她们各自摆着夫妻恩爱的照片，在餐馆外设置了祭坛，烧香和纸钱祭奠她们心目中的英雄丈夫。因为黑人女性长得五大三粗、浑身是毛而亚洲女性梅小巧玲珑，两人的友情被邻居误解为同性恋而惨遭邻居枪击殒命。

"珀尔塞福涅"是希腊神话故事里冥王妻子的名字，她是死亡之神。作者用死神的名字来命名这个黑人女子，其含义不言而喻，她的命运是悲惨的。她的丈夫弗莱尔第一次从战场上回家后无法再与她一起生活，他只"可以与他妻子做爱，但他不能爱她。在床上他有的是身体上的放松，但没有了激情"①。他和他妻子有过做生意的计划，但他的心思不曾在生意上，越南是他心的归宿。珀尔塞福涅认为他的旅行箱、裤裆与鞋子都粘有越南丛林的腐臭，他把战争带回了家。原本深爱她的丈夫两度被征入越南参战，最后战死他乡，剩下她孤苦无依。

梅的名字在越南语里意为"黄色樱花"，是美丽与死亡的象征。梅在老家的战乱中饱受欺凌。她的丈夫战死后，给她留下了一张小纸条的遗书，因为不认识他的潦草字迹，她便将那些字的形状描绘在她的胳臂上。后来在流亡中她被越共抓住，因为那些图案看起来像英文，她的同胞把她当成美国间谍进行虐待，逼她翻译那些图案的内容。再后来她逃到泰国，被警察抓住，她又被怀疑是从军妓女。随着逃亡的难民，她一路漂洋过海到了中国香港。在那里她和同样逃难的美军随军牧师相遇并姘居在一起，直到牧师突然消失。

她们两个都是四十多岁的中年妇女。珀尔塞福涅和梅在旧金山市的波特热罗山（Potrero Hill）下开设的便餐店因其独特的越南风味吸

---

① Alfredo Vea, *gods go begging*, New York：The Penguin Group, 1999, p.98.

引了周边的各类人群。它使"街头激烈的赌博者静声,瘾君子的味觉得到抚慰。从廉租房里出来的街头斗殴者停止了捣鼓他们的枪支,贪婪地嗅取餐馆发出来的香味"①。连周围的孩子们闻到香味都激动不已,他们的母亲们对两个族裔女人的厨艺产生了嫉恨。

"亚马逊便餐店"的两个合伙经营者给各位食客提供了最精致的越南小吃。在固定的时间给穷人免费提供营养十足的汤。梅每天给社区的隐形人无名先生特制一份豆汤和面包。可她们的善良没有受到人们的尊重。与此相反,因为邻居认为她们是可恶的同性恋,最终她们招致了杀身之祸,就在餐馆附近被邻居少年混混儿勒吉枪杀。她们的死得到了无名先生的祷告。应该说,她们的灵魂得到了安息。

救护车来的时候,医生们发现二人的尸体紧紧地拥在一起无法分开。她们没有同生,但真正地共死了。根据周围的人的描述,她们遭遇枪击呼救时,人们冷漠地袖手旁观,有些人甚至赶紧"将窗帘拉上",法医在解剖尸体时也面无表情地直接将她们一刀切开,"似乎在切来自遥远地方的尸体"②,因为她们的"胳膊、手指甚至最后的呼吸都缠在了一起"③。

这两个女人都是美好生活的向往者,她们有共同的爱好,都曾经学过芭蕾,都憎恨芭蕾舞的模式化,而喜欢自由的表达④。她们得不到丈夫的爱时,便互相进行身体和心灵的慰藉。人们对她们的行为不理解,认为"这两个女人太过分了。她们建立了坚固的防守同盟来抵抗孤独、悲观与失败"⑤。珀尔塞福涅的三个姐姐为她举行葬礼时愤怒地诘问:"他应该在第一次参战从越南返回后就和她生活在一起,待在他应该待的地方。究竟是个什么鬼战争使他留在了那里?为什么男人们不停地去打仗?"⑥

---

① Alfredo Vea,*gods go begging*,New York:The Penguin Group,1999,p. 6.

② Ibid.,p. 2.

③ Ibid.,pp. 1-2.

④ Ibid.,p. 10.

⑤ Ibid.,p. 25.

⑥ Ibid.,p. 50.

没有越战，她们的丈夫就不会牺牲，她们就会在各自的家乡开设餐馆，生儿育女，幸福地生活下去。

二　被冷落的爱人卡罗琳娜

亚马逊餐馆的谋杀案在小说《诸神去乞讨》中表现的是对越战遗孀的显性伤害，而作家描写的另一女性受害者则处于隐性状态。她就是小说主人公杰西的爱人卡罗琳娜，她一直无法享受正常女人所拥有的婚姻生活。

杰西和卡罗琳娜在一起时，因困扰于战争死亡与恐惧的印象，他经常无法入睡，即使睡着了，也是噩梦缠身，他的心思全部都放在对过去的回忆中，他回忆死去的战友弗莱尔、从战场上出走的随军牧师和他那被美军用螺丝钉钉死的越南朋友洪差。虽然他很欣赏卡罗琳娜，但他无法让她走入自己的内心。

而卡罗琳娜本身是一位非常优秀的女士，多年来，她都在协助杰西从事他的律师事业。但她一直忍受着他敷衍的情爱生活，她努力帮助杰西找回男性的自信，但从未有过成功的一刻。她"曾一丝不挂，泪眼汪汪地祈求杰西给她点温柔，然而杰西只是站在房里，呆若木鸡"①。她朝他大发雷霆，把自己的深度眼镜扔向杰西，但一切都无济于事。在无可奈何中，卡罗琳娜选择了离开，虽然离开后她一直牵挂着他。

她仍然关注杰西的事业与生活。当杰西因醉酒耽误了四次出庭的时候，她四处寻找他，为他安排好一切所需，也为他给出的不合理的解释生气。在杰西的当事人遭遇谋杀时，她替他担忧。当她得知杰西在法庭上成功为卡尔文辩护时，她为他欢呼雀跃。她是他最忠实的听众，即使其他人都已离开法庭，她还在那里继续陪他，听他独白。她再次回到他身边，欲与他同床庆贺，无奈最后还是以失败告终。

杰西的战后应激障碍是卡罗琳娜无性夫妻生活的主因，而无性的夫妻生活对一个女人是最大的不幸与不公。卡罗琳娜就承受了这

---

① Alfredo Vea, *gods go begging*, New York：The Penguin Group, 1999, p. 224.

种不幸。

三 受虐待的艾薇

除了亚马逊餐馆谋杀案里的两个女人和小说主人公杰西的女友卡罗琳娜,小说《诸神去乞讨》中作家着墨不多但给人印象极深的另一位女性人物是全身伤疤的退伍老兵霍利斯的前妻艾薇,她所承受的苦难不亚于被枪杀的亚马逊餐馆的女人和卡罗琳娜,她的身心受到了无法弥补的伤害。

艾薇和霍利斯曾在同一个酒吧工作。她是一个酒吧服务员,擅长于做玉米面团包馅卷饼。她和霍利斯结婚后,总是变着花样给丈夫做好吃的卷饼。他们夫妻起初的生活非常幸福,然而,无论他们怎么努力,艾薇都没有怀上孩子,战争使霍利斯失去了生育孩子的能力。

霍利斯发现了自己的不幸后,不是去安慰艾薇,而是用暴力行为去制服她,经常把她"打得团团转,全身青红紫绿,强迫她去做她已经做过的事"①。丈夫的家暴和她自己想要孩子的愿望迫使她离了婚。

离异后的艾薇更加不幸。她遇上了一个比她年长很多的黑皮肤印度裔男子,当她得知他很富有的时候,便和他去了拉斯维加斯,在那里举行了隆重的婚礼。然而,婚后的生活并不快乐,因为生活习惯的差异,她的第二任丈夫并不欣赏她的厨艺,夫妻的性生活并不和谐,她再次受到了性虐待,下体被折磨受伤,"只得用左手做饼,右手插入短裤衩护住下身"②,并且还患上了群集性偏头痛,几乎精神崩溃。

作为女人,艾薇想要有个自己孩子的想法并没有错,可这最普通的愿望都无法实现,因为她遇上了被战争摧毁了生育能力的霍利斯。她转而追求富裕的生活,也没能得到幸福,因为文化差异,她与第二任丈夫无法和谐地生活,她陷入了更加痛苦的深渊。

由此可见,是残酷的战争毁掉了女人们的幸福。

---

① Alfredo Vea, *gods go begging*, New York: The Penguin Group, 1999, p. 222.

② Ibid., p. 224.

四 疯癫的母亲

人类战争中所伤及的最大的无辜群体是母亲这一群体。在《诸神去乞讨》"在图雷特山上"的故事里，族裔母亲们作为一个群体被作家用笔墨刻画她们无以言表的痛苦。

杰西在调查卡尔文案件的时候，来到了波特热罗山。这里山上山下都是族裔人栖息的地方。在政府的廉租屋周边，到处都是穷人搭建的帐篷屋，社区脏乱，人群混杂，打架斗殴，酗酒吸毒，持枪抢劫，罪恶横行。人们生活在极度贫困中。想通过参加越战来改变家庭和个人生活现状的士兵大都来自这种地方。

来自这种地方的士兵大都出身单亲家庭。"在三套公寓里，三个母亲在深深地哀悼。这三个女人都没有丈夫。这三颗心都不曾被一个男人的爱感动过但她们的横纹肌子宫因为新生命的蠕动一次又一次地伸展收缩。"① 他们的父亲通常都是不负责任的人，和他们的母亲生下孩子后无力抚养，便偷偷地溜出了这个贫民区，让妻子一个人承担子女的抚养任务。杰西的战友科尼利厄斯（Cornelius）就是来自这种家庭。

失去了她们至亲的儿子，这些无名氏母亲们便失去了生活的希望。她们不相信自己的儿子已经消失在战场上，固执地认为他们已经逃离这个贫穷地方去寻找生身父亲，或者他们被关押在遥远的异国不能回家。她们仍然在期待着那毫无希望的未来。有位母亲在收到儿子阵亡的正式通知后，领取了抚恤金，到城市最大的商场购买了"一大堆昂贵的法国进口的化妆品，在一个越南店修理了脚指甲，买了一双新鞋。在一个月光皎洁的夜晚，她确定没人看到她的时候，只系了一条毛巾便冲了出去，来到她儿子的坟墓前跳起了裸体舞"②。一个正常的母亲不会在儿子的坟前赤身裸体地跳舞，只有受到了极大刺激的女人才会如此疯癫。

---

① Alfredo Vea, *gods go begging*, New York：The Penguin Group, 1999, p. 164.
② Ibid., p. 165.

在小说《诸神去乞讨》中，作家维亚对母亲们悲哀的平淡描述体现了他对罪恶战争的辛辣针砭。

在作家维亚的笔下，所有与越战有关的女性无论怎么虔诚地敬仰心中的神，都不会得到神的庇佑，只能成为不幸的受害者。

第四节　反司法中的种族歧视

除了描述战争给人们带来的深重灾难和毁灭，《诸神去乞讨》的另一个重要方面是关注人们如何对待少数民族的民权问题。《艾尔伯丘卡报》称之为"法庭戏剧"。小说从第二部分开始描述在白人主宰的法庭上，族裔人的权益如何受到法官和陪审团人员的草菅，以及从越南战场退伍回来后获得法学学位的刑事律师杰西如何为贫穷而又蒙受不白之冤的族裔人讨取公道，维护正义。

一　草菅族裔人的司法机构

在小说《诸神去乞讨》中，退伍后的族裔青年没有像白人青年那样能够上大学，并找到好工作。他们大都混迹在社会的底层，住最差的廉租房，甚至成为街头混混。上帝并没有眷顾这些受过战争创伤的族裔人。相反，他们被淹没在现代大城市的贫民窟中，受到来自各个方面的歧视。在社区的刑事案件中，他们会被法庭刻板地视为罪犯并处以重刑。

杰西接手亚马逊餐馆枪击案嫌犯卡尔文·蒂博的案件后，来到了他的当事人所在的监狱，发现监狱的地板都是斜坡，犯人在里面不是躺着，而是斜着身子半站半躺。那里关押的中年案犯大都是从越南战场上回来的老兵，他们所犯的罪行基本上是性骚扰、贩毒、斗殴等。从法院的咖啡馆里的律师们的闲聊中，杰西发现，这些嫌犯的所谓罪证都是律师们的饭后笑料，没有人真正为他们辩护。法庭上的法官和陪审团成员也是轻率地定罪，认为这些人生来就是罪犯，判处他们几百年监禁都不为过。

许多律师选择案件都有自己的标准，他们大都不会接手像亚马逊餐馆枪击案这样的案子，因为一方面，人们理所当然地认为被杀的人是同性恋，她们活该；另一方面，嫌犯是一个无力支付律师费的街头小混混，无利可图，这样的嫌犯在许多人眼里也似乎不需要正义或公正的审判。杰西选择为卡尔文辩护，因为他得知两个女人的丈夫都是越南战场上阵亡的战士，他"痛恨死亡。他并不害怕死亡，但他全身心地痛恨它"①。在监狱与卡尔文交谈时，杰西想起了他在越战时进过的战地监狱。他目睹了战俘被残酷折磨致死的过程，进了战地法庭的越南俘虏就没有人能活着出去。在对待逃兵的问题上，军事法庭也只对白人士兵额外开恩，而对族裔士兵严惩不贷。

因此，从在越南战场上看到族裔战士做出的无辜牺牲开始，杰西便决心为族裔获得司法公正而战。

二 司法公正之战：为族裔人辩护

美国司法机关的黑暗在于对待族裔人的案子十分轻率，起诉人信口雌黄，只顾获取自己利益而不实事求是，法官与陪审团成员也漫不经心地听取起诉人的意见而胡乱判案。在监狱等待审判的嫌疑人有些还没能等到开庭就已被狱警殴打殒命。维亚的描述包含了所有的族裔美国人的苦难，他毫不讳言地批判美国政府与白人价值观对族裔的歧视。

在《诸神去乞讨》中，刑事辩护律师杰西·帕萨都布尔承接了亚马逊餐馆枪击的案子，替嫌疑人卡尔文（Calvin）辩护。案发时，证人看见有两个年轻人在场，有人听到了其中的一个叫卡尔文。警察到达后逮住了他，另外一个叫勒吉的青年则逃之夭夭。证人们在现场还看到了第三个男人，邻居称呼他为无名先生，是他在枪杀案发生后为死者合上了眼睛，进行了祷告。勒吉的逃逸与无名先生的躲藏让案件的真凶变得难以定夺。法院起诉人则根据案发现场的表象欲将卡尔文定为罪犯。

在侦办案件的过程中，杰西发现案件嫌疑人卡尔文因为缺乏英语

---

① Alfredo Vea, *gods go begging*, New York：The Penguin Group, 1999, pp. 44-45.

语言能力而无法正确地表达自己的观点和描述所见所闻。为了让他在法庭上能够配合自己的辩护，杰西让他阅读大量有关法律的书籍。阅读"所改变的是卡尔文最新发现的表达自己思维的能力"①，待到他的案件开庭审理时，他已能够思维清晰、口齿流利地回答起诉人和辩护人提出的各种问题。杰西找到了族裔人在司法中受到歧视的症结所在：他们所受的教育不够，因为没有文化知识，不能表达自己的意见和观点。

为了找到足够的证据来证明卡尔文无罪，杰西到他居住的贫民窟走访，调查了他的同伙勒吉的母亲，一个虐童癖，了解了勒吉的杀人动机，她的母亲经常把不同的少年带回家进行猥亵，他对母亲甚至像她这个年纪的女人恨之入骨，所以他把仇恨发泄在两个与他母亲年龄相仿的女人身上。为了更深一步地了解勒吉母亲的真实情况，杰西还调查了因为杀死勒吉母亲前夫而坐牢的退伍老兵哈普（Harp）。

通过仔细调查取证，杰西为卡尔文进行了成功的辩护。卡尔文最终被无罪释放。这是杰西职业生涯中取得的最大胜利。他实现了在战场上许下的诺言：为族裔权益而战。

在贫民窟里，杰西还见到了许多多年不见的老战友，他们都处于极度贫困中，他的战地牧师也是其中之一。老战友的窘况让杰西潸然，使他下定决心为嫌犯越南裔老兵冯保辩护。在他的当事人面对持有偏见的白人陪审团而无法用英语表明自己的观点时，他帮其找翻译，一次次地提供新证据，最终说服陪审团与法官判定冯保无罪。杰西为他的当事人赢得了司法公正。这场官司，对于杰西来说，是一场没有硝烟的战争。

对于族裔美国人，甚至白人来说，美国历史上最无意义的战争就是越南战争。它打着为越南人民争取民主的旗号，干着伤天害理的勾当，既浪费了财力物力，更让年轻人做出了无谓的牺牲。更可怕的是它给卷入这场战争的人带来了永久的身心创伤，让人们认识到这个世界存在太多的不可知、杀戮与不公。

---

① Alfredo Vea, *gods go begging*, New York: The Penguin Group, 1999, p. 273.

自 20 世纪下半叶始，当白人政府以所谓帮助他国建立民主价值观的名义而进行侵略性战争的时候，美国族裔从自己作为受压迫者的视角对美国发动的战争进行了揭疮疤式的批判并给出了疗伤的良药。美国发动的朝鲜战争、越南战争、海湾战争、阿富汗战争、伊拉克战争等并没有帮助任何民族获得民主，只给当地民众带来深重的苦难。被迫参战的族裔人只有回归自己的民族才得以治愈身体和心灵的创伤。

第五章　黑色幽默与科幻

第一节　约瑟夫·海勒和《第二十二条军规》

作为美国黑色幽默派的代表作家，约瑟夫·海勒（Joseph Heller，1923 年 5 月 1 日—1999 年 12 月 12 日）被认为是美国"二战"后反战作家的代表人物。他的代表作《第二十二条军规》已经成了美国战后文学的里程碑式的作品，被列在"20 世纪 100 部最优秀的英文小说"的第 7 位。该书的总销量超过了 1000 万册，其标题"第二十二条军规"已经成为英语中的标准用语，被收录在词典中，表示一种没有出路的困境。在很多人看来，《第二十二条军规》已经毫无争议地成为美国反战小说和后现代小说的经典。

一　海勒和《第二十二条军规》

约瑟夫·海勒 1923 年 5 月 1 日出生于纽约布鲁克林的科尼岛，父母都是来自俄罗斯的犹太人。海勒有着艰辛的童年，5 岁时，海勒的父亲去世，海勒和他的母亲、哥哥艰难度日。在布鲁克林科尼岛的艰苦生活养成了海勒玩世不恭的生活态度以及他街头式的机智幽默。海勒十几岁时就显露出了写作的天赋。他写了一个关于俄国入侵芬兰的故事，并将其投到纽约《每日新闻》报社，然而他的故事并没有被接受。从林肯高中毕业后，海勒从事了各种工作，包括铁匠店学徒、信使和档案管理员。1942 年 10 月，19 岁的海勒参加了美国空军，这一选择彻底地改变了他的一生。两年后，海勒被派往意大利前线的科西嘉岛，担任轰炸机的投弹手。

　　年轻的海勒对于这段军旅生活并不排斥。海勒后来回忆说，这场战争"开始时是有趣的……你会觉得这是很光荣的事情"①。在他回国后，"觉得自己是个英雄……人们觉得在飞机里战斗，而且经历了60次的飞行是一件很酷的事，虽然我告诉他们其实大部分的任务都很无聊"②。实际上，海勒非常喜欢他的军旅生涯。他在给东北大学（Northeastern University in Boston）的英语系教授詹姆斯·内格尔（James Nagel）的信中说："与约塞连的感觉和我在小说中表达的情感不同的是，我非常喜欢军队，和我在一起服役的人也喜欢，无论是训练还是打仗……我那时还年轻，军队生活是一种冒险，充满着喧闹和魅力……而且，对于我和很多人来说，很难进入大学，所以参军可以使我的生活水平立刻有极大的提升。"③ 在军队里，他一个月可以领到65美元到75美元，而他在当文件管理员时，一个月才60美元，这还不包括食物、住宿、服装和医疗。他后来说："参军还有机会去旅行，有一种兴奋的感觉，期待着前方有事情发生……我享受到了此后很多年都没有享受到的自由。"④

　　然而，海勒对于战争的所有好感在第37次任务时结束了。在这次轰炸中，飞机的副驾驶由于恐慌使得飞机失控。在急速下降的飞机中，海勒被挤在了飞机的天花板上。飞机恢复飞行状态后，飞行员大喊，"救救他！救救他！"海勒问，"救谁？"飞行员说，"救救投弹手！"海勒回答，"我就是投弹手，我很好。"当他们检查飞机的后部机舱时，发现机枪手受了伤。海勒才第一次意识到死亡竟然离他如此之近，并从此改变了对于战争的看法。

---

　　① Mallory, Carole. "The Koe and Kurt Shoe", *Vonnegutweb*, May, 1992, http：//www. vonnegutweb. com/vonnegutia/interviews/int_ heller. html.

　　② Ibid.

　　③ Daily Mail Reporter, "Joseph Heller, author of anti‐war classic Catch‐22, actually enjoyed military service, letter to university professor reveals". *MailOnline*, Oct. 27, 2011. http：//www. dailymail. co. uk/news/article‐2053758/Author‐anti‐war‐classic‐Catch‐22‐actually‐enjoyed‐military‐service‐letter‐university‐professor‐reveals. html.

　　④ Ibid.

　　尽管如此，海勒还是完成了军队所规定的 60 次的飞行任务，返回了国内。战后，美国政府推行了《军人安置法案》，资助退伍士兵进入大学学习，海勒也因此得以于 1945 年进入了南加利福尼亚大学学习英语。在这期间，海勒发表了他的第一部短篇小说。第二年，海勒转到了纽约大学，并在毛里斯·博丹（Maurice Baudin）教授的影响下，考虑成为一个职业的作家。

　　1949 年，海勒从哥伦比亚大学毕业，拿到了硕士学位。海勒白天在一家广告公司做打字员，下班后在家进行写作。海勒的成名作《第二十二条军规》的出现是相当偶然的。海勒自己回忆说，在 1953 年的一个早上，他坐在家里，突然有了灵感，"那就像一见钟情"①。第二天，他就构思了人物、情节、故事的主题和基调。他用一个星期的时间就完成了第一章。故事的第一章发表在《新世界写作》第 7 期，以"第 18 条军规"为标题。但是在接下来的一年里，他并没有完成小说的其他部分。他本来预计这个故事可以以短篇小说的形式出版，但是当他逐渐加入新的内容时，他觉得可以将其变成一部长篇小说。当他完成小说的三分之一时，他决定先将小说寄给出版商看看他们是否感兴趣，再来决定是否需要继续写下去。小说很快得到了西蒙与舒斯特公司（Simon & Schuster，当时美国规模最大的图书出版公司）的回应。他们给了海勒 750 美元，并答应在小说完成后再给 750 美元。然而，海勒花了 8 年的时间才完成了这部小说，比出版社约定的时间晚了 4 年。在出版时，为了避免与同为犹太裔作家的里昂·尤里斯（Leon Uris）新小说《米拉大街 18 号》（*Mila 18*）重名，将小说改为了《第二十二条军规》（*Catch-22*）。

　　小说出版后，批评界对其褒贬不一。《芝加哥太阳时代》称之为"近年美国最好的小说"②，而其他批评家则认为它是"混乱的、无法

---

　　① Plimpton, George. "The Art of Fiction 51: Joseph Heller". *The Paris review*, 1974（60）. https://www.theparisreview.org/interviews/3894/joseph-heller-the-art-of-fiction-no-51-joseph-heller.

　　② Kisor, Henry. "Soaring Satirist". *Chicago Sun-Times*, December 14, 1999, retrieved Aug. 30, 2007. http://www.highbeam.com.

阅读的、愚蠢的"①。在第一年，这本书只销售了 3 万册的精装本，但是在英国，人们对于这本书的反应截然不同，在销售的第一个星期里，这本书就登上了畅销书的榜首。一年后，该书的简装版发行，该书的内容引起了那些经历了"二战"的一代人的共鸣，因而在美国的反响日益强烈。

海勒将《第二十二条军规》的故事场景设置在"二战"即将结束时的皮亚诺萨岛，讲述的是驻扎在后方的轰炸机中队的故事。故事用黑色幽默的手法描写了一个"光怪陆离"的世界，其中有充满爱国热情的士兵，有野心勃勃的军官，也有像投机倒把的商人一样的食堂管理员。故事的核心人物是约塞连。他曾经满怀热忱地投入战争，立下战功后被提拔为上尉。然而，在经历了战场上的疯狂、残酷、荒诞后，他变得玩世不恭，厌恶战争，并开始想尽一切办法来逃避战争。在周围的人看来，他的这种做法是疯狂的，他变成了人群中的一个另类、一个疯子。根据"第二十二条军规"，只有疯子才能豁免飞行任务，但必须本人提出申请；同时又规定，凡能意识到飞行任务有危险而提出免飞申请的，就属于头脑清醒的人，应继续执行飞行任务。"第二十二条军规"还规定，飞行员飞满上级规定的次数就可以回国；但它又说，士兵必须绝对服从上级的命令，否则就不能回国。因此上级不断地给飞行员增加任务次数，最终湮灭了约塞连的希望。约塞连最终明白了，所谓的"第二十二条军规"原来就是一个骗局，是一个无法逾越的障碍，是人们利用所谓的"正义行为"来为自己巧取豪夺。最后，在抗争无望的情况下，他选择当逃兵逃往瑞典。

二 "不反战"的反战小说

故事的背景设定在第二次世界大战，故事所描写的也是第二次世

---

① Shenker, Israel. "Joseph Heller: Draws Dead Bead on the Politics of Gloom". *The New York Times*, September 10, 1968, Retrieved 2007-08-30. https://www.nytimes.com/books/98/02/15/home/heller-politics.html.

界大战后期空军基地的事情，因而在很多的批评家看来，《第二十二条军规》毫无疑问的是一部反战小说，而且是一部反对第二次世界大战的小说。但是对于海勒自己而言，这部小说的意义并不在于反对"二战"。1970 年，海勒在一次接受记者采访中明确指出："《第二十二条军规》并不真正是反对第二次世界大战的。"① 1975 年，海勒又进一步做出了说明："正如我所说的，《第二十二条军规》并不是真正意义上反'二战'的，它真正反映的是冷战时期、朝鲜战争时期，甚至是可能发生在越南战争期间的美国社会状况。"② 海勒在美国空军学院发表演说后回答观众提问时明确地指出了他的作品对于战争的态度："在《第二十二条军规》中，并没有任何对于美国加入'二战'的反对观点，就约塞连，或者小说中的任何人而言，也没有任何的对参战合法性的质疑。我在小说中试图去表现的是个体之间的冲突，关于个体在那些忽略自己的责任，或对其无动于衷的，或者无法承担自己责任的那些上司的冲突。我非常努力地将小说的冲突设定在德国实际上已经失败的时间点上。我非常清楚地记得小说中约塞连说的一句话，'国家已经不再有危险，而我有'。"③

　　因而，海勒并不是一个狭义的反战主义者，他并不针对某一场具体的战争，而更加倾向于反映由战争而带来的精神创伤和社会变化。他反对的是广义的战争本身，提出的是对于战争存在性的质疑以及对于产生战争的社会以及社会观念的讽刺，因而使得他的作品超越了传统的反战小说对于战争毁灭和残酷的狭隘批评，转而攻击更加广义的战争概念，使其具有更加深刻的反战意义和人文主义的影响力。

　　实际上，在第二次世界大战期间，甚至到第二次世界大战结束后的很长时间里，人们对于战争的看法都是相当肯定的。几乎很少有人对这场反对希特勒和法西斯的战争持任何的负面看法，或者说，当时

---

① Heller, Joseph. "On Translating Catch – 22 into a Movie." *A Catch – 22 Casebook*. Eds. Frederick Kiley and Walter MacDonald. New York: Thomas Y. Crowell, 1973, p.357.

② Merrill, Sam. "Playboy Interview: Joseph Heller." *Playboy*: 22.6 (June 1975): 68.

③ Meredith, James H. *The Literature of World War II: A Student Casebook to Issues, Sources and Historical Documents*. Westport: Greenwood Press, 1999, p.57.

每个人都认为这场战争是必须的。对于当时的军人来说，很多人因为参加了这场战争而骄傲。即使是和平主义者，对于战争的态度也并非绝对的否定。和平主义者伯特兰·罗素（Bertrand Russell）曾经因为在"一战"中反对征兵而被捕。在监狱中，他写道："我被爱国主义所折磨，德国人在战场的胜利让我很恐惧。我希望德国战败的欲望一点也不比退休的上校少。"在"二战"之后的很长一段时间里，这次消耗了大量生命的战争在很多人眼中，仍然是一种理想主义的画面，很多士兵都以身在其中而感到自豪。而那些没有机会经历战争的新一代的年轻人，则充满了羡慕。波德霍·雷茨（Norman Podhoretz）在作品中描写了自己在20世纪50年代如何期望能够参军："像其他那些已经对于第二次世界大战有意识，但是年龄太小而不能参加'二战'的大多数美国孩子一样，我有一种渴望能够去看看军队是什么样子的，去体验某种让人感觉没有经历过人生就不完整的经历。"① 有大量美国作家的小说和大量电影以约翰·韦恩这样的英俊的穿着军装的明星来营造这种战争情结。

因而在当时的时代背景下，批评家们对于刚刚出版的《第二十二条军规》更看重于其文学层次的表现，更关注其在小说结构、人物构建和语言表达上的独特性。关于小说中的战争描写，一部分评论家更倾向于认为它是广义的，即它并不针对战争本身，而是用来反映20世纪美国社会的本质。在当时，很多作家以及文学批评家都认为当时的美国实际上是一个巨大的精神病院，因而使用传统的方法，例如以小说的形式，是无法反映出当时美国的现实。而海勒的成就，就在于找到了一种方式来实现这一目的。他的方法就是对当时美国自认为最好的一面进行描写，例如刚刚赢得胜利的第二次世界大战，而不是去描写那些显而易见的社会缺陷和问题。因而，在当时很多人看来，海勒更倾向于将这部小说变成一部对于当时美国社会的讽刺，变成对于战争背后疯狂的制度和人性的批判和讽刺，而非对于战争本身的讽刺。因而，海勒对于战争的批评，被扩展到了更加深刻的社会意义。

---

① Podhoretz, Norman. *Making it*. New York：Harper Collins，1980，p. 1067.

海勒试图改变传统的反战小说对于战争的描写，从而从一个新的视角来看待战争。正如哲学家和和平主义者威廉·詹姆士所说："如果人们要有效地反对军事主义者的观点，仅仅反对战争的恐怖是不够的，战争的恐怖让人战栗，它能够最大限度地揭露人的本性……军队不会否定战争的残忍和恐怖，但它只是说这是战争的一方面而已。"①海勒很明显意识到了这一点，因而在他的小说中，除了斯诺登的死亡场景之外，海勒的战争描述基本上都是在空军基地，一个远离战火和硝烟的地方。

三　被讽刺的死亡

对于死亡，海勒有着非常清晰的认识和文学架构。他并没有像其他反战小说一样去描写战争中年轻士兵的死亡，以此来反映战争的残忍和非人性化。因为他知道，"死亡并不是一件有趣的事情，一个年轻人的死亡也不是一件有趣的事情。我在《第二十二条军规》中所呈现的某个人轻率的或者没有尊严的死去并不仅仅是要达到对位的效果，避免太过于情绪化，还可以通过故意忽略死亡的严肃性而产生更好的效果"②。因而，在小说中，很多人只是消失了而已，除了海勒刻意去描写的斯诺登的死亡。与其他人物不同的是，斯诺登并不是小说中的基本人物，因为海勒认为即使是要详细写一个人的死亡，那个人也应该是对于读者，甚至是对于故事中的人物都很陌生的人，这样才可以有意识地避免痛苦情绪的产生，弱化小说中的幽默讽刺的效果。

为了产生这种效果，海勒还有意识地将死亡作为自己讽刺的对象，以强化小说中黑色幽默的力量。在小说中，丹尼卡医生的"被死

---

① James, Williams. *The Moral Equivalent Of War*. Written for and first published by the Association for International Conciliation (Leaflet No. 27) and also published in *McClure's Magazine*, August, 1910, and *The Popular Science Monthly*, October, 1910. http://fullreads.com/essay/the-moral-equivalent-of-war/1/.

② Meredith, James H. *The Literature of World War II: A Student Casebook to Issues, Sources and Historical Documents*. Westport: Greenwood Press, 1999, p. 57.

亡"就更加具有戏剧性和批判性的效果。丹尼卡医生为了逃避飞行任
务，在飞行文件上签字作假；因而当他签飞行记录但是没有登机的飞
机坠毁时，他就"被死亡"了。无论他如何跟别人解释，人们都不
承认站在他们眼前、跟他们抗议的人还活着。最后，"他发现中队里
人人见了他都避之不及。大伙用下流恶毒的语言咒骂他这个死人，因
为正是他的死惹恼了卡思卡特上校，这才又一次增加了战斗飞行任务
的次数。有关他阵亡的证明材料像虫卵一样剧增，而且彼此互为佐
证，无可争议地判定了他的死亡，他领不到军饷，也得不到陆军消费
合作社的配给供应，只好靠陶塞军士和米洛的施舍勉强度日，这两个
人也都知道他已经死了。卡思卡特上校拒绝接见他，科恩中校则叫丹
比少校捎过话来，丹尼卡医生要是胆敢在大队部露面的话，他就要叫
人当场把他火化掉"①。甚至于他的妻子，也因为一万美元的抚恤金
和三张保险额均为五万美元的人寿保单，高兴地接受了他死亡的现
实。当军队里的人把丹尼卡医生从他的医务室帐篷里赶出来时，他才
意识到，"自己实质上已经死了"②。

　　丹尼卡医生成了一个活着的"死人"，而另一个人玛德中尉却戏
剧性地成了死了的"活人"。玛德中尉因为还没有来得及注册报到就
被派去执行任务，所以当他不幸死去时，他成了一个无法在文件上死
亡的人。虽然整个空军基地的人都知道这个人已经牺牲，但是因为没
有文件可以证明，所以谁也无法宣告他的死亡。丹尼卡医生和玛德中
尉成了两个生死之间极端的例子。在这样的战场上，人们无法决定自
己的生死，更无法定义自己的生死。因而，死亡在这里并不是恐惧，
而是一种绝望，是人们在剥夺了所有存在意义之后的绝望。

　　为了更加强调这种绝望，海勒更增添了一个处于生死之间的人
物，一个生死不知、浑身缠着绷带的士兵。为了强调这个人的存在意
义，海勒在小说中多次重复了他的场景以及约塞连和其他士兵们对于

---

　　① ［美］约瑟夫·海勒：《第二十二条军规》，杨恝等译，译林出版社1999年版，第
438页。

　　② 同上。

他的讨论。海勒在小说中很罕见地详细地描写了一个人的存在：

> 那个浑身雪白的士兵与其说是个活生生的人，还不如说更像
> 个已制成标本、消过毒的木乃伊。达克特护士和克拉默护士使他
> 保持得干干净净。她们常用一只短柄小刷轻刷他的绷带，用肥皂
> 水擦洗他手臂上、腿上、肩膀上、胸脯上和骨盆上的石膏。她们
> 用装在一个圆听里的金属抛光剂，给一根从他的腹股沟处的石膏
> 板上伸出来的暗淡的锌管涂上淡淡的一层光。她们还用湿抹布每
> 天几次擦去两条细细的黑橡胶管上的灰尘。这两条管子从他身上
> 一进一出，连着两只塞住的大口瓶，其中一只吊在他床旁边的一
> 根柱子上，瓶中的药液通过他手臂上的绷带中的一个缝隙不断地
> 滴进他的体内；另一只瓶则放在地板上几乎看不见的地方，通过
> 那根从他腹股沟处伸出来的锌管把液体排掉。①

因此，当约塞连和他的战友讨论这个生活在绷带中的人时，"神
情忧郁地在猜想那个浑身雪白的士兵到底是谁，他为什么会在这儿，
那纱布和石膏里面的他到底是个什么样子"②。人们并没有讨论他的
生死，而是在讨论他是否存在，"也许里面没有人，也许他们只是把
这些绷带送到这儿来开个玩笑"③。

在约塞连看来，死亡已经变成了一种麻木和茫然的事情。而战地
医院，这种每天都有人死亡的地方，对于他来说，就已经变成了天
堂，因为在这里，他可以像绅士一样死去。海勒用一种调侃的语气讨
论着医院中的死亡：

> 医院里的死亡率远比医院外的低，是一种健康得多的死亡
> 率。很少有人死得没有必要。人们对死在医院里这种事知道得要

---

① ［美］约瑟夫·海勒：《第二十二条军规》，杨恝等译，译林出版社1999年版，第
215页。

② 同上书，第216页。

③ 同上。

多得多，因而死得更加干净，更加井然有序。他们虽然在医院里还无法支配死神，但却肯定可以让她乖乖听话。他们教她举止得体。他们虽不能把死神挡在医院之外，但当她进来时，她得像位贵妇人一样温文尔雅。在医院里，人们死得文雅而得体。这儿没有医院外边十分常见的那种耸人听闻、野蛮丑陋的死法。他们不会像克拉夫特那样在半空中被炸得身首异处，不会像约塞连帐篷里的那个死人，也不会像斯诺登那样在飞机的后舱里向约塞连吐露了他的秘密之后，在骄阳似火的夏季被活活冻死。①

海勒并没有像传统的反战小说那样去描写战场上战争双方你死我活的争斗，那种充满了鲜血、伤口和悲伤的死亡，而是专注于描写人们在战争中对于死亡无能为力的绝望感。一方面是像丹尼卡医生、玛德中尉和缠着绷带的士兵那样无法决定自己生死存在状态的绝望，还有像约塞连那样面对明知死亡却无法逃脱的绝望，因为每一天他所面临的都是新的一次战胜死亡的危险使命。在海勒看来，这种精神上的焦虑才是战争最为可怕的地方，而非死亡本身。

四 荒诞的战争逻辑

在脱离了传统小说中战争的死亡和恐惧主题之后，海勒更倾向于从一个更高的层次去讨论战争，那就是战争逻辑。海勒讨论战争的意义、士兵行为的合理性以及英雄本身存在的意义。海勒将这种讨论变成了看似不可理喻的约塞连和其他人的对话。在小说中，约塞连是一个懦弱的投弹手，他唯一想的事情就是如何逃避自己的轰炸任务，从而活下来。在面对充满着激情的爱国主义者克莱文杰时，他们谈到了战场上的生死问题：

"没有人想杀你。"克莱文杰说。

————————

① ［美］约瑟夫·海勒：《第二十二条军规》，杨恝等译，译林出版社1999年版，第212页。

　　"那么为什么他们朝我开枪?"约塞连问。

　　"他们朝所有人开枪,他们想杀掉所有人。"

　　"这有什么区别呢?"①

　　克莱文杰和约塞连都从自己的逻辑上认为对方是个疯子。对于爱国主义的克莱文杰来说,杀死敌人是士兵的职责,其他东西,诸如死亡等都不在考虑之列;然而对于约塞连而言,那些认为自己能够在战场上不会被杀掉的人都是疯子。因此,当他明白他的上司卡思卡特上校仅仅为了当将军而命令他手下的飞行员飞更多的任务时,约塞连就把他看作自己的敌人,因为这位上校把约塞连的生命置于没有意义的危险之中。实际上,他无时无刻不在对他所处的这场战争进行反思,"人们疯了,然后因此而获得奖章。战争的双方的轰炸机的机组人员都被告知他们牺牲自己的生命是为了他们的国家,但是没有人介意他们的牺牲,至少这些牺牲自己生命的年轻人没有"②。

　　正因为如此,海勒将人们战争的动机隐藏起来,变成了约塞连和丹比上校的对话:

　　　　"我是说,约塞连,这不是第一次世界大战。你不要忘记我们是在同侵略者打仗,如果他们赢了,我们谁也活不了。"

　　　　"我知道,"约塞连的回答很简单,带着些许的生气,"天啊,丹比,我的奖章是我自己赢得的,不管他们把它奖给我的理由是什么。我已经飞了七十次该死的任务了。不要跟我讲我飞任务是为了救我的国家。我一直都在为拯救我的国家而战斗。现在我要做点事来救我自己了。国家不再有危险了,但我有危险。"③

　　这句话让读者认为约塞连反对战争的原因只是为自己考虑,然而

---

　　①　[美]约瑟夫·海勒:《第二十二条军规》,杨恝等译,译林出版社1999年版,第12页。

　　②　同上书,第15页。

　　③　同上书,第569页。

对于海勒而言，他在讲述的是一个无法妥协的现实世界，那就是，生存是超越一切的价值，而其他所有的一切都是谎言和虚妄。而在他的故事里，这个真理变成了一个错乱的故事，讽刺着故事里其他那些为自己的行为找一个冠冕堂皇理由的人，无论这些理由是爱国、勇气、坚定或什么，最终，所有的这一切都不过是一个个的悲剧而已。因此，海勒用另外一种方式解释了约塞连懦弱的、胆小的生活态度。在小说中，一个学会了生存之术的意大利人告诉 19 岁的爱国战士内特利中尉，"现在有五六十个国家加入了这场战争，很明显不是所有的国家都值得我们去牺牲"。内特利听到后震惊了，想与他争辩，但是那个意大利人摇了摇头，"如果你不小心，他们就会杀了你，我看得出来你不会小心的"。内特利说："站着死总比跪着活着要好。"而意大利人回答："站着活着总比跪着死了好。"① 因此，实际上约塞连的逻辑同这名意大利人的逻辑是一样的，那就是人们是否真的明白自己为之所牺牲生命的东西是什么，这种牺牲是否真的有意义。对于约塞连而言，他的懦弱行为恰恰说明他想清楚了这些问题的答案，因而活着还是死去之间的选择其实更大的意义是"我为什么而活着"，或者"我要为了什么而死去"。

五 黑色幽默下的战争体制

在海勒看来，第二次世界大战的存在意义是毋庸置疑的，但是战争的疯狂性并不来自战争本身，而是来自产生战争的疯狂社会以及疯狂社会背后的疯狂逻辑和思维。因而，海勒面对的是一个矛盾的命题，那就是，如何在不反对战争的情况下反对战争。海勒试图将读者的注意力从战争本身引导到美国战后的社会状态，从而忽略小说背景设置下的第二次世界大战，而去关注战后社会疯狂逻辑下产生的疯狂战争，也就是美国当时正在进行的越南战争。从效果上看，《第二十二条军规》在美国的成功很好地证明了海勒策略的有效性，而在这其

————————

① ［美］约瑟夫·海勒：《第二十二条军规》，杨恝等译，译林出版社 1999 年版，第312 页。

中，小说中的"黑色幽默"的写作技巧功不可没。

在传统的文学中，幽默的目的是举起一面镜子来反射这个社会的愚蠢和邪恶，以期望这些愚蠢和邪恶可以被修正。通常，喜剧都有一个皆大欢喜的结局，因为人物意识到了自己的愚蠢或者他们愿意与这个社会进行妥协。喜剧的目的就是来嘲讽荒诞的人物，以便强调什么是对的和高尚的。喜剧通过显示什么是错的来告诉读者什么是对的，戏剧中的这些缺陷或者丑陋都不应该让人觉得痛苦，否则喜剧就会变成悲剧。而黑色幽默是很独特的幽默类型，通常涉及一些比较严肃或者痛苦的主题，并帮助读者直面和接受这些痛苦的事件。它被定义为"将病态的或可怕的元素用一种滑稽的方式表达出来，来降低生活的无意义性或无助感"。黑色幽默的真正兴起是在"二战"结束之后，恰恰是伴随着第二次世界大战的死亡和痛苦的土壤发展而来，而海勒则将黑色幽默这种技巧发扬光大，成为美国 20 世纪 60 年代后现代文学中的代表性特征。

在黑色幽默中，一般来说有三种类型的幽默。第一种称之为"绞刑架幽默"，用来反映人们在某种极端糟糕情况下的自我催眠和自我遗忘。在这种情况下，主人公意识到他将成为某种可怕场景的牺牲品，而唯一能够做的事情就是幽默而已。因此，这种幽默通常被用来处理一些有生命危险的却又无能为力的情况，比如战争。在绞刑架幽默中，人物是没有希望的，因此人物用这种颠覆性的行为来获得一种想象中的自由感。人物可以想象这种压迫性的力量是荒谬的，以获得某种想象中的优越感，从而使自己能面对这种绝望的情况。

另一种黑色幽默的类型是犹太式的幽默。这种幽默同绞刑架幽默很类似，但是它更强调自嘲或者自贬。在这种幽默中，人物的自我嘲讽会给自己一种优越感或安全感，从而让自己更容易接受残酷的现实。

最后一种幽默是迷宫意象。在这种意象之中，有着非常精巧或者复杂的结构，其中包含了一系列复杂的路径，让人们永远找不到出路。在这种情况下，人们发现不同的道路，但是无论怎样挣扎，最终却只能回到原点。

黑色幽默比传统的幽默更加复杂，因为它需要把滑稽的事物放在悲剧的场景中，通过荒诞的场景来同时讽刺善和恶、对与错、理想与现实，从而让读者反思自身所处世界的荒诞性。20 世纪 60 年代的美国小说中的黑色幽默有三个主要特征，即荒诞、焦虑和迷宫意象。通过使用荒诞，人们嘲笑错误的行为或事物，从而意识到世界原本是什么样子的；人们将严肃的事物变得滑稽，人们可以更好地直面痛苦和焦虑；通过迷宫意象，人们可以通过多个视角来了解事件或者整个世界。

首先是荒诞性。"很多现代小说多专注于描写社会的荒诞性，或者理性的失败。海勒使用了重复性的平行结构和情节所架构的《第二十二条军规》增强了这种荒诞性。"① 海勒放弃了传统的理性描写来表现现代文化中的思维方式。当读者由于这种荒诞或者重复性而困惑时，海勒呈现出的态度是任何荒诞都是有原因的，从而让读者去反思荒诞背后深层次的制度或文化原因。海勒曾经说："我不喜欢黑色幽默这个词，我更喜欢认为它是辛酸的讽刺或丑陋的讽刺。我不喜欢为了喜剧而写喜剧。"② 因此，海勒并不是简单地让读者在情节中寻找到快乐，而是通过荒诞的描写让读者去思考。

海勒批判的最高层次的荒诞性就是导致战争的美国军事体制和官僚主义。在美国传统文化和英雄主义的影响下，军事工业情结已经在美国的文化中根深蒂固。很多人更倾向于看到一个强大的美国，而美国连年的内外战争给美国带来的强大、安定和利益更使得大部分美国人熟悉和喜欢上了这种军事扩张的体制。美国在"一战"之后的外交上奉行的孤立主义本身已经导致了很多人的不满，而"二战"的出现则理所应当地打破了束缚美国军事力量发展的唯一障碍。美国当时已经开始了同苏联的冷战，并开始了军备竞赛，使得人们感觉美国

① Ritter, Jesse. "Catch-22 as Avatar of the Social Surrealist Novel." *A Catch-22 Casebook*. e. d. Frederick Kiley and Walter McDonald. New York: Thomas Y. Crowell, 1973, pp. 73 – 85.

② Gold, Dale. "Portrait of a Man Reading." *Conversations with Joseph Heller*. e. d. Adam J. Sorkin. Jackson: U. P. of Mississippi, 1993, pp. 56 – 60.

像是一个刚刚结束一场战争就开始寻找另一场战争机会的国家。但有的人认为强大的军事力量利于美国面对苏联的威胁，因此支持国家在科学、技术和教育上的投入，这时的军事工业情结就表现在空间技术的发展和战争相关产业的进步上，以维持美国强大的国家形象。

然而，还是有一些人意识到了美国国内军事体系的强大和军事思想的扩张所带来的威胁。很多人对于美国在战后仍然维持强大的军事力量不满，特别是在"二战"后遍布全球的军事基地。他们不喜欢美国利用自己强大的政治和经济力量充当世界警察的角色。在 20 世纪 60 年代美国卷入越南战争后，很多人对于美国参战的必要性表示怀疑。越南战争应该是美国自立国以来最有争议的一场战争。有的人认为越南战争显示美国"是被无耻的、可怕的官僚主义所统治着……他们将物质利益放在人类价值之上"①。这同海勒的观点非常一致。在他们看来，这种既存的制度，包括社会文化和政府力量侵害了人们的自由，不再能够代表人们的意愿，因此也是后现代的年轻人所抵制的主要对象。因而《第二十二条军规》实际上挑战的是当时的政府和主流社会。海勒说他的小说是"反对传统制度的"，他使用军事作为背景只是将其作为这种传统制度的象征。因而他笔下的主人公约塞连更像是一个反英雄，用来表达对于这种官僚体制的抵制。

在小说中，海勒花费了大量的笔墨来描写约塞连的上司们，包括卡思卡特上校、科恩上校和米洛·明德宾德，表现他们作为战争的指挥者和控制者是如何看待他们所处的战争的。米洛·明德宾德建立了一个名为 M & M 的公司。为了赚取巨额利润，米洛从最开始利用美国的空军运输队为战争双方运输物资，到命令飞行团轰炸自己的机场。这一切看起来都极其荒谬：

> 然而，不管怎么样合同就是合同，非得信守不行。于是，一天晚上，在吃了一顿丰盛的晚餐之后，米洛的所有战斗机和轰炸

---

① Farber, David, and Beth Bailey. *The Columbia Guide to America in the* 1960*s*. New York: Columbia U. P., 2001, p. 40.

机一起起飞，在基地上空编好队形，随后便开始向自己的空军大队投起炸弹来了。原来米洛又同德国人弄了一个合同，这一次他得轰炸自己大队的全部装备和设施。米洛的飞机分成几路协同袭击，轰炸了机场的油料库、弹药库、修理库，还有停在棒糖形停机坪上的 **B25** 轰炸机。他的机组人员总算对起落跑道和各个食堂手下留了情，因为这样一来他们干完活之后便可以安全着陆，而且在上床睡觉之前还可以享用到一顿热气腾腾的快餐。他们轰炸时机上的着陆灯一直亮着，因为地面上根本没人向他们开火还击。他们轰炸了四个中队、军官俱乐部和大队的指挥大楼。①

　　甚至对于"二战"时美国的敌人德国，米洛的看法也是非常独特的，"瞧，约塞连，不管那个混账的温特格林说过些什么，反正这场战争不是我发起的。我只不过是尽量以做买卖的方式来对待它。这难道有什么不对吗？要知道，用一架中型轰炸机另加上面的机组人员来换一千美元，这不能说是坏价钱。如果我能说服德国人，要他们每击落一架飞机就付给我一千美元，那我为什么不能拿这笔钱呢？"②

　　为了获得更多的利益，米洛将飞行员的充气救生衣上的气瓶取走，拿它们去做草莓和菠萝冰激凌苏打，供应给军官食堂。而在充气膛里，他贴上液印的纸条代替充气筒，上面印着"有益于 **M&M** 辛迪加联合体就是有益于国家"③。

　　"有益于 **M&M** 辛迪加联合体就是有益于国家"，海勒用一种非常独特的逻辑讽刺了米洛的公司在战争中所扮演的肮脏角色，实际上也在指责和讽刺那些美国国内的商业力量，为了自身的利益，置前线士兵的生死于不顾，不断地发动和夸大战争。

　　海勒通过米洛这种荒诞的行为去讽刺官僚主义和资本主义工业将自我利益放在他人甚至国家利益之上。而小说中佩克姆将军正是海勒

---

　　① ［美］约瑟夫·海勒：《第二十二条军规》，杨恝等译，译林出版社 1999 年版，第 325—326 页。

　　② 同上书，第 323 页。

　　③ 同上书，第 557 页。

用来讽刺官僚主义的人物。他将沙伊斯科普夫少尉调到自己的司令部，只是为了"可以向上级要求再增加两名少校、四名上尉、十六名中尉和许许多多的士兵、打字机、办公桌、档案柜、汽车以及大量的装备给养。所有这些将会大大提高他的地位和声望，增强他在这场针对德里德尔将军战争中的攻击能力"①。他给自己的部下发布一系列相互冲突的命令，只是为了让他们看起来非常忙而已。而沙伊斯科普夫少尉为了满足自己的虚荣心，每周举行一次荒唐的阅兵仪式：

> 他们就和其他六七十支中队的学员纹丝不动地站在烈日下，一站便是一两个小时，直到不少学员支持不住晕倒在地，队伍才被解散。阅兵场边上，停放了一排救护车，还站着一队队担架兵，他们手持步话机，个个训练有素。救护车车顶上，是手持望远镜的观察员。一名记分员负责记录比分。这一阶段比赛的全过程，由一名精通会计的军医负责监督。每分钟脉搏跳多少次可视作晕厥，必须得到军医的认可，记分员记录的比分，也必须经他核实。②

而这些荒诞的行为就是为了告诉读者对于这些官僚来说，战争本身就是一件无聊的、没有意义的事情。

其次，海勒还关注了传统小说所忽略的一个方面，那就是战争对于人们精神上的创伤。这种创伤在海勒看来并不是士兵对于死亡的恐惧，而是来自理想和现实的脱节所产生的紧张和焦虑。这种脱节其实反映为传统的英雄主义思想和被忽略的个体性之间的冲突，传统的爱国主义和现实战争的无意义性之间的矛盾。当士兵们在这些既定的概念中无法找到自身的定位时，就会产生一种感觉漂浮不定的焦虑。在小说中，卡思卡特上校就是这种焦虑的代表人物：

---

① ［美］约瑟夫·海勒：《第二十二条军规》，杨恝等译，译林出版社 1999 年版，第 406—407 页。

② 同上书，第 88 页。

他有股子冲劲，但又容易泄气；他处事泰然自若，但又时常懊恼；他自鸣得意，但对自己的前程又没有把握；他无所顾忌地采用各种行政计谋以博取上级的青睐，但又害怕自己的计谋会弄巧成拙。他长相不错，但缺乏魅力；他强壮如牛，但又有些虚张声势，而且还很自负。他已经开始发胖，为此他时常感到担忧，想挥也挥不去，所以，长期以来他一直受着它的折磨。卡思卡特上校很自负，因为他才三十六岁就成了一名带领一支战斗部队的上校军官；但他又感到沮丧，因为他虽然已经三十六岁了还只不过是个上校。

......

卡思卡特上校就是这么一个不知疲倦的人，一个不分昼夜地为了自己而不住地盘算着的勤劳、紧张、全身心投入的战术家。同时，他又是自己的掘墓人，既是一位颇具胆识的、一贯正确的外交家，又总是为自己失去了众多良机而责骂自己，或为自己所犯的所有错误而自怨自艾，懊悔不已。他神经紧张，性情急躁，言语尖刻，可又自鸣得意。他是个英勇无畏的机会主义者，贪婪地扑向科恩中校为他提供的每一个机会，可事后对自己可能遭受的不良后果又马上吓得浑身发抖，冷汗直冒。他极爱搜集谣言传闻，十分喜欢流言蜚语。他不管听到什么消息都信以为真，但对每一则消息又都不相信。他高度警觉，时刻准备应付每一个信号，即使对那些根本不存在的关系和情况也极其敏感。他是个了解内幕消息的人，总是可怜巴巴地想弄清正在发生什么事情。他是个狂暴、凶猛、欺软怕硬的恶棍。他记得他曾不断地给那些大人物留下了可怕的不可磨灭的印象，每想到这些他就伤心不已，可实际上，那些大人物几乎根本不知道有他这么个人活在世上。[①]

卡思卡特上校的这种焦虑，正是来自他对于这种社会制度的焦虑。处于一个他不了解的制度内，他不确定该做什么，也不确定社会

---

① ［美］约瑟夫·海勒：《第二十二条军规》，杨恝等译，译林出版社1999年版，第237页。

对他有何要求和期望，也不明白他的行为是否正确。而实际上无论他如何去做，对这个社会来说，都是没有任何意义的，因为对于整个社会或者军队而言，一个人的存在是微不足道的，因为"那些大人物几乎根本不知道有他这么个人活在世上"①。

小说中另外一个体制的牺牲品就是丹尼卡医生。当所有人都已经对于他的死亡深信不疑之后，他也开始怀疑自己存在的意义："丹尼卡医生起初惊慌失措，后来就只好听天由命了。他的模样越来越像一只病恹恹的老鼠，眼睛下面的眼袋变得又瘪又黑。他在阴影里徒劳无益地徘徊着，活像一个无处不在的幽灵。甚至当他在树林里找到弗卢姆上尉请求帮助时，后者也赶快躲得远远的。格斯和韦斯无情地把他从医务室帐篷里赶了出去，甚至连一只体温表也没让他带走。只是到了这个时候，他才真正意识到，自己实质上已经死了，如果他还想救活自己的话，那就得赶快采取行动。"②

对于《第二十二条军规》而言，最为成功的地方就在于它将自身变成了迷宫意象的代表，或者说代名词，描述了士兵们对所处境遇的一种无奈和无能为力。在小说中，奥尔疯了就可以不参加飞行，而他要做的事情是申请，但是他一旦申请，就证明他没有疯，就不得不继续参加飞行任务。他要飞更多的任务就会疯掉，只有不飞任务才会恢复理性，但是如果他恢复理性就要继续飞行。如果他飞了任务他就疯了，这样就不用飞行，但是如果他不想飞行，那就是有理性的，他就要继续飞行。在这个逻辑的迷宫里，任何人都无法逃脱，这也是导致约塞连绝望的原因。

六　出路：荒诞背后的希望

然而，海勒并没有将这种绝望和悲观的气息直接散播在小说中。黑色幽默的存在冲散了这种绝望和悲观的气息，使得读者在一种消遣

---

① ［美］约瑟夫·海勒：《第二十二条军规》，杨恝等译，译林出版社1999年版，第238页。

② 同上书，第438页。

式的阅读中去逐渐体会到深入社会体系中的死亡和绝望。但海勒还是倾向于让这个社会拥有一种出路，使得它成为具有某种希望的存在，这使得小说具有一种人文主义的关怀。在小说接近结尾时，约塞连对于这个社会的思考才真正抛弃了他玩世不恭的面具，显示了他真正人文主义的一面：

这个夜晚阴湿寒冷。一个穿着薄薄的衬衫和薄薄的破裤子的男孩赤着脚从黑暗中走了出来。他长着黑黑的头发，他需要理发了，他还需要鞋子和袜子。他面带病容，脸色苍白，一副凄惨的模样。他走在湿漉漉的人行道上。他的脚踩在雨水坑里，发出吮吸般的轻微声响，听起来十分可怖。这男孩的穷困深深地打动了约塞连，他从心底里同情他，他真想一拳把男孩那张苍白、凄惨、面带病容的脸打个满脸开花，真想一拳把他打出人世间，因为，看见这男孩使他想起所有生活在意大利，生活在这同一个夜晚的苍白、凄惨、面带病容的孩子，想起他们全部需要理发，需要鞋子和袜子。这男孩还使约塞连想起那些残疾人，想起那些饥寒交迫的男男女女，想起那些寡言少语、逆来顺受的虔诚母亲，她们在这同一个夜晚目光紧张地坐在户外，毫不在乎地在阴冷的雨中袒露前胸，用冻得冰凉的动物般的乳房给婴儿喂奶。奶牛。恰恰在这个时候，一个正在喂奶的母亲抱着用黑色破布裹着的婴儿缓步走过。约塞连真想也把她打得满脸开花，因为她使他想起了刚才那个穿着薄薄的衬衣和薄薄的裤子的男孩，以及这个世界上所有令人不寒而栗、目瞪口呆的悲惨事件。在这个世界上，除了那些擅长权术、卑鄙无耻的一小撮人之外，其他所有的人全都得不到温饱和公正的待遇。这是一个多么令人憎恶的世界啊！他想知道，即使在他自己那个繁荣的国度里，在这同一个夜晚，有多少人缺吃少穿，有多少住房四壁透风，有多少丈夫喝得烂醉，有多少妻子遭受毒打，有多少孩子被欺侮、被辱骂、被遗弃？有多少家庭忍饥挨饿买不起食物？有多少人伤心欲绝？在这同一个夜晚，发生了多少起自杀事件，又有多少人精神失常？有多少好商和店老板欣喜若狂？有多少赢家变为输家，多少成功者变为失败者，多少富人变为穷人？有多少聪明人其实愚蠢透顶？有多少美满的结局其实充满了不幸？有多少老实人其实是骗子，多少勇敢的人其实是胆小鬼，多少忠心耿耿的人其实是叛徒，多少圣徒其实道德败坏，多少身居要职的人为了几个小钱向恶魔出卖灵魂？又有多少人根本没有灵魂？有多少笔直的窄道其实弯弯曲曲？有多少最美好的家庭其实是最糟糕的家庭，多少好人其实是坏人？你要是把这些人全都加起来，然后再把他们从总人数中减掉，剩下的也许就只有孩子们了，或者还有个艾尔伯特·爱因斯坦，再加上什么地方的一个老提琴手或雕刻家。约塞连孤零零地走着，内心非常痛苦。他觉得自己似乎与世隔绝了。他心里老是想着那个面带病容的赤脚男孩。直到他拐了个弯走到大道上时，他才终于把男孩那令人惨不忍睹的形象从脑海里摆脱掉①。

　　这是在《第二十二条军规》中很少有的长段落。海勒用一个衣衫单薄的男孩和一个抱着孩子喂奶的母亲的形象影射着这个社会的苦难。随后的一连串问句反映着这个社会每个角落的邪恶，那种让人们无法喘息的绝望。因此，海勒用这种思考最终提出了自己的主题。这种主题，正如海勒所说，并不是反战，而是反对这个孕育了战争和一切邪恶、死亡和痛苦的社会制度，从而将一部看似简单的反战小说推向了一个新的批判高度。

　　在小说的结尾，约塞连最终在奥尔的启发下找到了逃脱这种绝望的出路，他决定逃到瑞典，因为在他看来，"我并没有逃离我的职责，我正冲着它跑过去呢，为了救自己的性命而逃走，这根本算不上消极。你当然知道是谁在逃避现实，丹比，对吗？不是我，也不是奥尔"②。约塞连的这种逃脱，真正的意义在于约塞连明白只有做自己

---

　　①　［美］约瑟夫·海勒：《第二十二条军规》，杨恝等译，译林出版社1999年版，第525—527页。

　　②　同上书，第576页。

想象中的事情，摆脱社会和他人对于自己的操控，掌握自己的命运，才是一个真正的人，才是真正从这个绝望的社会中逃脱出来，作为一个个体而存在。

小说结尾更大的意义还在于，不仅仅是约塞连，牧师和丹比少校也都已经明白了自己的未来。他们在帮助约塞连逃走的同时也帮助自己逃脱了这个社会的困境。牧师对约塞连说："我要留在这儿，不屈不挠地坚持下去，是的，我要不屈不挠地坚持下去。每次我遇到卡思卡特上校和科恩中校时，我都要找他们的碴儿，跟他们胡搅蛮缠。我不怕他们，就连德里德尔将军我也敢找他闹事。"① 在这里，牧师的象征意义更大于约塞连，因为明白了他存在的意义在于挑战，无论是卡思卡特上校和科恩中校，都是这种既存的、僵化的、邪恶的社会力量的代表，而他的抗争，无论结局如何，都能够表现一种希望的存在，因为"如果奥尔能划到瑞典去，那我只要不屈不挠地坚持下去，就一定能战胜卡思卡特上校和科恩中校"②。

第二节　冯内古特：幽默、科幻与战争创伤

库尔特·冯内古特（Kurt Vonnegut）是美国"二战"以后最具有影响力的美国作家之一，他的代表作《五号屠场》1969 年出版后在美国的大学校园里引起了轰动，成为当时美国校园的文化符号。1998年，美国的一家出版公司"现代图书馆"将其列在"20 世纪 100 部最好的英语小说"的第 18 位。同时，它也出现在《时代》杂志的"1923 年以来 100 部最好的英语小说"榜单中。他的作品同约瑟夫·海勒的《第二十二条军规》代表了美国"二战"之后后现代小说的巅峰，并引领了第二次世界大战后反战小说的风格转变。

---

① ［美］约瑟夫·海勒：《第二十二条军规》，杨恝等译，译林出版社 1999 年版，第 576 页。

② 同上书，第 577 页。

一 德累斯顿轰炸与《五号屠场》

库尔特·冯内古特 1922 年 11 月 11 日出生于美国印第安纳州的印第安纳波利斯市。作为德国移民的第四代后裔，冯内古特自出生起就和战争有了某种千丝万缕的联系。由于德国在第一次世界大战中的失败，美国国内的反德思想迅速蔓延，这也影响到了幼年的冯内古特。在"一战"后很长一段时间里，所有关于德国的一切都被质疑和否定。在印第安纳州首府印第安纳波利斯市，市管弦乐队被禁止演出，只是因为女高音是个德国人；在餐馆里土豆沙拉以前是用德语来称呼的（Kartoffel Salad），现在被重新命名为"自由卷心菜"（Liberty Cabbage）；教育委员会禁止学校教授德语。在这种环境下，冯内古特的德裔身份变得十分敏感。冯内古特的父母决定不教授他任何关于德国的知识：无论是语言、文学、音乐或者家庭历史。他们宁愿冯内古特忘掉自身的族裔历史，以便使他更好地融入美国的主流社会之中。

由于美国战后的经济危机，原先处于上流社会的冯内古特一家陷入了经济困难之中。冯内古特的童年是在公立学校里度过的。虽然出身于上流社会的冯内古特的母亲更倾向于贵族学校，但冯内古特却非常喜欢这里的气氛。对于他来说，这里的学校教会了他美国的理想主义与和平主义。他回忆说，他的老师教会他"为美国只有十万人的军队，而军方在华盛顿没有任何发言权而骄傲……而为欧洲有一百万的军队并把所有的钱都花在买飞机和坦克上而感到惋惜"[1]。实际上，冯内古特的理想主义与和平主义的倾向还来自他的家庭。他的家里有一名叫易达·扬（Ida Young）的厨师，经常给年幼的冯内古特读理想主义的诗集，讲述那些"不会死亡的爱，生活在简陋的小屋和有着忠实的狗的陪伴的幸福；人们渐渐老去；去墓地怀念死去的人们；那些死去的孩子们"[2]。

---

① Inskeep, Steve；Montagne, Renee；Ulaby, Neda. "Novelist Vonnegut Remembered for His Black Humor". *NPR*, April 12, 2007. http：//www. npr. org/templates/story/story. php? storyId = 9533587.

② Ibid.

第二次世界大战爆发后，冯内古特参加了美国军队。冯内古特的母亲并不赞同他这样的行为，甚至冯内古特本人后来在接受采访时也表示自己也不知道为什么当时会那样做。在战争中，他被派到了欧洲前线，但是在他还没有做任何事情的时候却意外被德军俘虏，随后被押解到了德国的德累斯顿市。在那里，他经历了盟军对德累斯顿的轰炸。盟军的轰炸持续了 24 小时，将这座德国古老而美丽的城市变成了一片废墟，造成了 13 万人死亡，其中包括婴儿、妇女和老人。冯内古特和其他几名战俘因为被关在屠宰场的地下室里而得以幸存下来。他在 2003 年接受 NPR 采访时回忆了德累斯顿被轰炸后的景象："作为战俘……我们被派去处理被炸死的德国人的尸体，把那些躲在地下室窒息而死的人从里面挖出来，把这些人堆成一个巨大的尸体堆。后来我听说——我没有亲眼见到——人们最终放弃了这么做，因为这样太慢了。整个城市开始弥漫着腐臭的气味，他们就开始用火焰喷射器来处理尸体。"①

冯内古特随后被盟军解救了出来，并返回了美国。但是这次恐怖的经历给他造成了巨大的心理阴影，也从此改变了他对于战争的看法。同其他参战士兵不同，冯内古特是作为战俘同德国人一起经历了盟军军队的炮火，使得他得以从另一个角度来看待战争的双方，因而得出了同其他人截然不同的结论。德累斯顿在当时是一座没有任何战略价值的城市，德军在当时只有几千名驻军，而城市本身也没有任何的军事工业，有的只是食品加工和乐器制造业。盟军对于德累斯顿的轰炸使得这座古老的城市消失，但是"轰炸并没有使得战争早点结束一秒钟，也没有削弱德国在任何地方的抵抗或者攻击，也没有从死亡集中营中解放任何一个人"②。因而，在冯内古特看来，这种轰炸纯粹就是一场屠杀。他说：

---

① Inskeep, Steve; Montagne, Renee; Ulaby, Neda. "Novelist Vonnegut Remembered for His Black Humor". *NPR*, April 12, 2007. http://www.npr.org/templates/story/story.php?storyId=9533587.

② Ibid.

　　这是杀死大量人的最快的方法——几个小时的时间内杀死了十三万五千人……很多人把德累斯顿的屠杀看作对纳粹在集中营的罪行的报复。也许是的。正如我所说的，我从来没有批评过这种说法。我注意到死刑降临到了当时碰巧身处在那座不设防的城市的任何人身上——婴儿、老人、动物园里的动物还有数千纳粹军人，当然，还有我最好的朋友伯纳德·欧哈拉和我。我和欧哈拉应该出现在死亡名单里。死亡的人越多，这种报复就越正确。①

　　这种经历让他真正认识到了战争的意义，"德累斯顿的毁灭是我第一次体验到真正的浪费。摧毁了一座有人居住的、美丽的城市……我被这种浪费震惊了，这种可怕的浪费，以及战争的无意义性"②。

　　冯内古特返回国内后，这种恐怖的场景在他的脑中挥之不去。如何将这样一个恐怖的甚至是令人无法理解的事件讲述出来？如何用合适的语言将其描述出来？冯内古特起初认为这是一件很简单的事情："我以为把德累斯顿的毁灭写出来对我来说是很简单的事情，因为我只需要把看到的事情写出来而已。"③ 实际上，一直到 25 年后的 1969 年冯内古特才将这段经历以小说的形式描写出来，以至于在小说的第一章里，他就明确表示自己无法将他所经历的德累斯顿轰炸写出来，"因为关于大屠杀没有什么聪明话好说。人们设想大家都死去，不会再讲什么或要求什么。人们设想大屠杀之后非常寂静，实际上也的确如此，只有鸟儿除外"④。

　　尽管如此，冯内古特在"二战"后仍然试图将自己的战争感受通过某种方式表达出来。1961 年，冯内古特出版了小说《母亲之夜》

---

　　① Inskeep, Steve; Montagne, Renee; Ulaby, Neda. "Novelist Vonnegut Remembered for His Black Humor". *NPR*, April 12, 2007. http://www.npr.org/templates/story/story.php?storyId=9533587.

　　② Ibid.

　　③ Ibid.

　　④ [美] 库尔特·冯内古特：《五号屠场》，虞建华译，译林出版社 2008 年版，第 15 页。

（*Mother Night*），讲述了一个"二战"间谍在战争中探索道德的故事。1963 年，冯内古特出版了一本科幻小说《猫的摇篮》（*Cat's Cradle*）。这是一部带有明显的反战倾向的科幻小说，同时也是一部黑色喜剧，讲述了一个人类自我毁灭的故事。该书一出，立刻得到了批评界的肯定，在美国大学校园里也赢得了一大批拥趸。1965 年，冯内古特出版了小说《上帝保佑你，罗斯沃特先生》（*God Bless You，Mr.Rosewater*），讲述了一个遭受战争精神创伤的退伍老兵的故事，他通过帮助迷惘的人们或被遗弃的人来弥补自己的战争罪行。

在《猫的摇篮》中，冯内古特对于战争"第一次作出了全面的攻击"[①]。故事的叙述者约翰，本来打算写一个关于原子弹之父霍尼克博士（Dr.Felix Hoenikker）的故事，却意外经历了人类的毁灭。故事中霍尼克博士发明了"九重冰"（Ice-nine），可以将水在室温下凝结成冰。如果它的一个分子掉进水里，那么所有的水都会变成九重冰。然而九重冰的泄漏却将世界上的水都凝固住，导致了地球上大部分人的死亡。约翰流浪在冰冻的海面，寻找着让自己和他的故事存在的方法。小说的后半部分发生在想象中的加勒比海岛上，约翰在这里建立了一个宗教称之为"布克农主义"（Bokononism），它认为宗教没有必然的真理，除非人们相信无害的谎言会让人变得更好。这个宗教赋予了小说一个道德核心。[②]

在酝酿了多年之后，1969 年，冯内古特才终于将自己在德累斯顿的经历写成了小说《五号屠场》。真正给其勇气，促使冯内古特将其完成的，是他的朋友、当时同他一起被俘并经历了德累斯顿轰炸的伯纳德·奥黑尔（Bernard O'Hare）的妻子玛丽。正如小说的开头所叙述的那样，他拜访了伯纳德的家，却受到了玛丽的冷漠接待。因为在她看来，德累斯顿这样的事件肯定会被一个毫无战争经历的作家写成小说，再由约翰·维恩这样的演员将其演绎成为一部英雄主义的

---

① Allen，William R. *Understanding Kurt Vonnegut*. Columbia：University of South Carolina Press，1991，p.53.

② Morse，Donald E. *The Novels of Kurt Vonnegut：Imagining Being an American*. Westport：Greenwood Publishing Group，2003，pp.54-65.

战争电影。冯内古特后来回忆道："她将我解放出来，来写一部关于我们多么幼稚的小说，我们当时才 17，18，19，20 岁。我们当时一脸稚嫩，作为战俘我们不需要经常刮胡子，这似乎不是我们考虑的问题。"[①] 他答应玛丽如果他完成了这本书，小说里将不会有约翰·维恩这样的英雄主义演员的形象，相反，他会将之称为"儿童十字军"。冯内古特实践了他的诺言，在 1969 年《五号屠场》发表时，小说的全部标题是《五号屠场，或儿童的圣战——与死神的责任之舞》。《五号屠场》得到了评论界正面的评价，迈克尔·克莱顿（Michael Crichton）评论说："他写了最折磨人最痛苦的事情。他的小说攻击了我们心底最深处的对于自动化和炸弹的恐惧，我们在政治上最深的罪恶，我们最强烈的恨和爱。没有其他作家写过这些主题；这些主题对于普通作家来说都是不可完成的。"[②]

在《五号屠场》中，冯内古特讲述了比利·皮尔格里姆（Billy Pilgrim）的故事，他在"二战"的战场上被德军俘虏，和其他人一起被运到了位于德累斯顿的战俘营，却幸运地在 1945 年 2 月 13 日盟军对德累斯顿的轰炸中幸存下来。战后的比利挣扎在战争精神创伤中。故事的大部分章节被掺入了科幻的色彩。在故事中，比利被外星人俘虏并被带到了他们的星球。那里的人们生活在四维的世界中，他们可以在过去、现在和将来之间随意穿梭。因此。那里的人们不会感觉悲伤，因为对外星的居民而言，死亡只是存在的另一种方式而已。比利也因而陷入了时间的缝隙中，随机地回到他生命的各个时刻中——德累斯顿的年轻战俘、中年的验光师、外星人的俘虏和外星球的动物园里展出的动物。

科幻元素的存在包裹了冯内古特对于战争的批评，特别是在"二战"胜利不久，没有任何人敢于质疑"二战"正确性的时代，冯内古特用另一种方法表达了他对于战争和所有战争机器的不满。作家戈

---

① ［美］库尔特·冯内古特：《五号屠场》，虞建华译，译林出版社 2008 年版，第 13 页。

② Jerome Klinkowitz. *Kurt Vonnegut's America*. Columbia：University of South Carolina Press, 2009，p. 55.

尔·维达尔（Gore Vidal）评论说："他是一个非常睿智的作家，也是一个很好的科幻小说家，这也意味着他可以在五十年代的时期非常安全地讽刺一些敏感的事情，而其他的作家则不敢。"①

小说出版的 1969 年，正处于大变革时期。阿姆斯特朗登上了月球，50 多万年轻人聚集在位于纽约的一个奶牛场举办了一个称作"Woodstock"的音乐节，在越南的美国军队人数达到了最高峰 55 万人，美国陷入了战争的泥潭，国内民众对于战争的不满情绪日益高涨，而美国媒体揭露美军在越南的一个叫美莱的村庄屠杀大量越南平民，更加刺激了国内对于这场战争必要性和正义性的质疑。在这样的社会环境下，《五号屠场》的出版立刻在美国国内引起了热烈的反响，特别是一些较为激进的大学生。这部以"二战"为背景的、缺少英雄式主人公的小说立即受到了评论界的追捧，登上了畅销榜的首位。这时的冯内古特已经 50 岁了，他的名字家喻户晓，变成了年青一代的先知。小说引起了国内反对越战的年轻人的共鸣。《知识分子文摘》的编辑西德尼·欧菲特（Sidney Offit）说："他在年轻人中具有极大的影响力。从某种程度上来说，他的作品已经被政治化了，代表着一种横扫全国的观点。虽然宗教是一个很强烈的词，但在当时，这种观点几乎就是一种宗教信仰。这引起了那些严肃的评论家带有怀疑的评论：'这些年轻人喜欢它什么？'这就是很简单的东西——其真谛在于其平易近人。"② 欧菲特解释说："小说中充满着一个严肃的主题，即我们的残忍、自我毁灭以及我们的非理性，而这个主题变得越来越强烈。上帝，如果你今天早上读了《时代》，你会发现库尔特·冯内古特的噩梦已经变成了现实。"③

---

① Inskeep, Steve; Montagne, Renee; Ulaby, Neda. "Novelist Vonnegut Remembered for His Black Humor". *NPR*, April 12, 2007. http：//www. npr. org/templates/story/story. php? storyId=9533587.

② Vitale, Tom. "Kurt Vonnegut: Still Speaking to the War Weary", *NPR Books*, May 31, 2011. http：//www. npr. org/2011/05/31/136823289/kurt-vonnegut-still-speaking-to-the-war-weary.

③ Ibid.

在战争中，冯内古特作为美国士兵对抗德国，自己祖先的国家，随后被德军作为敌人而俘虏，被带到德累斯顿这座美丽古老的城市，当他感受到这里的美丽时，这座城市却被自己的军队毁灭了。因此，他对战争和这座城市有了一种独特的观点，使得他能够从两个不同的立场和观点来看待事物。他能够理解双方的立场和感受，因而不会随意选择立场或仓促地发表观点。

因此，在对待战争的态度上，他没有发表自己的任何看法，而是引用了杜鲁门总统为轰炸广岛找借口的著名演讲："日本空袭珍珠港先发起的战争。"① 他也引用了陆军中将伊拉·埃克的话："我记得是谁发起的上一场战争。"② 罗伯特·桑德比也对轰炸德累斯顿做了辩解："这是战争时期时常发生的糟糕的事情之一，是由于复杂的环境导致的不幸。"③ 这是对美国在日本使用原子弹和轰炸德累斯顿的诸多解释中的几个，但是很明显，冯内古特并不接受这些解释。

在很多年后的 1991 年，海湾战争爆发，美国又进入了一场新的战争，冯内古特在一次接受采访时说他被自己看到的事情震惊了："我们已经变成了毫无怜悯之心的民族。我认为是电视让我们变成了这样。当我踏入'二战'的战场时，我有两点害怕，一是害怕被人杀死，二是害怕我们要被迫杀死其他人。现在杀戮变成了令人激动兴奋的事情了，它已经不再有什么意义。而对于我那一代的人们来说，杀戮是一件非常特别的事情。"④ 在冯内古特的眼中，人们对于战争和死亡的态度从敬畏变成了漠然，因而他更倾向于用类似的写作方式来表现这种令人恐惧的事件，从而产生特殊的主题效果。反对战争和杀戮，是他的明确目的，无论这种战争是正义的还是邪恶的，无论是对

---

① ［美］库尔特·冯内古特：《五号屠场》，虞建华译，译林出版社 2008 年版，第 185 页。

② 同上书，第 187 页。

③ 同上。

④ Zoom, Doktor. "Fine Here Is Your Bloody Kurt Vonnegut, Armistice Day 2014 Edition," *Wonkette*, November 11, 2014. https://wonkette.com/566175/fine-here-is-your-bloody-kurt-vonnegut-armistice-day-2014-edition.

于无辜的人的杀戮还是对于敌人的杀戮。对于冯内古特来说，这部小说也是一种解脱，"我认为这部小说不仅仅将我解脱了出来，也将其他的作家解脱了出来，因为越南战争让我们的领导人和我们的战争动机变得肮脏和愚昧，我们终于可以谈论我们对那些想象中最邪恶的人（比如纳粹）所做的一切。而我所经历的，我所报道的，使得战争看起来如此丑陋。你知道，真理是最有说服力的动力"①。

二　科幻元素与战争精神创伤

与其他反战小说不同的是，冯内古特将自己的战争经历与科幻小说的元素以及他自己独特的幽默结合起来，甚至可以说这种战争经历会不小心被科幻的元素掩盖起来，从而很容易被读者所忽视。然而事实上，小说的读者并没有因而忽略故事主题，因为在冯内古特心中，所有这些科幻元素或者幽默本身，都是为这种战争经历或者德累斯顿事件服务的。米迦勒·克莱顿（J. Michael Crichton）非常清楚地指出："小说中的科幻元素十分清晰，但是他的写作目的是不同的：他总是在谈论过去，而不是将来。"② 冯内古特曾告诉记者，《五号屠场》中外星人的飞碟只是有意识地用来调节气氛而已，让小说读起来没有那么压抑，让读者可以轻松一下。这些科幻的情节反映了小说主人公比利对德累斯顿的回忆的有意识回避，甚至可以认为是一种逃避，而这种逃避却给予作品更多的反战意义。因为这样的写作并没有直接讽刺德累斯顿大屠杀本身，也没有质疑战争存在的意义，反而聚集了足够的力量让读者不断地在这个事件周围徘徊来逐渐感受这种恐惧，从而达到更加戏剧性的讽刺效果。

比利在小说中虽然陷入了时间的缝隙中无法自拔，但是大致可以

---

① Zoom, Doktor. "Fine Here Is Your Bloody Kurt Vonnegut, Armistice Day 2014 Edition," *Wonkette*, November 11, 2014. https：//wonkette. com/566175/fine-here-is-your-bloody-kurt-vonnegut-armistice-day-2014-edition.

② Crichton, J. Michael. "Sci-Fi and Vonnegut：A Review of Slaughterhouse Five", *The Critical Response to Kurt Vonnegut*, ed. Leonard Mustazza. Westport：Greenwood Press, 1994, p. 110.

分为两类：一类是他在战争期间的经历，另一类是他现实中的生活。在战争中的经历实际上是按照线性排列的，从他被船运到欧洲前线，到在行动中走散，到被德军俘虏，到被运往德累斯顿，到集中营的生活，到盟军的空袭，到"二战"的结束。而他在现实中的场景却是混乱的。这两种场景实际上是相互呼应的。例如，在小说开头，比利在德国前线森林的雪地里已经累得走不动时，想起了孩提时自己在游泳训练中差点淹死的场景。虽然两种场景都濒临死亡，但是在游泳的场景中是有他的父亲保护的，所以比利在战争中濒死的体验被一种相对快乐温暖的回忆替代，使得这种战争中濒死的感觉不那么恐怖。当这种恐惧缓和后，对于战争的回忆才继续下去。这种交织使得战争场景对读者起到了缓和与娱乐的作用，使得这种战争的叙事更容易被读者所接受。因而，有评论家指出："这种叙述使得所有的事件，无论是什么时候发生的，都指向了德累斯顿的轰炸。"① 《五号屠场》的架构同海勒的《第二十二条军规》是相似的。约塞连不得不想起斯诺登的死，但是发现这种回忆太过于痛苦，因而尽量避免去想起这段经历。而对于比利来说，他也不愿意回到被炸弹轰炸的德累斯顿。但是，两者的区别在于，约塞连可以很坚决地抵制战争，最后从战场上逃离，然而比利却是在这种恐惧的经历面前感到无能为力却无法逃避。

在小说中，比利眼中的德累斯顿是美丽的。这座古老的城市"看起来就像教堂里挂的天堂的图片"②。他在这里看到了平和的生活，"那里有剧院和餐馆。有一个动物园。城市的主要工业是机器制造，食物加工和香烟制造"③。因而对比利而言，盟军对德累斯顿的轰炸是没有意义的军事行动，杀死了大量的平民，并摧毁了这座融合了人类文明、智慧和汗水的城市。小说中特拉法马多星人的四维观点却恰好能够解决这种心理的不平衡，因为在四维世界看来，在一个时间点

① Tomedi, John. *Kurt Vonnegut*. Philadelphia: Chelsea House P, 2004, p. 62.

② ［美］库尔特·冯内古特：《五号屠场》，虞建华译，译林出版社 2008 年版，第148 页。

③ 同上书，第 149 页。

已经死亡的人们和摧毁的城市可以在另一个时间点存在。这种想象更像是一种逃避，"面对以第二次世界大战和德累斯顿轰炸所代表的生活中的恐惧，比利逃到了特拉法马多星球"①。

比利的这种逃避在心理学中被称为"减少心理失调"。当一个人面对很难解释的场景时，其心理就会出现波动，这种现象被称为"认知失调"，人们因而会去寻找一个自己能接受的解释来释放内心的压力。心理学家利昂·费斯汀格（Leon Festinger）指出："这种失调的存在，即心理上的不舒服，会促使人们去找到方法来减少这种失调，从而达到心理上的一致性。"② 他注意到在一些特殊场景下，人们会很容易陷入荒诞的逻辑中，而不愿去面对现实；当现实场景越难去面对时，人们越容易逃避现实而去依赖一个荒诞的解释。

在《五号屠场》中，冯内古特非常了解这一心理学现象，并用荒诞的科幻元素来表达比利对于他所经历的战争场景的逃避。比利对这种科幻元素解释得越清晰、越荒诞，越表现他所经历的战争场景给他带来的深刻创伤以及他想逃避这种灾难性回忆的强烈愿望。在小说中，当比利精神崩溃时，他在医院里碰到以前一起被俘的战友罗斯沃特（Eliot Rosewater），"罗斯沃特比比利聪明两倍，但是他和比利用相似的方式解决相似的危机。他们都发现生活是没有意义的，部分因为他们在战争中所看到的一切"③。罗斯沃特能够解释比利无意识中所做的，他对精神病学家说："我觉得你们这些人不得不想很多很棒的新的谎言，否则人们就不愿意活下去了。"④ 也是罗斯沃特把比利介绍给了科幻小说家基尔戈·屈鲁特（Kilgore Trout），从而使基尔戈

---

① Merrill, Robert and Peter A. Scholl. " Vonnegut's Slaughterhouse - Five: The Requirements of Chaos. " *Studies in American Fiction*, 1978（Spring）, pp. 65-76.

② Festinger, Leon. *A Theory of Cognitive Dissonance. Evanston*, Illinois: Row, Peterson and Company, 1957, p. 3.

③ ［美］库尔特·冯内古特：《五号屠场》，虞建华译，译林出版社 2008 年版，第101 页。

④ 同上。

变成了比利最喜欢的作家，科幻小说也变成了他唯一能读的小说。[①]

　　比利相信特拉法马多星球和时间旅行为他提供了罗斯沃特所说的"很棒的新的谎言"，因为这可以帮助他从战争创伤和妻子死亡的悲痛中生存下来。当他所相信的东西看起来很荒诞时，他相信这种荒诞的痛苦经历对读者来说更加有震撼力。实际上，冯内古特非常清楚地知道这种做法的危险性，因为特拉法马多星球（Tralfamadore）如果换一种拼写方式就变成了"OR FATAL DREAM"（"或者是致命的梦"）。因为特拉法马多星人相信任何事情都不会被毁灭，因为"世界就是那样的"[②]。人们认为一切都是注定的，很容易陷入宿命论中，这也是为什么冯内古特在小说的结尾对特拉法马多星人的态度和比利是不同的，"如果比利从特拉法马多星人学到的都是真的，也就是我们会永远地活着，哪怕我们在某一个时刻是死去了，我不会高兴的"[③]。

　　因而，当比利接受这种诸如时间旅行和特拉法马多星人的四维空间观点等不现实的想象时，实际上他已经无法区分意外死亡与战争和屠杀中的必然死亡之间的不同。他在战争中无法伤害敌人，也无法帮助自己的朋友，即使在战后，他也感觉无力改变过去、现在或者将来的任何事情。

　　作为一部反战小说的主人公，比利在性格上要懦弱，以便减少战争经历带来的"认知失调"，以便逃避进科幻主义的想象中。他同时也是一个反英雄，以便在小说中表达对于战争的各种不同的观点和看法，防止那些出生在战后的年轻人对战争有不切实际的想象，被这种战争经历所吸引。小说使得那些年轻人能够冷静地、带着阴郁的态度看待战争，从而达到他的反战目的。与此同时，这种精神创伤的主题，能够避免读者将其看作一本有趣的科幻小说，从而将读者的注意

---

　　① 　[美] 库尔特·冯内古特：《五号屠场》，虞建华译，译林出版社 2008 年版，第101 页。

　　② 　同上书，第117 页。

　　③ 　同上书，第 211 页。

力吸引在战争对人类的肉体和精神的创伤上，从而使其成为一本真正的反战小说，达到应有的目的和效果。

三 黑色幽默视野下的荒诞性

冯内古特对于幽默和讽刺有自己的认识和态度，这也是他为什么没有将德累斯顿的痛苦经历写成一部现实主义作品的原因。他用一种无所谓的态度来对待这一充满死亡和毁灭的历史事件，更重要的是这是一个充满正义的历史事件，然而对他来说，"你无法记住纯粹的废话，但是轰炸德累斯顿就是纯粹的废话，毫无意义地摧毁了一座城市。我只是无法找到正确的方式把它表述出来。正如他们所说，我一直在写废话"①。希尔兹在他的论文《如果耶稣真的站起来》（"If Jesus Did Stand-Up"）中，称冯内古特的幽默不是"黑色幽默"，而是"漫画式的寓言"②。冯内古特通过他这种阴暗的笑话来表达观点，读者会因此而笑。并不是因为这种笑话很好笑，也不是因为他们从那些陷入不幸的人们的痛苦中得到快乐，而是因为他们意识到了一种不得不直面的荒诞和没有希望的无助。在《猫的摇篮》中，主人公布克农说："成熟是一种因为意识到这个世界不存在任何的补救方法而产生的痛苦的失望，只有大笑可以治愈一切。"③ 因此，冯内古特的幽默在于让这个世界变得有意义，他用幽默来描述这个疯狂的社会，而这种方法往往比其他方法更加有效。

实际上，冯内古特在用幽默的方式公开质疑美国在第二次世界大战中所扮演的角色，去审视战争的方式和那些被人忽略的、消逝的生命。他并没有刻意谴责战争，而是让人们意识到人类的邪恶是自然的、无处不在的存在，所以他的幽默实际上是用来掩盖他小说中的压

---

① Inskeep, Steve; Montagne, Renee; Ulaby, Neda. "Novelist Vonnegut Remembered for His Black Humor". *NPR*, April 12, 2007. http://www.npr.org/templates/story/story.php? storyId=9533587.

② Shields, C. J. "If Jesus Did Stand-Up: The Comic Parables of Kurt Vonnegut." *Studies in American Humor*, 2012 (26): pp. 25-39.

③ Vonnegut, Kurt. *Cat's Cradle*. New York: Hodder & Stoughton, 2001, p. 189.

抑的自然主义。如果没有这种幽默，小说读起来会太过黑暗和压抑。
这种幽默使得小说像特洛伊木马一样，将战争的残酷和荒诞隐藏在爱
国主义的外表之下，让读者意识到人们是如何在战争中将善行一步步
变成恶行的。美国在广岛投下原子弹，直接导致了"二战"的快速
结束，但实际上直到《五号屠场》将德累斯顿的轰炸公之于世，描
述这场对于平民和孩子的屠杀时，广岛的这场灾难仍然被列为机密而
并不为人所知。当人们意识到美国正在进行的越南战争是一场肮脏的
战争时，人们会开始思考人类其他的战争是否同样肮脏。正如海勒用
"二战"做背景来质疑美国在接下来的战争中的角色，实际上冯内古
特也在做同样的事情。虽然冯内古特并没有直接提及越战，但是他却
用《五号屠场》作为一个平台来提醒人们反思美国在越战中所做的
一切。

　　小说的副标题"儿童的圣战"，本身就是一个巨大的讽刺。"儿
童十字军圣战开始于 1213 年，两个僧侣突发奇想，在德国和法国招
幕儿童，到北非再把他们当奴隶出售。三万名孩子自愿报名，以为将
前往巴勒斯坦……大部分孩子是在马赛乘船离港的，这其中只有一半
的人被运到了北非卖掉，另外的一半死于船难。"① 在冯内古特的眼
中，战争的参与者大部分是孩子，虽然大都已经十八九岁，但本质上
还是孩子。他们并没有真正明白战争的意义、人生的价值、爱国主义
的含义甚至死亡的恐惧。对于冯内古特而言，战争是由几位五六十岁
的人设计的，但实际上却是由一群无知的人们完成的。小说的主人公
比利·皮尔格里姆就像那些参加十字军的孩子一样，在德累斯顿和越
战时期的美国飘荡，无法找到自己的归宿。他讽刺那些怀着英雄主义
理想奔赴战场的年轻士兵们，在战场上死得毫无意义。但他用一种平
淡的甚至是厌世的口吻去讲述这种让人无法接受的现实和那些传统
的、严肃的、敏感的话题——战争、死亡、压抑、精神创伤等。对于传
统作家来说，一方面，他们并不太愿意去谈论这些话题；另一方面，他

---

① ［美］库尔特·冯内古特：《五号屠场》，虞建华译，译林出版社 2008 年版，第
13 页。

们也没有找到一种表达这种话题的方法。如果表达过于直接，则会引起读者和评论界的批评甚至反感，或者导致小说过于压抑而无法吸引足够的读者关注，从而削弱其影响力；如果过于隐晦，则会把严肃的主题平淡化，起不到警示和批判的作用。但冯内古特找到了主题和表达方式的平衡点，甚至将其相互作用扩大化，达到了戏剧化的效果。

冯内古特的幽默，目的就在于将熟悉的事物陌生化。在《冠军的早餐》中，他用这种方法讽刺了人类社会的各个方面，从人性的单调和无聊到人类发明的奇怪性。他用小说中的一句话"我为什么一开始没有想到"来启发人们去思考那些看上去理所应当但其实并非如此的事物。比如，他在小说中写道："女孩子们会不惜一切代价来藏住自己的内裤，男孩子们不惜一切代价来看女孩子的内裤。实际上，女人的内裤是这样子的……"①他在介绍死刑用的电椅时说："电椅的目的就是在人身上加上比他们身体所能承受的电流更大的电流来杀死他们。"② 陌生化的手段将我们所创造的世界的荒诞性揭示出来，让读者以一种新的眼光去重新审视周围的事物，甚至人类自己的存在。这种手段让人类的目的和行为都显得荒诞不经，将隐藏在正常社会背后的荒诞性和愚蠢揭示出来，给人们带来震惊以及随之而来的反思。

在冯内古特的创作过程中，曾经将德累斯顿的轰炸写成了 500 多页的故事，但是最终这 500 多页的内容全都没有采用，因为冯内古特非常清楚，这是一段不能被讲述的历史："没有人有能力来讲述一场屠杀，因为（了解这场屠杀的）每个人都应该已经死了，不会再说任何事情或想要什么。"③ 当他放弃用一种线性的、忠实的历史声音来叙事这一事件，将自己从这种压力中解放出来后，却可以用一种讽刺的、看似轻松幽默的方法将其讲述出来。冯内古特小说中的幽默可以让我们去反思他在现实中发现的恐惧。幽默并不能掩盖这些可恶的现实，而且强化了这种效果，并使这种反思变得能够

---

① Vonnegut, Kurt. *Breakfast of Champions*. New York: Delacorte Press, 1973, p. 25.

② Ibid., p. 140.

③ [美] 库尔特·冯内古特：《五号屠场》，虞建华译，译林出版社 2008 年版，第 11 页。

被人所接受。

四　后现代的人文主义者

反对战争，对于冯内古特来说，一直是他所有作品中的核心主题。他的作品的主题关注于政府的非理性的统治和战争对于社会和人类毁灭的漠然性。在1987年的一次采访中，冯内古特说他写小说的动机是拒绝将战争浪漫化。然而，在目睹了数次战争之后，特别是越南战争和随后的海湾战争以及伊拉克战争，使他在晚期的作品中，如《时震》（*Timequake*，1997）和《没有祖国的人》（*A Man Without a Country*，2005），对作家这个职业所能起到的影响力开始产生怀疑。虽然他的作品受到了极大的欢迎，一些人也因为他而开始反对战争，但是战争并没有因为他的作品而减少或消亡。因此，在他看来，美国和整个世界的情况在变得更糟，而他的小说对此却无能为力。

正如他在《比死亡更糟的命运》中所表述的："几乎美国各类的艺术家都反对战争，形成了对于战争的各式各样的批判。而这些批判……变得和一个三英尺直径的香蕉派从四英尺高的梯子上掉下来的效果是一样的。"① 冯内古特的这句话本来是在斯德哥尔摩的 P. E. N. 作家会议上对一群作家说的。在当时作家们都相信自己的作品能让这个世界更美好，而他的这个笑话告诉他们这种看法是一文不值的。冯内古特的幽默植根于一种理念，即这个世界是荒诞的，在这个世界里每个人的表现都很糟糕，人类是没有希望的。

但是在冯内古特的作品中，他并没有将这个世界描写成为一种绝对悲观的、没有出路的未来。实际上，他只不过是一个受挫的理想主义者。他用幽默的寓言一样的故事来告诉读者荒诞的、苦涩的和绝望的事实，但是却让他们更加想笑，而不是哭，"冯内古特让幽默能够产生意义，在作者看来，这是一种描绘这个疯狂世界的方式"②。

---

① Vonnegut, Kurt. *Fates Worse Than Death*. New York: G. P. Putnam's Sons, 1999, pp. 189–190.

② Kunze, Peter C., Tally, Robert T. Jr. "Vonnegut's sense of humor." *Studies in American Humor*. 3（26）: pp. 7–11. Retrieved, August 14, 2015. Introduction.

正因为如此，冯内古特的作品体现出了强烈的后现代主义的风格，甚至可以认为他的风格代表了整个后现代主义的风格。后现代主义者认为真理是主观的，而不是客观的，因为它取决于每个人的信仰和对于世界的态度。因而，他们通常采用不可靠的第一人称叙述以及片段化的叙述风格。一些批评家认为，冯内古特《五号屠场》具有元小说的特征，因为小说试图在陈述历史事件的同时将一些概念问题化，也就是质疑历史事件本身。① 当冯内古特在他的一些作品中使用类似片段化和元小说的元素时，他实际上很清楚地知道读者可能冒的风险，那就是把他们找到的主观的真理误当作客观的真理，并将其传递给其他人。②

在冯内古特的作品中，经常在思考一个问题：生命的意义是什么？当冯内古特笔下的人物基尔戈·屈鲁特躺在浴盆中时，发现了一个问题："生命的目的是什么？"而他自己的回答是："成为世界创造者的眼睛、耳朵和意识，你这个傻子。"③ 冯内古特本身是一个无神论者，因此在他眼中是没有"创世者"这个概念的，那么，"当基尔戈过着一个又一个无聊的生活时，读者不得不思考一个充满激情的创世者是如何忍受这样无聊的报告而无动于衷的"④。冯内古特在给儿子的信中，指出了他所认为的生命的意义："我们在这里去帮助其他人来度过这一生，不管这样的人生是什么样的。"⑤ 因此，冯内古特清楚地知道写一本"反战小说"是如何困难，因为

---

① Jensen, Mikkel. "Janus-Headed Postmodernism: The Opening Lines of Slaughterhouse-Five". *The Explicator*. 2016, 74 (1): pp. 8-11.

② Marvin, Thomas F. *Kurt Vonnegut: A Critical Companion*. Santa Barbara: Greenwood Publishing Group. 2002, pp. 16-17.

③ Inskeep, Steve; Montagne, Renee; Ulaby, Neda. "Novelist Vonnegut Remembered for His Black Humor". *NPR*, April 12, 2007. http://www.npr.org/templates/story/story.php? storyId=9533587.

④ Ibid.

⑤ Marvin, Thomas F. *Kurt Vonnegut: A Critical Companion*. Santa Barbara: Greenwood Publishing Group, 2002, p. 20.

"人们不应该回顾过去"①，但他还是完成了《五号屠场》，虽然他认为这部作品很失败，他却仍然觉得写这本书是"人性的"，正如罗德的妻子回看自己的家园一样。因此有的批评家认为冯内古特是后现代人文主义者，"当后现代人文主义否定某个主题的个体性时，他也承认生命的价值"，而冯内古特"为后现代的情境下提供了一种充满希望的解决方案"②。

在《圣经》中，罗德的妻子不听从上帝的告诫，回头看了一眼即将被洪水吞没的家园，最终变成了一个盐柱。这种行为就是一种人文主义的关怀，是对先前历史的不舍。冯内古特的成功，或者他的弱点，就在于对历史的不舍，敢于对过去的事件进行反思，而不是像有些人所希望的，忘记历史中的某些事件去描绘一个看似美好的未来。这些历史事件对于冯内古特来说，就是人类历史上或者战争史上被人们刻意遗忘的死亡、杀戮，特别是战争给人们带来的精神的创伤。也正是因为这样，才使得他的小说区别于传统的现实主义的反战小说，让人们用一种冷静的、阴郁的态度去看待战争本身，从而在一部小说中同时实现三个目的：从一个独特的视角来重建一个历史事件，并使之与官方版本相比较；通过主观意识来将现实的问题主题化；从今天的现实来推断未来的可能性。

具有象征意义的是，冯内古特出生于 1922 年 11 月 11 日，而 11 月 11 日恰好是休战纪念日，后来被改为了退伍军人纪念日。他将自己的生日同反战的观点一起写在了小说《冠军的早餐》里。

　　所以这本书就像一个自从我在 1922 年 11 月 11 日出生之后走过的路，路上散落着我扔掉的垃圾。

　　我出生的 11 月 11 日恰好是神圣的休战纪念日。当我还是个

---

① ［美］库尔特·冯内古特：《五号屠场》，虞建华译，译林出版社 2008 年版，第 22 页。

② Davis, Todd F. *Kurt Vonnegut's Crusade*: Or, *How a Postmodern Harlequin Preached a New Kind of Humanism*. Albany: State University of New York Press, 2006, p. 31.

孩子时，当德韦恩·胡佛（Dwayne Hoover）还是个孩子时，还处在"一战"之中的所有国家的所有人都在休战纪念日的 11 月 11 日的 11 点 11 分停止战斗。

那是在 1918 年，成千上万的人类在那一分钟里停止屠戮其他人。我问过在那一分钟还在战场上的老人们，他们用不同的方式告诉我这种突然的沉默就是上帝的声音。所以我们中还有人记得上帝跟我们人类说话的场景。

休战纪念日已经变成了退伍军人纪念日。休战纪念日是神圣的，而退伍军人纪念日不是。

所以我会把退伍军人纪念日抛在脑后，而记住休战纪念日。我不会忘记任何神圣的东西。

还有什么是神圣的？比如《罗密欧与朱丽叶》。

还有所有的音乐。①

---

① Kurt Vonnegut. *Breakfast of Champions*. New York：Delacorte Press，1973，Preface.

第六章 战争创伤与疗伤：《日诞之地》与《典仪》

与韦尔奇、鲍德温、冈田、维亚、海勒和冯内古特讲述亲身经历不同，莫马迪和西尔科以故事讲述人的身份讲述了土著印第安青年在第二次世界大战中的身心创伤和他们回到保留地以后疗伤的过程。作家们在描述疗伤过程中描绘了保留地美丽的自然风景，展现了他们赖以生存的本民族古老的灿烂文化。他们的创作戳穿了白人所谓的印第安人已经基本灭绝的谎言，并挑战了白人主流社会的霸权思想。

第一节 折翅的阿韦尔与故土疗伤：《日诞之地》

《日诞之地》是被誉为"美国印第安作家精神教父"的莫马迪的第一部小说，在 1969 年被授予普利策小说奖后成为美国土著文学经典，它使美国土著文学进入美国主流社会，开始了美国土著文艺复兴。小说描述了主人公阿韦尔"二战"后回到美丽的印第安保留地生活的种种不适、被政府安排到白人区工作后的种种怪异行为以及他重新回到保留区生活的经历。评论家肯尼思·林肯认为，《日诞之地》获得普利策奖是美国本土文艺复兴的星星之火①。许多重量级的美国印第安小说家如宝拉·甘恩·艾伦、莱斯利·麻蒙·西尔科、杰拉尔德·维泽诺、詹姆斯·韦尔奇、谢尔曼·阿莱西和路易丝·埃德

① Kenneth M. Roemer, "N. Scott Momaday: Biographical, Literary, and Multicultural Contexts", *A Companion to American Thought*. Richard Wightman Fox & James T. Kloppenberg's, Cambridge: Blackwell Publishers, 1995.

里奇都把这部小说视为自己作品的主要灵感来源。

一 莫马迪与他的小说《日诞之地》

纳瓦雷·斯科特·莫马迪（1934—　）是基奥瓦小说家、短篇小说作家、散文家和诗人。他出生在俄克拉荷马州的劳顿，母亲是有切诺基血统的混血儿，父亲是纯种基奥瓦印第安人。他的母亲是教师，父亲是画家。他1岁时，全家搬到了亚利桑那州，在那里，他的父亲和母亲都成了保留地的教师。他从小不仅体验了他父亲的基奥瓦传统，还接触了西南部其他原住民的传统，包括纳瓦霍人、阿帕奇人和普韦布洛人的传统。他12岁随父母来到新墨西哥州的普韦布洛印第安人的保留区杰梅兹，一直到高中毕业进入新墨西哥州立大学。他于1958年获得英语专业本科文凭，后来继续在斯坦福大学学习，于1963年在斯坦福大学获得英国文学博士学位。莫马迪的生活经历培养了他的多元文化观念。

莫马迪曾在斯坦福大学、亚利桑那大学、加州大学伯克利分校和加州大学圣巴巴拉分校任教，教授创造性写作，并专注于文学研究。他是哥伦比亚大学、普林斯顿大学和新墨西哥州立大学的客座教授。在加州大学伯克利分校，他开设了有关印第安研究的研究生课程。

在他30多年的创作生涯里，他创作了九部小说、四部诗集、两部理论著作与杂文、一部戏剧。他在教授印第安口述传统和土著文学方面成就显著，以致美国前总统小乔治·布什称赞他的"文字和绘画颂扬并传承了印第安艺术和口述传统，使全世界得以走近灿烂的印第安文化"[1]。前总统克林顿认为他"对美国文学做出了杰出的贡献"[2]。

莫马迪的成名作《日诞之地》共分为四个部分："长发人""太阳神父""黑夜吟唱者"和"晨曦中的奔跑者"。小说从主人公阿韦尔（Abel）在家乡的小路上奔跑开始，继而描述"二战"结束后他

---

① ［美］纳瓦雷·斯科特·莫马迪：《日诞之地》，张廷佺译，译林出版社2013年版，封底。

② 同上。

回到新墨西哥州保留地生活的种种不适。战争使他的情绪崩溃,只能靠酒精麻醉自己。回到小镇的时候他已经喝得醉醺醺,一开始都没有认出迎接他的外祖父弗朗西斯科(Francisco)。弗朗西斯科现在是一个瘸腿的老人,但他以前是个受人尊敬的猎人,也是村里宗教仪式的参与者。他在阿韦尔的母亲和哥哥维达尔去世后养大了阿韦尔。弗朗西斯科向阿韦尔灌输了一种本土传统和价值观,但战争和其他事件切断了阿韦尔与这些传统的联系,也割断了他与土地和保留地人们的联系,而这些被切断了的东西正是"日诞之地"的一切。

回到村子后,通过神父奥尔京(Father Olguin)的介绍,阿韦尔获得了为到景区温泉沐浴的白人富婆安吉拉劈柴的工作。她引诱阿韦尔与她发生性关系,让他忘却不幸,因为她感觉到阿韦尔身上有一种动物般的野性。她答应帮助他离开保留地,寻找更好的就业途径。可能由于这一事件,阿韦尔意识到他回到保留地的做法并不成功。他不再感到自在,相反,他感到非常困惑。当他在族人举行的马术运动中被白皮肤男子胡安·雷耶斯打败时,他的困惑变得更加严重。胡安患有白化病,被人称为"白人",可阿韦尔偏激地认定胡安是个邪恶女巫,后来在一个酒吧外捅死了他。阿韦尔随后被判犯有谋杀罪,监禁6年。

他刑满获释后到了加州洛杉矶市并与当地一群印第安人生活在一起。这群人的领导约翰·大布拉夫牧师和太阳神父托萨玛戏称阿韦尔为"长发人",这让他觉得自己无法适应现代社会的要求。阿韦尔与一个从新墨西哥州保留地来的名叫本·贝纳利的人交上了朋友,也和一个善良的金发社会工作者米莉发展了亲密的关系。但他的整体情况并没有得到改善,阿韦尔最后在海滩上喝醉了,双手、头部和上半身都被严重摔伤。保留地、战争、监狱和情人米莉在他脑海里一一闪过。他跌跌撞撞地来到了与本同住的公寓,本把他送上了回到保留地的火车,然后讲述了阿韦尔在洛杉矶的遭遇。阿韦尔在城里的生活并不轻松。刚开始,他被托萨玛牧师嘲笑,下班无事可做时他玩印第安人的扑克游戏,经常醉得无法还击别人对他的攻击,后来他因醉酒工作缺勤。当他回到工作岗位时,老板对他非常刻薄,他不得不辞职。

阿韦尔的情况越来越糟糕，他经常酗酒，向本和米莉借钱，在公寓周边闲逛。本受够了阿韦尔的行为，把他赶出了公寓。然后阿韦尔去找曾经抢劫了本、用警棍打了他指关节的腐败警察马丁内斯报仇，结果是他自己差点被打死。阿韦尔住院的时候，本给安吉拉打电话叫她去探望他，就像他几年前帮助她恢复精神一样，安吉拉给他讲述了一个关于熊和少女的故事，这个碰巧与纳瓦霍神话相配的故事使得阿韦尔的精神振作了起来。

阿韦尔回到了新墨西哥州的保留地去照顾他即将离世的外祖父，后者向他讲述了自己年轻时的故事，并强调了与本民族人的传统保持联系的重要性。外祖父去世后，阿韦尔为他穿上了寿衣，用柴灰涂抹自己的身体，当黎明来临时，阿韦尔开始奔跑，他正在参加一个他外祖父告诉他的仪式——死者的竞赛。他一边奔跑一边为自己和外祖父弗朗西斯科唱歌。他最终回归他的民族和他在这个世界上应属的位置。

该小说最初是一系列诗歌，后来作家又重新编成几个小故事，最后被改编成了一部长篇小说。它很大程度上是基于作家莫马迪在普韦布洛人的保留地杰梅兹生活时所掌握的第一手材料，真实地反映了印第安族裔青年的遭遇。肯尼斯·罗默认为莫马迪的小说充分利用了他的多元文化背景。[①]

作家运用日记式写作手法，通过1945年到1952年间12天的日记，一方面，通过"二战"退伍老兵阿韦尔的经历叙述了战争给族裔青年带来的身心痛苦与折磨。这种战争的创伤对于印第安青年来说，只有回归本民族的生存之地、沐浴在本民族文化中才能得到治愈。另一方面，生动地描述了印第安人与白人为生存而战的历史和当代大山深处平静而祥和的浪漫生活。故事的时间跨度从19世纪70年代到20世纪50年代，长达近80年，给读者以厚重的历史沧桑感。

---

① Kenneth M. Roemer, "N. Scott Momaday: Biographical, Literary, and Multicultural Contexts", *A Companion to American Thought*, Richard Wightman Fox & James T. Kloppenberg's, Cambridge: Blackwell Publishers, 1995.

二　土著雄鹰阿韦尔

莫马迪的小说《日诞之地》以主人公在奔跑的场景描述开篇，然后讲述的是他乘车回到了家乡，外祖父赶着马车去车站迎接他。他参战前的生活在接下来的故事里只是被零星地提及，但是读者从这些分布在小说各个部分的描述中可以拼凑出他的生活。

出生在保留地，父亲是外族人，从小就和妈妈、哥哥和外祖父生活在一起。哥哥会带他到镇外的峡谷去看美丽的大自然风光，红色的方山和峡谷壁、树上的鸟、弯弯的天际线，让他感叹不已。他还曾被幽深黑暗的谷底吓得大哭。他的母亲很漂亮，声音悦耳，聪明能干，会给他们做各种印第安人吃的食物，特别是兔肉和带果酱馅的玉米圆饼。外公曾经是保留地上有身份的人物，会农活，也会主持宗教礼仪。在母亲和哥哥病逝后，他和外祖父相依为命。外祖父老了，腿也跛了，他们过着清苦的生活。他们在大型的社区活动中，没有什么地位，保留区里有头面的酋长、镇长之类的人从不和他们坐一起。阿韦尔长大后力大无比，曾帮农场主驯服了一匹马。

他经常随外祖父参加一些族人的活动，17 岁时，他参加了一个舞会，喝醉了，和自己心爱的女孩偷吃了禁果。他感觉到了生活的快乐。后来，他加入了保留地最强大的猎鹰队到山谷里打猎，用兔子做诱饵，成功地捕获了一只雄鹰。当他看见被捕的雄鹰被释放飞回了辽阔的大自然后，已经长大成人、力大无比的他也渴望像雄鹰一样飞向外面的世界。

阿韦尔希望离开保留地，加入外面的白人世界以改变自己的生活。当白人政府来保留区征兵的时候，他应征入伍。出发时，他一个人孤孤单单地上车，没有任何亲人为他送行。他成了一只即将起飞的孤鹰。他独自一人离开保留地去参加战争，然后又孤身一人带着创伤回到保留地。在作家的描述里，读者可以发现，白人在海外进行的战争对于居住在保留地的土著人来说是与他们不相干的事情，作家的反战情绪显而易见。

三 折翅的雄鹰

小说《日诞之地》开头的阿韦尔是一个完全无所畏惧且十分鲁莽的青年。阿韦尔的这种形象是一个土著族裔退伍兵战后幻灭的症状。战争在阿韦尔身上打下了深深的烙印，这主要体现在他的心理上和行为举止上。

在离开家乡参战之前，阿韦尔身体健硕，"肌肉发达，动作迅速，非常健美。他的身体一直都很让人羡慕，身体反应敏捷、准确。他胸肌发达，肩膀壮实……手细长而有力，两腿肌肉发达……曾可以奔跑一整天，飞快地跑完很长的路，是真正的奔跑，而不是慢跑"①。他的母亲和哥哥因得同一种病离世，而阿韦尔除了喝醉，其他什么病都并不曾粘身。但是，从战场上回到洛杉矶时，他有强烈的生理反应，不停地呕吐、腹泻、头晕，身体虚弱，行动迟缓，反应迟钝。他失去了从前的敏捷与聪慧。他无法适应本族乡村的环境，更不适应白人的大都市环境。更可怕的是，战争使阿韦尔失去了正常人的思维与行为，语言交际能力退化，不再善于与人交流。

在心理上，杀戮与死亡威胁的战争阴影萦绕在阿韦尔的脑海。他经常梦见战场上坦克向他碾压过来和遍地尸骨的情形。他无法再接受日复一日的农耕劳作，排斥原来的生活，觉得自己应该享受与白人士兵一样的生活，他渴望过上服兵役时所看到的保留区外的大都市生活。

扭曲的心理使他行为怪异，神情呆滞。虽然他力大无比，但只能干些劈柴一类的机械性工作。他对金钱没有任何兴趣，在白种女人请他劈柴问他工价时，他毫无反应。而对异性投来的异样的目光，他表现出了野兽般的原始冲动。请他劈柴的白种女人轻微的挑逗便使他拜倒在她的石榴裙下，和她认识不到两天便上了床。在洛杉矶工作时，遇到失去丈夫和儿子的妇女米莉时，他也很快就坠入爱河，满足了自

① ［美］纳瓦雷·斯科特·莫马迪：《日诞之地》，张廷佺译，译林出版社 2013 年版，第 121 页。

己的本能欲望。在对待不满的人时，他本能地起了杀心，将在节日仪式活动中击败他的白皮肤男子残忍地杀害，对自己的杀戮行为还表现得很得意。因杀人被审判时，阿韦尔一言不发，负责宗教事务的奥尔京神父最终认为他们面对的是一种"陌生的心理"①。这种陌生的心理人们无法解释。笔者认为，是充满杀戮的战争的生死搏斗使他产生了自我保护的创伤后应激障碍反应。

在对待亲情上，他也表现得非常冷漠。经历了战争后，他对外公给他的爱护与庇佑不屑一顾。从战场回来时，外公赶着马车到村外去迎接他，他却冷冷地看着，丝毫没有激动的表情。

战争使阿韦尔无所适从。他没能组建自己的家庭或找到心仪的对象，只凑合着与白人孕妇发生了一夜情，心爱的姑娘也离开了他。他被安置办弄到大都市洛杉矶，因行动缓慢，只会按照自己的方式说话、做事，不明白监视他的人的话语。在朋友介绍的印刷厂工作时没法完成任务，最后遭到解雇。阿韦尔更是受到了白人警察的虐待，在月黑风高的夜晚，他无缘无故地被白人警察盘问毒打。酗酒成为阿韦尔解除痛苦的唯一方式，在失去一切的买醉中他过着生不如死的生活。他在越来越严重的酗酒中消耗了自己的生命，变得消瘦且自我厌恶。他在洛杉矶的生活是另一场战争，他在与白人主流社会和现代化生活作战，他生活在社会的底层。同战场上一样，他在经历城市生活的噩梦。

我们看到的在大都市的阿韦尔是死寂的，他很少让别人了解他的想法。在监狱里蹲了几年后，曾经的沉默寡言已经变成了一种更加幻灭的宁静。他唯一的出路是回到自己的起点。

四　疗伤良方：日诞之地

在第二次世界大战中，印第安族裔为美国的胜利做出了卓越的贡献，他们用自己的语言传递情报，使美国军队无往不胜。但像阿韦尔

① ［美］纳瓦雷·斯科特·莫马迪：《日诞之地》，张廷佺译，译林出版社2013年版，第123页。

这样的族裔退伍兵没有得到政府征兵时许诺的待遇。他们在保留地之外的白人世界里看到了城市的繁华，羡慕城市的生活，但却找不到属于自己的位置。在战争时期，白种女人看见印第安士兵都会给他们飞吻，而在战后的和平时期，白人对印第安人的态度不再友好，就连菜市场的收银员都会对他们白眼相待，不再愿意为他们服务。无法在大都市生存的阿韦尔想到了唯一的出路：返乡。

阿韦尔的家乡是美丽的，"山谷的四周小山环绕，山谷里农田密布，一条小河流经其间……这儿四季分明……每块田地形状各异，面积不大。从西面的方山望过去，镇上的果园和菜地随处可见，就像一幅错综复杂的拼图"①。

作家莫马迪还用诗歌颂扬了日诞之地的魅力：

> 泽吉希（岩石深处的地方）。
> 日诞之地，
> 夜光之地，
> 乌云之地，
> 男性雨之地，
> 黑雾之地，
> 女性雨之地，
> 花粉之地，
> 蚱蜢之地，
> 入有乌云相伴，
> 出有乌云相随。
> "之"字闪电划过上空。
> 男神!②

---

① ［美］纳瓦雷·斯科特·莫马迪：《日诞之地》，张廷佺译，译林出版社 2013 年版，第 3—4 页。

② 同上书，第 179 页。

在这迷人的地方，人们可以通过祈祷获得健康与幸福。莫马迪在诗中继续写道：

> 我向您献祭。
> 我向您献上一根烟，
> 请让我双脚恢复健康，
> 请让我双腿恢复健康，
> 请让我身体恢复健康。
> 这一天请为我解除您的符咒。
> 请为我解除符咒。
> 您已为我解除符咒；
> 符咒已无踪无影。
> 幸哉！我霍然而愈。
> 幸哉！我通体清凉。
> 幸哉！我继续前行。[①]

通过祈祷，土著人相信一切邪恶的东西都会远离他们，他们就可以恢复健康。

莫马迪笔下的印第安保留地宛如传说中的桃花源，美不胜收，那里的神灵保佑着众生。人们在那里日出而作，日落而息。基奥瓦人依照方山上日出位置的变化来决定农耕和节日庆祝活动的时间，一切遵循宇宙自然规律。

> 太阳从平坦的最高处向下倾斜的那个地方升起时，那天是斗鸡的日子，六天后，人们会举行奔牛和舞马仪式，接下来的一天是纪念佩科斯人迁离故土的日子；太阳从这儿升起时，人们要跳秘密舞，从那儿升起时，大家每隔四天要在基瓦里斋戒，从另一

---

① ［美］纳瓦雷·斯科特·莫马迪：《日诞之地》，张廷佺译，译林出版社 2013 年版，第 180 页。

处升起时，适合在月光下松土，收获的季节也到了，人们会出来
逮兔子、抓女巫，这里的帮派和团队都有特定活动；山口比别处
更接近天空，是高高的黑色方山上最漂亮的地方，太阳如果在那
儿升起，春雨就快降临了，人们得赶在那之前将沟渠清理干净。
清晨，身上涂满黑色烟灰的男人会开始赛跑。[①]

虽然印第安人被白人驱赶，最后被圈居在保留地，但经久不衰的
文化与极强的环境适应能力使他们自由自在地、以自己的方式生活在
贫瘠的土地上，有条不紊。从他们在节日里的集体舞蹈表演，读者可
以看出，他们是生活从容的人。

男男女女排着弯弯曲曲的长队走出教堂，穿过大街小巷。宝
尊女神像被人们举起，高高耸立在队伍上方，在阳光下闪闪发
光……他们排成两队，跳着舞，应着歌声和鼓点摆动葫芦和常青
树枝。他们舞步优美，富有节奏感，目光严肃，直视前方。歌手
单调、低沉的歌声伴着他们的舞步，在山谷和大地上空回荡，颇
具神感。[②]

舞蹈体现了他们的人生哲理：和着自然的节奏生活，忽视现在，
凝视远方。这片世代居住的、充满和谐的神奇土地给阿韦尔带来了生
的希望。

阿韦尔在失去工作和住所之后，在醉酒的浑浑噩噩中踏上了归乡
的路，回到了他生长的地方，回归了印第安人原始的生活。首先，他
以最古老的方式掩埋了去世的外公；然后，在晨曦中，他加入了村里
长跑的队伍。他在脸上抹上灶土烟灰，把自己打扮成具有神奇力量的
印第安人，以奔跑的方式发泄了心中的不满与失望，去掉了身上的晦

---

① [美] 纳瓦雷·斯科特·莫马迪：《日诞之地》，张廷佺译，译林出版社 2013 年版，
第 240 页。

② 同上书，第 104 页。

气。在家乡的土地上，他似乎获得了重生。战争的阴影也消失在晨曦中。在作家看来，印第安保留区美丽的大自然和民族文化具有极强的生命力，是治愈阿韦尔疾病的唯一方法。它历经生死轮回，仍然屹立不倒。

　　总之，故事情节的发展把过去和现在交织在一起，通过不同的文字书写来表现，读者很容易理解小说所叙述的内容。这充分表现了作家特殊的、多模态的后现代叙事方法。作家以这种方法在有限的篇幅中展现了印第安人在白人迫害下不断迁徙的血泪历史，也反映了印第安各部落民族独特的文化、风土人情与生活状态，更描写了小说主人公阿韦尔严重的战争后遗症、他经历的各种社会不公以及人们扭曲的灵魂。《日诞之地》让世人了解了印第安人的真实生活，为印第安人发出了自己的声音。该小说创作于美国对越南战争正酣的年代，也是美国族裔争取民权的高潮阶段，很明显，作家试图在以第二次世界大战对印第安土著族裔青年的身心创伤来唤起人们对残酷战争的反抗。它具有非常积极的族裔反战、反霸权的思想。

　　莫马迪的创作给后来的土著印第安作家树立了良好的榜样。他和后来的年轻作家们一道复兴了印第安民族文学与文化。

第二节　受辱的灵魂与文化之旅疗伤：《典仪》

　　在土著印第安文学与文化的复兴中，继莫马迪之后的知名作家非莱斯利·麻蒙·西尔科莫属。前者是来自土著基奥瓦部落的作家，后者是来自拉古纳普韦布洛部落的作家。莫马迪有关民族文化与民族受压迫的创作深深地影响了西尔科和她的创作。二人在越南战争时期的反战小说不约而同地选择了第二次世界大战中身心受到严重创伤的本族青年作为主人公以揭露战争给人们造成的伤害的持久性与残酷性。莫马迪小说中治疗阿韦尔身心创伤的良药是本民族保留地辽阔、优美的大自然和传统的宗教文化及风俗习惯，而西尔科的小说《典仪》中治愈塔奥身心创伤的良药则为讲故事与受害者在保留区的文化之旅。她的创作是对莫马迪创作的继承和发扬。

一 莱斯利·麻蒙·西尔科与她的创作

莱斯利·麻蒙·西尔科是土著印第安拉古纳普韦布洛的作家，也是文学评论家肯尼思·林肯所称的美洲土著人的第一波印第安文艺复兴浪潮中的关键人物之一。1994年获得美洲土著作家圈终身成就奖。她出生于新墨西哥州的阿尔伯克基市，父亲是著名摄影师利兰·霍华德·麻蒙，母亲是玛丽·维吉尼亚·莱斯利。她自称是四分之一的拉古纳普韦布洛部落人，同时也是英裔和墨西哥裔美国人。她生长在拉古纳普韦布洛保留地，从小由祖母和曾祖母照顾，听着她们讲述的故事长大，知道了很多传统的拉古纳故事。她在保留区上小学，中学时期在阿尔伯克基的印第安学校度过。1969年，西尔科获得了新墨西哥州立大学的学士学位。

西尔科的处女作短篇小说《送雨云的人》受到读者喜爱并获得了"国家人文基金发现奖"。该小说也被选进美国文学选集。她在20世纪60年代末到80年代中期，写了很多短篇故事和诗歌。她的诗歌里充满了反霸权主义思想。这些著作包括：《拉古纳妇女：诗歌》（1974）、《典仪》（1977）、《故事讲述》（1981），以及与诗人詹姆斯·A.赖特（James A. Wright）合著的《蕾丝的细腻与力量：莱斯利·麻蒙·西尔科和詹姆斯·赖特之间的信件》（1985）。90年代她出版了小说《死亡年鉴》（1991）、散文集《黄女人与精神之美：今日美国原住民生活的散文》（1996）。2010年西尔科出版了《绿松石边缘：回忆录》，它不仅是作家对自身的拉古纳普韦布洛、切罗基、墨西哥和欧洲的家族史的追溯，也是对自然世界、苦难、洞察力、环保和神圣事物的广泛探索。

作为作家，西尔科的创作一直植根于历史悠久的拉古纳普韦布洛部落。在文化方面的经历激发了她保护文化的兴趣和历史对当代生活影响的了解。她的创作让人们意识到根深蒂固的种族主义和白人文化帝国主义的存在以及妇女遭受歧视的问题。她的创作使原有的主流美国文学传统定义得以扩大来适应那些未曾表达的声音，因而西尔科被称赞为"充满自信的传统文化的捍卫者和复兴者"。①

莱斯利·麻蒙·西尔科的小说《典仪》于 1977 年 3 月由企鹅出版社首次出版。一经面世,好评如潮。这部小说讲述了印第安拉古纳人和白人混血儿塔奥的故事,他是一名"二战"中受伤的退伍军人,在洛杉矶的一家退伍军人医院住了一小段时间后,回到贫穷的拉古纳保留地,继续遭受战争伤病之痛,并被他于 1942 年 3 月的巴丹行军中目睹表弟洛基死亡的记忆所困扰。他一开始试图通过酗酒摆脱痛苦,后来他的老外婆和白人与纳瓦霍人所生的混血儿贝托尼通过土著人的仪式帮助他,使他更好地了解了这个世界和他作为拉古纳人的身份。该小说受到了读者长期的接受,因为参加了越战的老兵返回美国后有着和小说主人公同样的经历:创伤愈合与和解以及与白人的冲突。该小说巨大的影响力使评论家阿兰·维利(Alan Velie)将西尔科列为他所认可的四位美国土著文学大师之一(其他三位是 N. 斯科特·莫马迪、杰拉德·维泽诺和詹姆斯·韦尔奇)。《典仪》一直是美国大学族裔文学教学大纲上的一部文学作品,也是美国土著作家为数不多的有专著研究的作品之一。

二　受欺凌的灵魂:塔奥和他的伙伴们

西尔科小说中的印第安青年在第二次世界大战期间和战后从身体上和心理上都承受了巨大的创伤,甚至死亡。

小说的叙述以塔奥从洛杉矶的白人医院出来回到家乡后的晚上的噩梦开始。和前面提到的阿韦尔一样,他患上了战后创伤后应激障碍症。在梦里,战俘营里的日本兵对他咆哮的声音与他姨妈的拉古纳(Laguna)语交替出现,他醒来后浑身是汗,整个人都有气无力。从战场上回来后,他身体虚弱,话语能力丧失,行动迟缓,间歇性地痛哭,脑海中一直浮现约西亚(Josiah)舅舅和洛基(Rocky)表弟死去的情景。塔奥因他们的死自责,且痛苦不堪。他目睹了洛基在

---

① 张冲、张琼:《从边缘到经典:美国本土裔文学的源与流》,上海外语教育出版社 2014 年版,第 255 页。

1942 年菲律宾的巴丹死亡行军中死去，他在一名他受命杀掉的日本士兵的脸上梦幻般地看到了舅舅约西亚死亡的情形。约西亚确实是在战争时期死亡，但不是死在菲律宾的丛林中，而是死在普韦布洛保留地。更确切地说，塔奥的幻觉和罪恶感来自他对约西亚的两次没有实现的承诺。第一次是在他参军之前，他承诺帮助舅舅放牧开战之前购买的斑点马，第二次是他在报名参军后答应保护好表弟洛基。他认为是自己的失信造成了舅舅的死亡。塔奥在白人的精神病院待了几年，病情不见好转，但医生让他离开了医院。在火车站的灯光下呕吐了之后，他回到了普韦布洛与外婆、姨妈和姨父罗伯特一起生活，在家里他几乎起不了床，而且任何灯光都会使他呕吐不已。

事实上，塔奥从出生到成年都一直生活在歧视、欺侮和欺骗中。

对于塔奥来说更深远的伤害在他很小的时候就已经开始，一直延续到战争结束后很长一段时间。他经历了很多拉古纳人和白人的混血儿的痛苦。他的母亲为了离开保留地与一个不知名的白人男子相好并生下了他，但她在白人社会没有任何生存技能，被白人抛弃后靠卖淫为生，经常遭到白人嫖客的毒打。在塔奥 4 岁的时候，母亲把他托付给了他的姨妈之后投河自尽。母亲的死给家人带来了极大的耻辱，所以大家都把气撒在塔奥身上。尤其是他的姨妈，经常会提醒他母亲是怎么死的，而且家里一切好吃的姨妈都会给自己的儿子洛基吃，该干的活却让塔奥干。整个家里唯有舅舅约西亚对他疼爱。到了上学的年龄，因为他是没有身份的人，在学校里也被同学欺负。没人知道他的白人父亲是谁，白人社会不可能接受他；母亲已经去世，印第安人的社会也因他母亲的不检点行为无法接受他，所以身份的模糊让他从小饱受欺辱。

塔奥为了改变命运，跟随同样想改变自己身份的表弟洛基一起报名参军，希望加入白人主流社会。在他做出人生最大决策的时候，政府征兵部门以爱国主义的名义欺骗了他和哈里、勒罗伊、伊莫等印第安青年。在征兵广告中，白人军官这样说：

"任何人都可以为美国而战，"他开始说，特别强调"美国", "甚至你们这些男孩。"在有需要的时候,任何人都可以为她而战。"……现在我知道你们像我们一样爱美国,但这是你们展示它的大好机会!"他站了起来,像他排练过的那样,看着他们。他的眼睛很真诚。他递给他们一本彩色小册子,封面上有一名身穿卡其布制服、戴着金色辫子的男子;在背景中,在身穿制服的人影后面,有一只金雕,它的翅膀在美国国旗上展开。①

一旦塔奥和伙伴们加入他们"所属"的军队,"他们也属于美丽的美国,这是自由之地",当穿上制服时,"他们看起来没有什么不同了。他们得到了尊重"②。在虚伪的爱国义务的诱惑下,塔奥和伙伴们加入了(军事和社会经济上的)美国梦,可结果他们只体会到了加速的幻灭、战争的噩梦以及带给洛基的死亡。③ 塔奥很快就感受到了军队制服带来的一种虚幻的效果:虽然在白人世界中穿着它会抹掉印第安人的身份,但战争一结束,他们又回归了"印第安人"的身份,而这种身份有着一切与负面和种族偏见相关的内涵。"在奥克兰的第一天,他和洛基沿着街道走着,一位白人老妇把窗户摇下,说着:'上帝保佑你,上帝保佑你',但她祝福的是那制服,不是他们。"④ 制服只是效忠美国这个国家和白人民主思想的符号,它隐藏和泯灭了塔奥和洛基的印第安人特征。而在战争中,塔奥理解了白人女性与印第安男人的关系。在纽约的军队驻地,他曾经以两杯酒赢得两个白人女子与他共寝一宿,白人女性在战争中以能满足男人的欲望为骄傲。⑤

回到家乡后,他看到家乡连续多年干旱的惨景,自责不已,认为这种自然灾害是他在巴丹死亡行军中诅咒了雨神惹的祸。在行军中,他抬着受伤的洛基,但老天一直下着雨,行进困难,他便咒骂了雨

---

① Leslie Marmon Silko, *Ceremony*, New York: Penguin Books, 1986, p. 64.

② Ibid., p. 42.

③ Ibid.

④ Ibid., p. 41.

⑤ Ibid., p. 52.

神。而在印第安人的文化中，咒骂神是一种罪过，它会惩罚子民。更令塔奥难过的是，他的姨妈因为失去了儿子，对他的态度非常冷漠，总希望已经死去的是他，而不是自己的儿子，她对他的漠视让他倍加煎熬，也愤怒不已。

塔奥后来的愤怒来自战后他所失去的在战争中作为美国士兵而获得的尊严。当他不再是保卫美国的士兵的时候，他感觉到歧视无处不在。"白人女子在我穿上制服时从不看我一眼……"① 这种失望的情绪几乎控制了他的灵魂。在酒精的作用下，塔奥变得开朗起来，打开话匣子，绘声绘色地描述了他成为海军士兵后白人女子对他的青睐。他趁着酒兴，也讲了他醉酒的原因：他是一个"混血儿"②。在他参军时大家就知道了事实，可当时没有人对他有歧视的行为。但"战争已经结束，军装已经脱下"，突然间"曾经等着为你服务的人让你等到所有白人都买到了他们要买的东西时才肯为你服务，白人女子在找零钱给你时小心翼翼，不再碰你的手"③。这种歧视让他难以忍受。

哈里的遭遇更为可怖，他在战后因为自己的疯狂行为曾被送进监狱，而塔奥只是进了医院。哈里讲述他的遭遇时，首先用英语，慢慢地用不完整的英语句子，最后自言自语地用起了拉古纳语。④ 他下意识地用自己母语的叙述让读者感觉他在主流社会里也深深地受到了伤害。

战后伊莫的心理严重扭曲变态。和其他退伍战士一起酗酒时，喝多了他就开始高谈阔论，发泄对白人的不满和仇恨。他认为印第安保留区的人不应受到如此不公正的待遇，他们被限制在干涸与贫瘠的沙漠地带，一场大风可以吹走他们的一切。"我们所需要的是他们已经得到了的。"⑤ 伊莫认为他们进行的战争是属于白人的战争。战争使他疯狂，在战场上他喜欢砍杀日本人而且毫不手软。他认为日本兵根

---

① Leslie Marmon Silko. *Ceremony*, New York：Penguin Books，1986，p. 37.

② Ibid.，p. 39.

③ Ibid.

④ Ibid.，p. 50.

⑤ Ibid.，p. 51.

本就不配做俘虏，抓到了就杀掉。他竟然把被杀掉的日本兵的牙齿敲下来作为纪念品带回了家乡。[1] 在其他人看见日本兵的尸体而呕吐时，伊莫却成了最好的杀手。从战场回到家乡后，他为了发泄杀戮的欲望曾经变态地跑到老人的西瓜地里小心翼翼地找到那些最大的西瓜，用脚狠狠地把它们踩个稀巴烂，甘甜的西瓜水引来了很多蚂蚁，他又以踩死蚂蚁为乐。伊莫还是一个种族主义者。他从小到大都一直欺侮塔奥这个混血同学，甚至从战场归来后依旧劣性不改，当他再次欺侮塔奥时，被不堪其辱的后者用打碎的啤酒瓶刺成重伤并被送进医院。

　　这些退伍兵聚集在一起，一遍一遍地咒骂抢走了他们土地留下干涸沙漠的白人和他们曾经的驻军地的白人女子，并描述战场上血腥的场面。他们沉湎于战争的回忆中，犹如行尸走肉。一次，塔奥一个人行走在回姨妈家的路上，哈里和他的朋友带着一个名叫海伦·让（Helen Jenn）的印第安风尘女子在路上兜风时看见了他，把他拉上车一起飙车、酗酒。在战争期间，哈里等印第安士兵就这么做，在酒吧里，他们很豪爽地给身边的每个人付酒钱，白人却不会这么做。[2] 而战后他们继续过着这种醉生梦死的生活。哈里和勒罗伊这群战后酒鬼连本族裔的风尘女子都看不起他们。他们两个为了一个风尘女子争风吃醋，大打出手，哈里昏死过去，勒罗伊鼻青脸肿。[3] 海伦为了生计专门寻找退伍的印第安人，在发现他们只是一群毫无利用价值的酒鬼时便毫不犹豫地离开了他们。在与战友一起飙车并看到他们为了一个风尘女子而相互斗殴后，塔奥又呕吐不已。这次他吐出的是"过去的一切，他过去的所有生活"[4]。塔奥转乘一辆旧卡车离开了他们，心里还想着哈里和勒罗伊堪忧的前途。酗酒与致命的斗殴是他们战后的主要生活，塔奥担心他们总有一天会互相残杀。

　　在西尔科的叙述中，象征美利坚民族的国旗也起到了欺骗塔奥们的作用。在战场上，在阵亡者的棺材上盖上国旗是表示他们为国家而

① Leslie Marmon Silko. *Ceremony*, New York：Penguin Books, 1986, p. 56.

② Ibid., p. 152.

③ Ibid., p. 155.

④ Ibid., p. 156.

牺牲所获得的荣耀。但是，和塔奥一样从战场归来的哈里和勒罗伊整天无所事事，打架斗殴，酗酒闹事，甚至被伊莫（Emo）杀害。伊莫具有内化了的被殖民者的焦虑和暴力倾向（既针对自己，也针对他人），以及一种被误导了的爱国主义情感。人们发现他们的尸体"被肢解"，勒罗伊的"旧皮卡车被压碎在他们身旁，就像退伍军人办公室为他们每人买的闪亮的金属棺材"①。哈里（被伊莫折磨致死）和勒罗伊的尸体被严重毁容，以至于他们的棺材都被密封在哀悼者的视线之外，他们的葬礼也没有按照印第安人的传统进行，而是在棺材上盖上了美国国旗。似乎他们在保留地因自相残杀而死与战场上的死亡有着同等荣耀。国旗就像制服一样，取消或者说中和了他们的印第安人身份，然而，西尔科的描述却使它在对待印第安人的政策方面成为美国失败的可悲象征："两面大旗把棺材完全遮住了，看上去好像村里的人都聚集在一起，只是为了埋葬国旗。"② 这种国旗的"埋葬"具有双刃剑的含义。作为对哈里和勒罗伊在保卫美国主流社会生活方式和美国领土贡献的认可，国旗代表着荣誉，但这种荣誉却被象征性地埋葬（在棺材被埋在地下之前，国旗一般在葬礼上会被摘下或降下），这就意味着成为美国人对于印第安人来说毫无意义。事实上，这表明对于像哈里和勒罗伊这样的印第安退伍军人来说，美国战后身份认同已经与印第安人特有的暴力和酗酒文化联系在一起。这种文化类似于19世纪白人有关"消失的美国人"叙事中的印第安人的死亡和自暴自弃。这里我们可以看出，塔奥和他的伙伴们在两个不同的象征领域中挣扎着塑造他们的身份，其中一个是"官方的"美国身份（由国旗表示），另一个是被抹去的但最终与保留地相连的印第安人身份（以尸体为标志）。

残酷的战争毁掉了他们的灵魂。从战场上回来的印第安年轻人哈里、勒罗伊、伊莫等人没有死在战场上，而死在战后的和平年代。他们互相残杀，凶狠无比，这是战争给他们带来的灵魂的扭曲。这些原

---

① Leslie Marmon Silko, *Ceremony*, New York：Penguin Books, 1986, pp. 259-260.

② Ibid. , p. 259.

本单纯的印第安年轻人在经历与他们无关的战争后，从肉体到心灵都受到了极大的创伤。作家笔下的印第安年轻人的死亡是作家对残酷的战争和白人对少数族裔欺骗的控诉。

三　拯救塔奥：讲故事和文化之旅

白人医院没有医好受到战争身心创伤的塔奥的病，他不得不回到从小生长的普韦布洛保留地。刚下火车时他浑身发抖，肠胃痉挛。他本是无处可去的人，是他的姨妈像他母亲自杀时收养他一样再次收留了他，并和他外婆一起照顾他好几个月直到他体力恢复，能够和朋友一起出去遛马。她们请土著巫医给他举行仪式，讲故事开导他，带他在保留区游历，直到他身心恢复健康，找回自己的印第安人身份，开启幸福的生活。

原本想要靠参军改变命运的塔奥和他的伙伴们在威克岛战役和巴丹岛的死亡行军中遭遇了严酷的战争洗礼。他既看到了美军对被俘日本兵的残杀，也作为巴丹战役的俘虏，亲身经历了日本兵的折磨，甚至失去了表弟洛基。从战场上回来后，他被白人医生确诊患上了"战斗疲劳症"，也就是战争创伤后应激障碍症。他总是回忆起抬着即将去世的洛基在雨中行军的情景、从死亡的日本兵脸上似乎看到了他死去的舅舅的情景与他出征前在奥克兰街上看到的白人女子对他们飞吻和祝福的情景，以及战后女服务员以厌恶的眼神看他们的情景。它们交织在一起，并反复出现在他的意识中。

回到家后，拯救他的旅程开始了。这是一场讲着故事进行的没有仪式的漫长"仪式"。在作家西尔科的叙述中，这场仪式是让塔奥通过尝、听、看、触、行等去感知本民族的文化精髓，得以治愈战争创伤并回到族人中间并承认自己的身份与该承担的责任。

首先，他的外婆和原本因为儿子洛基的死亡而讨厌甚至憎恨他的姨妈都给了他无微不至的关怀与照顾。使用民族草药治疗后，他的身体慢慢地恢复了，能够起床坐一坐。但他仍然沉默不语，无法与人交流。

他的呕吐症来自他无法描述的在战争中杀人的罪恶感，"我恶心。

但我从未想过要杀敌人，我甚至都没接触过他们"①。而在印第安文化中，杀生并不是一件可怕的事。老人们告诉他，像杀戮这样的行为自古以来就是不得不做的事情。印第安人以鹿为生，看见了它，不杀生，它就会跑掉。② 老人试图以猎鹿取食的行为来让塔奥释怀。库乌什的玉米食疗法治愈了塔奥的呕吐病。

在身体基本痊愈后，塔奥站在家乡的酒吧外面，"望着远处来来往往的各式汽车，没有一辆开向他家乡的泥土路。除了石头缝里的蟋蟀嘶嘶作响和傍晚飞过他面前的蚊子以及远处的几声狗吠，周遭一片死寂，就连曾经热闹的乡村日杂店和加油站也已关闭，家乡曾经为人遮阴的木棉树也已经干枯，被村民们挖了去做根雕艺术品"③。这一切让塔奥顿感孤独，似乎这个世界离他已很遥远。更让他孤独的是那个唯一能理解他的风尘女子也在他舅舅约西亚的葬礼后离开了保留区，提着一只皮箱走向了高速公路，没有人知道她的去向。④

当他置身于蟋蟀、大风和木棉树中时，他"感觉自己又活了过来，成了有形之人"⑤。曾经回响在他耳旁的战场上战友临死的尖叫声已经消失，恶心的感觉也渐渐消失。在家乡的自然环境中，他内心渐渐平静。但他对周边的一切仍然漠不关心，把生死也看得淡漠了。⑥

当慢慢康复时，塔奥意识到自己并不孤单。他的儿时朋友哈里、勒罗伊、伊莫和平基也曾赴海外作战，他们面临着同样的创伤和自我治疗。他开始出去与战友们交流，听他们讲自己的故事。老朋友们在醉酒时回忆战争是多么的伟大，穿制服时得到了多么大的尊重。西尔科这样描述伊莫的叙述和他对塔奥听到故事后的反应：

　　"你知道的，"他说着，还带着脏话，"我们印第安人，比这

---

① Leslie Marmon Silko, *Ceremony*, New York: Penguin Books, 1986, p. 33.

② Ibid., p. 34.

③ Ibid., pp. 94-95.

④ Ibid., p. 96.

⑤ Ibid.

⑥ Ibid., p. 36.

里这个该死的干涸的乡下更值得拥有更好的东西。""我们需要的
是他们得到的。我要圣地亚哥。……他不知道塔奥正因试图摆脱
这种情况而出汗,而且每当塔奥听到伊莫随身带的一小包日本兵
的牙齿碰撞的咯吱声,他胃里的东西就会往上翻。""我们为他们
而战", "但他们什么都有。而我们却没有得到什么东西,不
是吗?"①

　　随着塔奥治疗旅程的开始,他对军队和美国政府在非法侵占印第
安人土地问题上的反感情绪变得更加强烈,因此他必须在一片荒野中
表达自己的观点。这并不像伊莫和勒罗伊讲述的战争故事成为自我推
销的帝国贪婪和欲望叙事的空洞仪式那样,也不像哈里和勒罗伊的生
活叙事那样毫无节制地最终自我毁灭。伊莫面对现实采取的行动是通
过性征服来复仇,"他们夺走了我们的土地,他们夺走了一切!所以
让我们去抓白人妇女吧!"②

　　在故事前面的部分,塔奥意识到自己必须消除自卑和对物质的过
度欲望以及对身份归属的渴望,但他说不出问题解决的办法,因为像
伊莫、其他朋友以及自己在这个欲望圈和战争故事延续的空虚仪式上
都是精神麻木的参与者:"我不知道它是什么,但我可以感觉到周围
的一切。"③ 这些酒吧里的醉话,就像"长篇大论",这些故事永远无
止境地把他们的归属感和白人主流社会的雄性力量联系在一起:"归
属就是和来自俄亥俄州克利夫兰市的同排战友一起喝酒大笑,和金发
女人跳舞,和出生在俄亥俄州克利夫兰的朋友一起买饮料。"④ 对塔
奥来说,战后这种关于美国男性友爱的特殊叙述只会加剧他的精神痛
苦,而老兵们模拟部落式的战争故事的口头仪式则是无能为力、危险
的和自欺欺人的东西。他们在这里,试图找回昔日在战争期间拥有的
那种对美国的归属感。他们对失去这种归属感到自责但从不谈论

---

① Leslie Marmon Silko, *Ceremony*, New York: Penguin Books, 1986, p. 55.

② Ibid.

③ Ibid. , p. 53.

④ Ibid. , p. 43.

它。失去了被白人夺取的土地,他们自责不已……他们从未察觉白人才是给予和剥夺他们这种归属感的始作俑者。①

当伊莫用战场上的战利品——一小袋"从一名日本士兵的尸体上敲下来"②的牙齿的响声来结束他醉酒后的谩骂和故事讲述的时候,塔奥知道自己必须与伊莫所说的痛苦与复仇脱离干系,战争的经历使他对周围的世界有了更加不同的看法。他们看见了"城市、高楼、喧嚣、灯红酒绿、武器和机械的威力,从此他们不再与原来一样了。他们见到了白人在盗取了他们的土地之后的所作所为"③。而同类年轻人空虚的故事不能解决塔奥的问题。

和伊莫等退伍兵相比,塔奥作为既不被白人接受也被土著人欺侮的混血儿处于生理、心理和文化失根的三重创伤之中,因而他的身份危机感更为严重。退伍兵们关于战争的这些故事只会让塔奥想起土著印第安人在白人面前所受到的巨大歧视,他们似乎很欣赏那些故事,而塔奥更加悲伤和愤怒。当塔奥开始放弃希望,想回到退伍军人医院时,祖母请了一位名叫库乌什的医生,为塔奥表演了一场悼念被杀的战士们的仪式。尽管那种古老的仪式不适用于塔奥的病情,但库乌什的仪式勾起了塔奥对过去,特别是在他参军之前的那个夏天的回忆。虽然姨妈尽力让两个男孩分开,塔奥和洛基还是成了亲密的朋友,高中毕业后的夏天,他们一起参军。那年夏天,约西亚爱上了居住在保留地外名叫"夜天鹅"的墨西哥女人。在她的怂恿下,他投资购买了一群墨西哥牛,塔奥帮助他照顾这些牛。那年夏天有一场干旱,在听说了干旱是如何结束的古老故事后,塔奥发明了一个祈雨仪式,第二天真的下雨了。大雨使约西亚不能去看望"夜天鹅",他让塔奥给她带张纸条传递信息。塔奥送出了这张纸条,在这个过程中,他被"夜天鹅"所诱惑,失去童贞,但牧牛与性后来成了塔奥治愈心灵疾病的重要方式。

---

① Leslie Marmon Silko, *Ceremony*, New York: Penguin Books, 1986, p. 43.

② Ibid., pp. 60-61.

③ Ibid., p. 156.

　　库乌什意识到自己的仪式对塔奥来说还不够，便把塔奥介绍给家住盖洛普镇、同为混血儿的那瓦霍巫医贝托尼（Betonie），后者把印第安人的传统仪式与反映时代变化的新故事结合起来，引领塔奥回归乡土和民族文化，通过回忆和在保留地的旅行式的仪式，塔奥的自我和族裔身份得以重建和确立，受创的身心也获得了慰藉与宁静。

　　贝托尼比库乌什更了解美洲土著文化和白人文化接触带来的问题。虽然塔奥对贝托尼与白人世界紧密联系的奇怪方式持怀疑态度，但塔奥还是把自己的困扰是什么告诉了他。贝托尼听完后建议他们必须发明和完成一个新的仪式。塔奥接受了这个建议。贝托尼一边表演一边讲述了古老仪式的故事。贝托尼向塔奥讲述了自己祖父德西尼的故事，并说他在着手创立一种新的仪式来制止（土著人巫术创造的）白人正向全世界实施的破坏。

　　与代表印第安传统巫医的库乌什不同，贝托尼选择居住在印第安保留地边缘的一座小山上，从那里他可以俯瞰整个盖洛普小镇，这座城市经常有白人游客出入，可以说是印第安世界与白人社会的交汇处。基于他的开放型思想，贝托尼深刻地了解了白人的世界、时代的变迁和种族的关系，他认为印第安人的传统仪式需要吸收包括白人文化在内的其他因素来应对现实的变化，但他的观点与白人的文化同化政策完全不同。他主张把白人的理念拿来为本民族文化的生存与发展服务，正像他的墨西哥裔祖母和那瓦霍族祖父一样，他们改变传统仪式，利用一切力量甚至白人的力量成功地治愈了很多基督教的受害者和酒徒。与之相反，库乌什用土著人的语言，按照传统的方式举行的仪式，只是唤起了塔奥对部落生活的部分回忆，对他的疾病治疗却收效甚微。连库乌什自己也承认："不像过去，现在有些病我们治不了，白人来了之后就变成了这样。"① 贝托尼还教会塔奥以印第安人古老的思维方式看问题，那便是事物之间的相关性：从精神层面来看，时间和空间是没有界限的，时间与空间里的所有事物都相互关联、彼此影响。贝托尼认为，印第安人真正的敌人不是白人，而是控制印第安

---

① Leslie Marmon Silko, *Ceremony*, New York: Penguin Books, 1986, p. 38.

世界的巫术，白人不过是巫术的一颗棋子，战争、疾病和文化冲突都是巫术邪恶计划的组成部分，塔奥之所以得病，也是被巫术控制的结果。从这一视角看，塔奥的康复便上升到了反抗邪恶、拯救印第安民族乃至整个世界的高度。因此，贝托尼在印第安人的圣山泰勒山上为塔奥举行了沙画仪式之后，又郑重叮嘱他去寻找约西亚丢失的牛群、一座山、一个女人和一个星座，将尚未完成的仪式进行到底："这（巫术）已经持续很长时间了。这是你的责任。不要让他们（毁灭者）挡住你。不要让他们毁了这个世界。"① 在贝托尼举行仪式后，塔奥说出了自己的心里话，认为仪式对他来说没什么作用。他对贝托尼说："面对战争、原子弹和谎言带来的恶心病，印第安人的仪式能做什么？"② 因为战后塔奥内心的愧疚源自他对洛基表弟死亡的自责。洛基是他们家族的骄傲，他将成为家族公认的成功者，会离开保留地去别的大城市发展事业，而他在战争中一去不复返。塔奥没能保护好洛基，认为自己欠下了姨妈与家人一笔血债，以至于无法面对他们。

　　而长者贝托尼认为，巫术让人们相信所有恶魔都附在白人身上，然后印第安人不再往前看到底真正发生了什么事。巫师们想让印第安人与白人隔离开来，当他们看到自己遭到毁灭时，无知无助。事实上，白人只是巫术掌控的工具。贝托尼教导塔奥说："我们可以对付白人、他们的机器和他们的信仰。我们能做到，因为我们创造了白人，是印第安巫术首先创造了白人。"③

　　给塔奥举行的仪式严格意义上来说并不是什么大型的典礼，只是一次土著文化上的心灵洗礼。库乌什医生把他介绍给了长者贝托尼，贝托尼把他带回了自己居住的一个房子里。那里的摆设是一个典型的印第安人家庭原始的摆设：墙上挂满野兽皮，房中生着大火，老人盛给他的食物也是非常原始的鹿肉。在室内进行的所谓仪式就是贝托尼不停地给塔奥讲述老人自己与白人打交道的经历以及印第安各个部落

---

① Leslie Marmon Silko, *Ceremony*, New York: Penguin Books, 1986, p. 152.

② Ibid., p. 122.

③ Ibid.

之间的矛盾。经过与长者在家中的谈话,塔奥渐渐意识到自己原本就生活在充满矛盾的世界之中:他觉得自己不属于印第安人的世界,也不属于白人的世界,他是世界上多余的人。与同样在白人中间生活过的老贝托尼交谈之后,塔奥确信自己属于印第安人。

贝托尼与塔奥的谈话涉及的内容都是本民族传统的文化与文化图腾的形成以及白人文化的入侵对印第安文化的改变。贝托尼认为:

> 不移动的或不成长的东西都是死的东西,这些东西是人们所需要的巫术之类的东西。巫术的作用是恐吓人们,使他们害怕成长,但它一直都有必要,尤其是现在,确实需要。否则我们没必要这么做。我们将无法生存。这就是巫术存在的必要性:我们必须坚持原有的方式举行仪式,它们的力量将取胜,而人们则不会。[1]

这里贝托尼告诉塔奥用巫术为他举行的仪式是传统的东西,对他的康复将有很大的作用。

塔奥试着相信老人的话,把它们铭记于心,甚至相信他的病能够痊愈。但当他环顾四周发现老人的住所以及所有家当与他所见到的白人军官家中的东西形成了强烈的反差时,他觉得老人是如此可怜和渺小。在这种破烂的房子里,塔奥没有感觉到治愈疾病的力量,老人的生活状态只让他感觉到了愤怒,因为白人对印第安人的许诺都是一纸空文。他们给他和洛基的许诺同样如此,战后他们什么也没有得到。

塔奥还因为母亲曾经与白人鬼混而感到羞愧难当。贝托尼通过自己拯救身边孩子的故事让他走出了羞愧的阴影。当村里人拿着棍棒去追赶抢走小孩的熊时,强悍的熊群飞速逃回了大山中的熊窝。瘦小的贝托尼的力量不在于武力,而在于他能够模仿熊的声音,他乔装打扮从熊窝里把被熊掳走的孩子救了回来。通过讲述拯救被熊掠走的孩子的故事,贝托尼让塔奥认识到了本民族的人生哲理:事故时有发生,

---

[1]　Leslie Marmon Silko. *Ceremony*. New York:Penguin Books, 1986, pp. 116-117.

人们无法控制，但总有运动的平衡与和谐需要维持。这个故事告诉塔奥，他母亲过去的事是他无法控制的，他应该向前看，忘记过去，寻找未来。

贝托尼举行的最正式的仪式是在夜幕下的室外进行的。贝托尼带着塔奥在印第安人贫瘠的山头走了一遭，敬拜天地后，用印第安人的语言大声呼喊，喊出心中的怨恨与沧桑。站在黑暗中的小山头上，塔奥看到横贯东西的66号高速路上车灯闪烁，再看看贝托尼家充斥的从白人区捡来的垃圾，他深恨印第安人所受的不公正的待遇。但老人认为尽管白人偷走了他们的土地，摧毁了他们的一切，但他们仍然很顽强地活着。他认为白人与他们所签的一纸合同不值一提，只有他们才属于这些大山。这是印第安人乐观精神的表现。丰富的物质生活不是他们这些无拘无束的大地的子民的追求，他们所追求的是与大自然和谐相处。无论身处大山还是沙漠深处，他们都与大自然融为一体，感受着大自然的力量，薪火相传，生生不息，无欲也无虑。

通过所见所闻，塔奥真正了解了印第安人的文化与历史，并深深为它所打动。和老人一起在黑夜中发泄完后，在贝托尼家里，他的梦里不再出现战场上的血腥杀戮，相反，他梦见了牛群。

老人继续用故事来感化塔奥。从古至今，印第安人都是以讲故事的形式治愈人们心理疾病的。有关德西尼（Descheeny）的故事告诉塔奥：人们不能只靠自己去解决问题，必须借助各方的力量。甚至可以从白人那里获得力量。① 白人文化所产生的都是充满了死亡气息的东西：塑料与霓虹灯、水泥与钢铁。它们空洞，没有生命力。② 尽管印第安人失去了土地，但他们仍然守望着，默默无闻地生活。

游历与讲故事让塔奥看到了古老的印第安民族虽然贫穷并面临白人的压迫，但他们仍然奋斗不已，生生不息。

离开贝托尼老人后，塔奥去商店购买了一些糖果，然后来到加油站，在那里他第一次看清了一个白人的脸，这使他迅速记起了老人说

---

① Leslie Marmon Silko, *Ceremony*, New York：Penguin Books, 1986, p. 139.

② Ibid., p. 190.

的是巫术创造了白人的故事。也就是说，白人在他心中再也不是那么神秘的高高在上的人。这证明塔奥开始改变自己对白人的看法，不再羡慕白人和他们的世界。作家西尔科认为白人也生活在自己编织的谎言里，白人的盗窃和非正义行为所激起的愤怒与仇恨最终会毁灭世界：饥饿的人们会反抗那些肥头大耳之人，有色人会反抗白人。① 200多年来谎言已经吞噬了白人的心，使他们想尽一切办法来弥补它。白人想用爱国战争、现代技术及其所带来的财富来弥补他们已经被吞噬的心。

经历了残酷战争的印第安年轻人，要想获得重生，必须经历古老的传统仪式的洗礼。塔奥之所以没有自取灭亡，就是因为他的外婆、姨妈和姨父相信拉古纳传统文化的力量能够把他拯救出来。他被迫进行了仪式，获得了新生。

在贝托尼给他举行了古老的仪式后，塔奥行走在拉古纳人的土地上，神清气爽。像印第安传说中的熊孩子回归人群中一样，塔奥也回归到正常的印第安族裔人的生活中来。他回到姨妈家，过上了牧牛人的生活。在放牧中，塔奥在山中过夜的时候遇到了一只大狮子，狮子与他对视了一会儿后便悠然离开。而那些白人牧牛者看见狮子的踪迹便进行追杀，塔奥也被他们抓了去，但他趁白人追杀狮子的机会侥幸逃脱。他对白人杀狮子的行为非常不满，想大喊他们是盗牛贼，想尾随他们，用他们的枪毙了他们和他们那咆哮的狗。② 但他内心深处更想对印第安人咆哮，因为他们自己鄙视自己。此时，他意识到了他的心理问题在自己身上。他在山中寻找舅舅家丢失的牛时，遇见了年龄相仿的牧牛女哲（Tseh），对她一见钟情并留宿她家。第二天清晨醒来，他感觉到了"活着就是好"③。看到外面灿烂的阳光，他记起了拉古纳民歌《日出》，歌词唱道："太阳是给予人们雨水希望的云层之父。"年轻女子哲用新的梦填补了他的心理空间。④ 他们一起生活

---

① Leslie Marmon Silko, *Ceremony*, New York：Penguin Books，1986，p. 178.

② Ibid.，p. 189.

③ Ibid.，p. 168.

④ Ibid.，p. 204.

了一段时间。当她得知塔奥有可能被视为疯子而被政府或本族人找到送进疯人院时大哭不已，她教塔奥成功地逃脱了追捕。有评论家认为哲是印第安神话中的女神，她以母亲的情怀拯救了塔奥。

此时的塔奥从思想上真正地发生了转变。从拉古纳民谣中，塔奥看到了希望，他慢慢地融入了母亲家族的生活中。他继续外出寻找舅舅丢失的牛群，经过多天的奔走，终于在离家很远的白人弗洛伊德·李的牧场发现了带有斑点的奶牛。因为从小到大都听说只有棕色人种的人才偷盗，所以他开始时认为这些牛是牧场主弗洛伊德从盗贼手里买来的，因为白人都是有钱人。当看到牛群被用结实的电缆线扎的围栏围起来后还一直想往外冲，他认定弗洛伊德就是个盗牛贼。塔奥坚信这些牛是他舅舅的，这也使他更相信白人是骗子。这些白人骗子在从印第安人那里偷来的土地上建立了一个国家。塔奥在剪断围栏线后，躲在深山里度过了一个晚上，天亮后他继续观察弗洛伊德的奶牛，他又看见了那些斑点奶牛。① 他继续不动声色地等待奶牛朝他舅舅家的方向跑去。约西亚曾经丢失的牛的回归意味着塔奥最后完成了他的仪式，消除了他对舅舅的内疚感，彻底治愈了他心灵的创伤。

在西尔科看来，民族的东西是最有生命力的。拉古纳人可以以平静的讲故事的方式拯救人类的心灵于水深火热之中。在其他同伴互相残杀相继死亡之时，经历了故事熏陶的塔奥正将自己的猎手靴子擦得铮亮。在故事的结尾，塔奥狩猎、放牧，找到了印第安人身份的归属感和生存的意义，也重新找回了对大地万物生灵的尊重。他身心的康复获得了部落长者的认可，他们把他请进了部落宗教活动中心基瓦，听他讲述自己的故事。塔奥从一个无根的边缘人，最终成为拉古纳部落的故事讲述者，这不仅标志着他已彻底摆脱了身份危机感，还表明他已成为印第安部落文化的守护者和拯救者，通过讲述自己的经历给部落带来生存的策略和希望。西尔科曾说："我们需要故事。有了故事才有我们这个部落。人们讲述关于你、你的家庭或者别人的事儿，在这个过程中，他们塑造了你的身份。从某种意义上来讲，你是从关

---

① Leslie Marmon Silko, *Ceremony*, New York：Penguin Books, 1986, p. 189.

于你的故事里知道或者听说你自己是谁的。"①

总之，西尔科小说《典仪》中的仪式，严格意义上来说，不能称之为仪式，它是一个印第安老人以自己在白人社会和土著印第安社会的经历为例给一个心灵经受战争折磨不能自拔的年轻人启发心智的过程。这个过程是老人把过去与现在连接起来，证明他们印第安人有辉煌的历史，而一个历史悠久的民族无论经历怎样的磨难，它都会生生不息。这个过程是对本民族文化的传承，更是作家对本民族文化魅力的颂扬与对毁灭人类与世界的罪恶战争的诅咒。小说《典仪》"以讲故事的方式来传递民族生存法则"，使塔奥驱走了心魔，治愈了战争心理创伤。《典仪》是一部充满希望的小说，西尔科让读者对未来产生美好的期许。②

第三节 民族文化的坚守者与传承者

莫马迪和西尔科专注基于土著印第安民族历史与文化的创作，从后现代主义的视角来看，他们颠覆了白人主流社会普遍公认的土著人已经消亡的认知，成为土著文化的坚守者与传承者，让人们发现了他们的真实存在。这两部小说的创作分别处于美国对越战争正酣的年代和战后创伤治愈的年代，作家借古讽今，表现了他们对当时越战的坚决反战态度。

一 土著族裔迁徙苦难史再现

小说中莫马迪对战争的描述不只局限于"二战"对印第安人的伤害，更主要的是白人对印第安人，尤其是小说中所涉及的基奥瓦部落

---

① Larry Evers and Danny Carr, "A Conversation with Leslie Marmon Silko," *Conversations with Leslie Marmon Silko*, Ellen L. Arnold ed., Jackson: U of Mississippi P, 2000, p. 12.

② 张冲、张琼：《从边缘到经典：美国本土裔文学的源与流》，上海外语教育出版社2014年版，第258页。

所进行的种族灭绝的残酷战争。① 在描述历史上印第安人抵抗白人侵略的战争时，作家借神父日记里描述基奥瓦人迁徙之路的方式进行。这个彪悍的部落曾生活在美国西北部的蒙大拿州茂密的原始森林里，以打猎为主，"他们的语言不属于任何主要语系"②。他们从 17 世纪末开始向东部和南部迁徙，在大平原上和其他部落结为朋友。在得到朋友的帮助后，他们本来的游牧民特征表现得更加明显。他们一路向东，崇拜太阳的他们在自己夏至的节日上跳太阳舞，有了自己的崇拜图腾"泰弥"③。泰弥是一个"长着鹿蹄，浑身都是羽毛的东西"④，是太阳神，由一个饥饿中的基奥瓦男子走进大峡谷寻找食物时发现，它给他带来了粮食。基奥瓦人"由此可以享受到太阳的神力，他们也相信命运，勇气与骄傲与日俱增"⑤。在大平原上，他们"变得高傲，成为有危害性的战士、盗贼、猎人与太阳神父"⑥。

故事以神父奶奶讲述的一百多年前的故事作为主要情节，深情地叙述了骁勇的基奥瓦人奋力抗争与艰难求生的过程。在小说的第二部分"太阳神父"中，托萨马神父在布道时讲述了基奥瓦部落的兴衰史。

一百多年来，基奥瓦部落控制了辽阔的地域，从烟山河到雷德沙，从加拿大河的源头到阿肯色河和锡马龙河的支流。他们和科曼切人结盟，一同统治整个大平原南部。他们将战争看作神圣的事业；他们是世界上最优秀的骑手。然而基奥瓦人天性好战，他们打仗不是为了生存。他们永远也不明白，美国骑兵为何会发起那么冷酷无情的进攻。最后，他们四分五裂，弹尽粮绝。在那

① ［美］纳瓦雷·斯科特·莫马迪：《日诞之地》，张廷佺译，译林出版社 2013 年版，第 156 页。

② 同上书，第 159 页。

③ 同上。

④ 同上书，第 116 页。

⑤ 同上书，第 159 页。

⑥ 同上书，第 160 页。

个肃杀的秋天，他们被赶进斯塔卡多平原，陷入了恐慌。在帕罗杜洛峡谷，为了去掠夺，他们丢掉了过冬的口粮，到最后却一无所有，只保全了性命。为了自救，他们不得不在锡尔堡向白人骑兵投降，然后被关进古老的石畜栏。①

在这里，莫马迪通过神父的布道，阐述了印第安人的骁勇、荣辱与兴衰以及白人的无情与残忍，基奥瓦人在"灰色的高墙里蒙受过屈辱"②，他们具有"深深的挫败感"③。

白人发动的侵略战争使得印第安人失去了自己的土地、民族的尊严、人身的安全与自由自在的浪漫游牧生活。作家借神父之口，谴责了白人发动的种族灭绝战争，也表述了印第安人不堪的现实状况。

无论怎样，过去的战争只是压缩了印第安人的生存空间，但他们仍顽强地活着，按照自己的生活方式活着。

小说《日诞之地》讲述了主人公阿韦尔在白人政府的召唤下与白人一起参加了残酷的太平洋战争，战争给他留下了难以治愈的心理疾病。他行为迟缓，言语木讷，间歇性的冲动使他成了杀人犯。服刑出狱后，他被重新安置，离开保留地到了大城市，然而城市的生活并没有治愈他的病，最后他又回到那片生机勃勃的保留地。是保留地的传统文化活动——各种竞技比赛与令人叹为观止的自然景观助他治愈了心理上的疾病，重新回归到平凡的生活。这部小说的写作有其真实的背景，小说中的有些情节在现实生活中有相对应的事件。莫马迪在回忆录中提到了发生在杰梅兹的一起谋杀事件，他就是根据这个创作了小说中的杀人事件。美洲原住民的信仰和习俗，实际的地理位置和现实事件也激发了作家《日诞之地》的创作灵感。他认为阿韦尔是他在杰梅兹认识的几个男孩的混合体。这些男孩中有的死了，其中一个醉酒而死，另一个喝醉了被冻死，还有一名男子在圣伊西德罗以东的

---

① ［美］纳瓦雷·斯科特·莫马迪：《日诞之地》，张廷佺译，译林出版社 2013 年版，第 157—158 页。

② 同上书，第 158—159 页。

③ 同上。

电线杆下被一个亲戚谋杀。很多活着的人在白人的搬迁计划下移民到洛杉矶、芝加哥、底特律等地生活。他们是一群悲伤的人。

小说的主要情节从主人公阿韦尔离乡开始以他回归族裔社区结束，而故事的开头与故事的结尾都是阿韦尔以同样的姿势在家乡的大路上奔跑。张冲和张琼认为该小说表达了作家对本族裔文化的坚守、传承和发扬。① 通过阿韦尔这个人物形象的塑造和对保留地居民的历史、环境与生活的描述，莫马迪开创了印第安族裔文学的复兴之路。

二 印第安民族过去与现在的链接：讲故事

继莫马迪的土著印第安文学受白人主流社会的称颂后，莱斯利·麻蒙·西尔科以印第安民族传统的口述故事方式进行文学创作，在小说《典仪》中印第安巫医以传统的草药治疗加故事"讲述"治疗年轻人的身心创伤。

小说《典仪》中的创伤治愈方式被认为是"地理至上"②。土著人的神话、仪式和故事都与大自然，特别是土著人居住的保留地拉古纳紧紧地联系在一起。巫医贝托尼在治疗塔奥的病时，借用了大自然和故事的神力。塔奥的各种疑虑都一一在故事中得到解答。贝托尼讲故事时总是把印第安人的现实状况与他们过去的历史联系在一起，如他们现在的贫穷和衰败是白人的侵略及其带来的疾病所致。走在保留地的土地上，人们就可以发现神秘的贝壳（印第安人古老文化的象征）。保留地上的废弃铀矿是白人破坏大地的证据。尽管土著人赖以生存的土地遭到破坏，但他们仍然能够生生不息。大地造就了土著人宽阔的胸怀，以接纳的态度去适应白人给他们带来的巨大变化，在极度的贫困中他们繁衍生息。白人对他们的欺凌与武力镇压都不曾使他们消失，所以塔奥在听老人讲故事和亲身游历故土的过程中获得了力量，勇敢地回归到本民族中来，传承他们的故事讲述。

---

① 张冲、张琼：《从边缘到经典：美国本土裔文学的源与流》，上海外语教育出版社2014年版，第248页。

② Sharon Holm, "Native Sovereignty, Indian Literary Nationalism, and Early Indigenism in Leslie Marmon Silko's Ceremony," *American Indian Quarterly*, Vol. 32, No. 3, Summer 2008.

　　当莫马迪描写那瓦霍与基奥瓦部落保留地美丽的自然环境召唤阿韦尔回归土著部落时，西尔科以神话、仪式和故事拯救了塔奥。她的创作继承了莫马迪战后创伤、族裔身份和族裔年轻人回归族裔的创作主题，同时她的创作有更为丰厚的土著文化内涵，更为深刻地揭示了人与大地的共生关系。

　　莫马迪和西尔科的创作题材都与战争有关，但他们没有以当时的越南战争为主题，而是以过去的第二次世界大战战后创伤为主题，这充分体现了他们对当时社会的警示，正如贝托尼向塔奥讲述了自己祖父德西尼的故事后，接着说他在着于创立一种新的仪式来制止他们发明的白人（土著人认为他们的巫术发明了白人，因为没有白人的帮助，第一批到达美洲的清教徒会因饥寒交迫而死绝）正在向全世界实施的破坏。这种破坏就是当时的非正义越南战争。作家西尔科用贝托尼的口吻批判美国白人主流社会和政府发动的对越南的侵略战争。美国大规模地侵略越南，耗费了大量的人力、物力和财力。和"二战"一样，美国的族裔青年又以工作机会和身份的获取为由被哄骗参加白人发动的战争，也以前所未有的规模加入战斗，无数生命消失在战火中。土著印第安作家正以他们特有的预言哲学告诉人们，像第二次世界大战一样，越南战争将会产生人们难以想象的恶果乃至影响后世几十年。

第七章　和平与自由之光：《母语》

美国族裔长篇小说的叙事，除了叙述反白人侵略、战争创伤与疗伤等主题外，最重要的是它让读者看到了反战的希望：自由与和平。奇卡诺女性作家德梅特莉亚·马丁内兹（Demetria Martinez）的小说《母语》（*Mother Tongue*，1994）就是这样一部充满希望的宏篇巨制。小说的主人公玛丽亚不仅抨击了美国当权者的世界霸权主义思想，揭露了美国入侵邻国的阴谋，还帮助他国人民获得了自由，养育了后代，把农业科学技术带给了难民的祖国。通过塑造一个族裔女子的形象，作家马丁内兹让人们看到了人文主义思想的光芒与反战争的正义。

第一节　马丁内兹与她的《母语》

德梅特莉亚·马丁内兹（1960—　）出生于新墨西哥州的阿尔伯克基市，是一位著名的诗人、小说家、政治和宗教活动家、创作导师和宗教新闻记者。她的父亲泰德·马丁内兹是第一位当选为阿尔伯克基学校董事会成员的奇卡诺人，母亲多洛雷斯·马丁内兹是个善良的幼儿教师。她从小就受到了良好的家庭教育。她毕业于普林斯顿大学，从1990年起在亚利桑那州图森市担任《全国天主教评论》的编辑。她还任教于马萨诸塞波士顿大学的威廉·乔伊那学院战争与社会后果研究中心。她曾于1988年因涉嫌非法偷运萨尔瓦多难民入境被政府起诉并判处25年监禁。事实上，她只作为记者报道了当时的庇护运动和反对移民法的公民帮助难民的活动。后来陪审团根据第一修正案的规定，最终判她无罪。① 她根据自己的经历创作了小说《母语》，并获得了美国西部地区图书奖。"成为一个活动家是我找到人生意义的地方，卷入一些大于自我的东西逼我去写作。"②

马丁内兹为美国族裔文学带来了新的声音。她的创作主要聚焦于被剥夺了财产的拉丁美洲人的普遍社会原因和政治问题，特别是在美国的中美洲难民的问题。她的声音也是一种深沉的精神和信仰的声音，她相信信仰的力量可以帮助解决社会和政治冲突。除了这些问题，她还以真实的洞察力和清新的天真感探索了爱和性的世界。同样重要的是她对新墨西哥州奇卡诺人的看法以及她通过语言、宗教和政治责任对文化的探索。

小说《母语》讲述的是来自新墨西哥州的女子玛丽亚（亦称玛丽）的故事。她帮助逃离自己祖国萨尔瓦多的难民何塞·路易斯·阿莱格里亚（José Luis Alegría）成功进入美国，并最终爱上了他。玛丽亚和何塞·路易斯建立了友谊，这种友谊很快就升级为热烈而有时又痛苦的爱情。通过交流，他们把自己的过去坦陈给对方。萨尔瓦多的施虐者绑架了何塞并谋杀了他的未婚妻，而玛丽亚则在 7 岁时受到了邻居的性侵。他们的故事通过几个不同的视角讲述，其中包括他们的儿子（也叫何塞·路易斯）、报刊文章、日记和诗歌。小说中有四个主要人物（玛丽亚、老何塞·路易斯、索莱达 和小何塞·路易斯）和三个叙述者（玛丽亚、索莱达和小何塞·路易斯）。主叙述者玛丽亚在故事的开头是位 19 岁的年轻女子。她因母亲病重而辍学回家照顾母亲，母亲去世后想干些有意义的事，于是，通过一个 50 岁的墨西哥移民朋友索莱达的介绍，参加了难民庇护运动并在索莱达的安排下，成功地帮助当时 29 岁的老何塞·路易斯偷渡入境美国。

1982 年的整个夏天，何塞·路易斯都躲在索莱达家的地下室，《母语》所叙述的故事大多发生在这段时间。在玛丽亚年近 40 岁时开

---

① Demetria Martinez, Wikipedia, Retrieved 14 Dec. 2017, http://www.wikipedia.com.

② Ruby K., Mother Tongue – Demetria Martinez, Prezi, March 23, 2015, retrieved on Dec. 20, 2017, https://prezi.com/wwhxajyoopuv/mother-tongue-demetria-martinez/.

始从她的视角讲述她和何塞·路易斯的关系。通过玛丽亚翻译路易斯的日记，读者也参与到他的思想感情中来。玛丽亚和他同居，帮他介绍工作，请他做讲座，揭露他祖国政府的暴行以争取美国人民的同情，并反对美国政府支持萨尔瓦多内战。后来何塞突然消失，玛丽亚却生下了他的儿子。为了纪念何塞，玛丽亚将儿子也命名为何塞·路易斯。20年后，儿子长大成人，完成了大学学业。故事的第四、五部分由小何塞·路易斯讲述，他讲述和母亲旅行去萨尔瓦多寻找有关父亲的消息。与父亲不同，儿子能够自由地表达自己的观点，进行农业项目研究，并与萨尔瓦多女孩自由交往。玛丽亚培养了一个讲西班牙语和具有正义感的儿子。最后玛丽亚收到了老何塞·路易斯从加拿大写来的信，告诉她他正在帮助萨尔瓦多难民重返家园。

作家马丁内兹以凄美的笔调谱写了浪漫的超越民族和种族的跨国恋曲，更以激愤的心情谴责了非正义的战争，揭露了美国政府纵容第三世界当权者杀戮无辜妇女儿童的卑劣行径。《出版者周刊》评价该小说为"令人难忘的故事"[1]，美国著名的书评杂志《科克斯评论》（*Kirkus Reviews*）盛赞该小说是"诗歌、政治与毫无遮拦的情感大爆发"[2]。《一直在奔跑》的作者路易斯·罗德里格兹评价马丁内兹的创作时这样说，她"已经使出浑身解数：这里是唤起任何铁石心肠的真相；这是一个恋爱中的女人呼唤革命的清醒的'疯狂'"，而且黑人女作家艾丽丝·沃克也高度评价了马丁内兹和她的著作："你和那些失踪了的人站在一边，为他们写作，这是这本书的伟大之处，我为你感到骄傲。你是一个姐姐，一个情人，一个证人。"[3]

关于该小说的评论大都"聚焦在小说的声音、翻译、语言、集体记忆。有些批评也注意到了小说对归属感、孤独和群体身份的处

---

① Demetria Martinez, *Mother Tongue*, New York: Ballantine Books, 1994, p. i.

② Ibid., p. ii.

③ *Mother Tongue* Comments, Aug. 6, 2014, JD, retrieved Dec. 8, 2018, http://item. jd. com/19507672. html.

理"①。本章将探讨她作品中叙述的战争问题和难民问题。

第二节　拯救难民路易斯

马丁内兹的《母语》以丰富的想象力，运用日记、诗歌和报刊等形式塑造了何塞·路易斯这个反战形象。他在索莱达和玛丽亚的帮助下，成功偷渡进入美国，秘密从事反抗祖国反动政府的工作。

一　女人们的拯救行动

《母语》以描绘难民何塞·路易斯在祖国被虐待的形象开篇，"他的国家嚼碎了他，然后像吐松子壳一样吐掉"②。而在一个黄昏的时刻玛丽亚在机场接到了偷渡入境的他。玛丽亚是位年轻貌美、活泼可爱的年轻女子，聪慧，富有想象力，"非常善于做填空题，善于从毫无意义的地方发现意义"③。热情的玛丽亚在母亲去世后希望做些有意义的事情。在偷渡者到来之前，她感觉"混乱的生活毫无重心，不知该围着什么转"④，难民路易斯的到来使得"一切都发生了变化"⑤。遵照教母索莱达的指示，玛丽亚把用来藏匿他的地下室打扫得干干净净。为了给路易斯安排生活，她每天起早贪黑，变着花样准备食物。为了让美国社会知晓萨尔瓦多战争的真相，玛丽亚帮路易斯安排了在教堂进行的演讲。她还帮路易斯找到了工作，到不会被查到因非法入境而被遣返的餐馆打工。她像圣母玛利亚那样保护着难民何塞·路易斯。

玛丽亚还很天真地认为她送上门的爱情可以帮助难民忘记痛苦，拥有了爱情的力量，她将帮助他忘掉那场他已逃离的战争。为了更好

---

① Ariana Vigil, "Transnational Community in Demetria Martínez's Mother Tongue ," *Meridians*: *Feminism*, *Race*, *Transnationalism*, Vol. 10, No. 1, 2009.

② Demetria Martinez, *Mother Tongue*, New York: Ballantine Books, 1994, p. 1.

③ Ibid. , p. 11.

④ Ibid. , p. 5.

⑤ Ibid. , p. 21.

地帮助难民，玛丽亚不断地提高自己的道德修养，研究学习了如中国的《道德经》这样的哲学思想，"从道德经来看：天是永恒的，地是有忍耐力的。理由是他们不是独独为了他们的孤独而活；所以他们长寿"①。

在工作之余，玛丽亚教路易斯学英语，他们慢慢地可以用双语进行交流了。

当路易斯因为自己的非法身份在心理上感到恐惧时，玛丽亚劝慰道："地球上没有人是非法的。"② 在潜移默化中，路易斯从担忧被遣返的惶恐中解放出来，从心理上得到了拯救。

玛丽亚对难民的帮助和她幻想中可能成为现实的爱情使自己心境"平和、高兴，对未来充满期待"③。在她的儿子长大后，她鼓励他坚持自己的梦想，去拯救世界。

索莱达是小说中另一个重要角色，作为社会活动家与难民拯救者，她是玛丽亚的朋友、精神导师和教母，是她指导玛丽亚如何去与路易斯接头，如何安排他的生活以及如何揭露他祖国反动政府的行径。她还把自己房子的地下室提供给玛丽亚和路易斯作为避难所和爱巢。路易斯的成功她功不可没。

在索莱达的一生中，曾遭受磨难，她 5 岁时便遭性侵。长大后笃信墨西哥传统文化和宗教，致力于使用民族草药术治病救人。她对第三世界受压迫民族非常同情，曾因为庇护一个难民而和他结婚又离婚。她把一生都奉献给了慈善事业和对穷苦人的援助。

作家马丁内兹本人也曾和玛丽亚一样在 20 世纪 80 年代的难民庇护运动中帮助过来自中美洲的难民。她把个人的经历写进了小说，让读者感觉发生在故事里的一切真实可信。这是作家反战正义思想的表达。

---

① Demetria Martinez, *Mother Tongue*, New York：Ballantine Books, 1994, p. 64.

② Ibid. , pp. 76-77.

③ Ibid. , p. 23.

二　和平与自由的隐形斗士：路易斯

在小说中，何塞·路易斯一直是被故事讲述者玛丽亚描述的神秘人物。在她眼中，他潇洒、英俊，语言犀利，遇事谨慎，勤奋努力，博学，像一尊神，是一位真正的国际斗士。在描述他的相貌时，作者就表达了这种的意图，他的"脸没有国界：西藏人的眼睫毛、西班牙人的褐色虹膜、玛雅人的颧骨"，但"他没有一张斗士的脸"[①]。路易斯是一位和平斗士。

在国内日趋激烈的武装斗争中，路易斯被迫离开祖国，成为忍辱负重的偷渡客。在他的祖国萨尔瓦多，他曾经是响当当的人物，是他们社区的知识分子，大家所敬仰的人物。他曾召集人们为了安宁的生活与自由拿起武器与敌人进行你死我活的斗争。战败后，为了祖国人民的解放事业，路易斯抛家舍业，冒着生命危险到了美国，依靠玛丽亚的帮助隐居在地下室，过着隐形人的生活。

为了让美国善良的人们了解萨尔瓦多内战的真相，他不顾非法移民身份被暴露的危险，按照玛丽亚的安排，到教堂、学校进行演说，揭露萨尔瓦多反动政府的腐败。为了能够做好自己的工作与筹集活动所需要的经费，他不惜以非法移民的身份去餐馆偷偷打工，挣取微薄的工资。

当路易斯和玛丽亚生活在一起，玛丽亚正幻想着爱情降临的时候，路易斯突然消失得无影无踪，音讯全无，除了在她身体里种下了爱情的种子，仿佛整个人从来就没有进入过玛丽亚的生活。20年多年后，玛丽亚收到了他的来信，原来他一直孑然一人，在加拿大做地下工作。为了祖国受压迫人民的解放事业，他放弃了优越的生活，牺牲了爱情，隐姓埋名，默默地耕耘，直到最后玛丽亚带着儿子去他的家乡寻找他的踪迹时，他祖国的人民才确认他仍然活着。

作为难民，他得到了玛丽亚的帮助，过上了安稳的日子。但在他认为为祖国而战的机会已来临的时候，便毅然决然地离开了他挚爱的

---

① Demetria Martinez, *Mother Tongue*, New York：Ballantine Books, 1994, pp. 3-4.

玛丽亚，潜回国内，后又逃亡加拿大从事援助难民的工作，成为一个隐形的斗士。他的一生是为祖国穷苦人民奋斗的一生。

第三节　反美国对邻国的军事侵略

马丁内兹在小说中对美国政府与媒体的虚伪及不道义行为进行了抨击。

萨尔瓦多是中美洲饱经战乱的国家。直到 2009 年 3 月 15 日，萨尔瓦多人才选出了该国历史上第一个左翼政府，这是一个有历史意义的事件。美国干预萨尔瓦多内政的历史悠久，特别是在内战期间，美国对萨尔瓦多独裁政府和腐败的军队（1980—1992）给予了长期的支持。一名萨尔瓦多裔美国记者称新总统莫里斯·富内斯的胜利为"打败里根政府的胜利"[①]。

小说中，路易斯的到来和他所做的一切鼓舞了玛丽亚，使她看到了战乱中的人们有了一丝和平与自由的希望。这和作家马丁内兹的个人经历一样，为她在小说中揭露美国政府武力干涉他国内政、鱼肉他国人民的行为做好了铺垫。

路易斯到达美国后，玛丽亚为他安排了演讲，他的演讲词在第二天见诸报端的时候，其中描述战争残酷性的部分被删除。玛丽亚便对路易斯说："你不能相信媒体。"[②] 读者可以看出，作家在借小说人物之口对媒体的虚伪进行批判。

玛丽亚在教母的信件的指导下为难民服务。当玛丽亚爱上路易斯后，她的教母让她学西班牙语，鼓励她理解难民，同情难民，替他们着想，为他们的自由而奋斗。所以玛丽亚认为爱上了路易斯，就应该把"他的战争看成是我的战争"[③]。

在萨尔瓦多，反政府组织是人民的组织，"给人民食物，教他们

---

① Ariana Vigil, "Transnational Community in Demetria Martínez's Mother Tongue ," *Meridians: Feminism, Race, Transnationalism*, Vol. 10, No. 1, 2009.

② Demetria Martinez, *Mother Tongue*, New York: Ballantine Books, 1994, p. 39.

③ Ibid., p. 44.

识字。也教他们占住已经得到的东西"①。

马丁内兹在小说中揭露了美国武力干涉他国内政，屠杀他国公民的罪恶阴谋。她借用路易斯的日记，质疑美国的不道德行为，"我们在问谁制造和销售了那些子弹，为什么它们总是被射进了穷人的心脏"②。作家还借用主人公玛丽亚的口吻激愤地回答："一个随阿尔布开克（Albuquerque）旅行团到萨尔瓦多旅行的牧师带回了印有美国一个城市名的子弹。"③ 是美国制造的武器支持了反动政府腐败的军队去屠杀平民。

美国政府一直以帮助他国建立民主政治与制度为由武装干涉他国内政，美国民众对政府掌控的媒体也都给予足够的信任。美国政府支持萨尔瓦多腐败军队的丑闻原本是机密，作家在小说中公开对美国的恶行予以揭露，这充分体现了她对非正义行为的憎恨与批判态度。

第四节　凄美跨国恋情：和平与自由的憧憬

除了叙述玛丽亚和索莱达对难民路易斯的解救与对美国对邻国事务的武装干涉，小说还讲述了一个凄美、浪漫的跨国恋故事。作家以此恋情作为苦难中的美好事物来憧憬世界和平与自由。

作为一个接待难民的年轻女子，玛丽亚第一眼看见路易斯就敏感地觉得尽管他们语言不通，但他"总有一天将和她做爱"④。"一见钟情"⑤ 是她对难民路易斯爱的诠释，她认为"有些女人在认识男人之前就爱上了他，因为爱上神秘的东西更简单"⑥。玛丽亚就是这种浪漫的人，没有料想后来的一切只剩下痛苦与几乎绝望的等待。

在远离战火纷飞的祖国后，身无分文的路易斯对英语一窍不通，

---

① Demetria Martinez, *Mother Tongue*, New York：Ballantine Books, 1994, p. 84.
② Ibid., p. 82.
③ Ibid., p. 71.
④ Ibid., p. 1.
⑤ Ibid., p. 16.
⑥ Ibid.

随身携带的只有诗歌和《圣经》。在地下室隐蔽的生活中，与玛丽亚的交流仅仅限于肢体语言。在学习英语的过程中，他不断地用西班牙语特有的温柔语音和语调配合手势与对方交流，他为玛丽亚写诗歌，用母语朗读诗歌，他的优雅让玛丽亚无可救药地爱上了他。她不久就开始觉得"欲望不是好东西"①，她的爱情成熟到了谈婚论嫁的阶段。而路易斯每天戴着墨镜的模样让她感觉好陌生，但她很快又觉得"和陌生的人做爱会感觉很爽"②。经过短暂的相处之后，玛丽亚迅速成为路易斯的情人。他深得庇护者玛丽亚的信赖并使她深深地爱上他，不顾一切地为他服务。她经常在无人注意的情形下，带他出去溜达，听讲座，下馆子，打黑工。

他的到来给玛丽亚的生活增添了浪漫的气息。他用自己独特的方法——做爱时使用对方无法听懂的母语西班牙语喃喃发声——让玛丽亚获得幸福感。随后，因为玛丽亚的万般呵护，路易斯得以无拘无束地生活，获得了个人的自由。自由的生活给路易斯创造了为祖国自由而战的条件。

正当她期待美好的未来时，路易斯消失得无影无踪，去为祖国的自由而战，以至于 20 年后玛丽亚仍然"不能原谅自己曾经爱过他"③。在路易斯消失后，她一直生活在对他的点滴回忆中，反复播放和聆听他演讲的录音。她还富有哲理性地感叹："真爱像雪一样安静，没有吵闹，难以书写。"④

玛丽亚是一个坚强的人。在失恋后，曾经"幸福的地方变成了恐惧的地方"⑤，凭借着回忆、路易斯留下的笔记本、本民族文化的草药方和教母的教诲，在儿子的陪伴下，她度过了人生最艰难的时期。那段昙花一现的美好爱情给她留下了永久的记忆，她要"为之奋斗，

---

① Demetria Martinez, *Mother Tongue*, New York: Ballantine Books, 1994, p. 19.

② Ibid., p. 20.

③ Ibid., p. 88.

④ Ibid., p. 94.

⑤ Ibid., p. 166.

直至死亡"[1]。20多年后，与他父亲逃离祖国相反，小何塞·路易斯带着他的农业合作项目返回了萨尔瓦多，他可以自由地表达自己的观点，可以交当地女朋友，用现代多媒体技术为他的祖国服务。玛丽亚和小路易斯去他父亲的故乡寻找老路易斯，不幸的是儿子没有见到父亲，但又幸运地看到了纪念碑上只有父亲的生日，这让他们看到了希望。果不其然，玛丽亚最后收到了老何塞·路易斯的回信，信中充满了对她的感激和爱恋之情。

《母语》中路易斯用温柔母语——西班牙语赢得了异性玛丽亚的青睐，并让其为他心甘情愿生儿育子奉献一生。"玛丽亚"是《圣经》里圣母的名字，象征着贞洁、善良和一切美好的东西。马丁内兹用她的创作给这个战乱的社会带来了希望，让人们看到了人间的真善美。

作家马丁内兹以其大胆、泼辣、直爽的性格，毫无畏惧地在小说中揭露了第三世界战争的本质与美国政府的政治阴谋。一个令人心碎、凄美婉转的爱情故事的背后是作家对毁灭人性的战争的控诉，它激励人们弘扬人类正义，用科学技术创造和平、富裕的美好生活。

---

① Demetria Martinez, *Mother Tongue*, New York：Ballantine Books，1994，p.150.

第八章　结　语

　　有战争存在，就有反战争的文学。美国从第二次世界大战至其后一系列海外战争中都有大量族裔士兵的身影，族裔人的鲜血和白人一样洒在了欧洲的海滩、非洲的沙漠、朝鲜的刺骨寒风里、越南的原始丛林中、海湾战争里和伊拉克与利比亚的土地上。他们受白人政府之哄骗，以为战后真的可以获得丰厚抚恤金、优质的教育、很好的工作、美国人的身份等，他们信心满满地参战，替白人去用武力推行白人的价值观与所谓的民主。但是，等待他们的仍然是无业、无身份、居无定所与种族歧视。20世纪60年代的民权运动使得族裔作家意识到自己的权益受到了极大的侵害，他们用笔作为武器，把白人对他们在历史上和现代社会里的压迫与迫害倾泻在文学作品中，以此作为对社会不公的反抗。

　　作家们采用了后现代叙事手法，采用时空与情节的并置或措置，以丰富的想象力和多重视角，从自己的亲身经历或从先祖的经历来叙述美国各族裔经历的战争磨难、身体和心灵创伤，指出了治愈创伤的方法，并继承和发扬了民族传统与文化。

　　作为土著印第安黑脚部落的后裔与在此部落成长的作家，詹姆斯·韦尔奇从小耳濡目染了黑脚人的历史，在小说《福尔斯·克罗》里，他以优美的黑脚部落语言再现了先祖们为了民族的生存与传统文化的保留与白人侵略者进行血腥抗争的历史。黑脚部落在该小说所描述的故事发生前已经被白人从中部肥沃的大平原驱赶到了西部的丘陵地带。小说描述的是1870年前后黑脚部落人与白人持续的抗争。"大山首领""猫头鹰孩""快马"和"白人的狗"组织了"驱逐白人团"，袭击了入侵白人的驻地，并杀死了几个白人，结果招致白人军队对几个部落的血洗。与此同时，在寒冷的冬季，白人带来的天花瘟疫流行。待到严寒过去，黑脚部落的人口已经数量大减。无力再抗争的幸存者们在"白人的狗"的带领下，开始了再一次的大迁徙。他们失败的原因应归咎于白人的贪婪掠夺、黑脚部落长者的退缩、族裔人的内讧和缺乏组织的零星反抗。作家通过对黑脚人的文化与风俗习惯的描述以及对妇女社会地位的刻画，反映了黑脚部落坚忍与坚韧的民族精神。从 20 世纪 80 年代起白人政府开始制定政策来保护和开发土著文化旅游，黑脚部落人预言的"世界将回到他们的手中"正在成为现实。

黑人作家詹姆斯·鲍德温的《桑尼的蓝调》和亚裔作家约翰·冈田的《不不儿》主要运用人物反思的方式描述了第二次世界大战中黑人青年桑尼和日裔青年山田一郎逃避战争，经历心理创伤与自我救赎的过程。

黑人青年为了逃避某个东西，离开哈莱姆区到艺术家云集的格林威治村学习黑人爵士乐，他甚至带着音乐书籍和乐器加入了海军驻扎希腊，回国后他没有正当职业，因吸毒贩毒被判入狱，出狱后，他继续进行音乐创作，最终以音乐治愈了战争和种族歧视以及贫穷带来的心理创伤。

"不不儿"山田一郎因为在珍珠港事件后美国政府进行征兵时拒绝参加军队和效忠美国政府而被判刑两年，出狱后遭到了来自日裔社区与家庭的歧视和压力，他憎恨曾经教育他要效忠日本天皇与祖国日本的母亲和父亲。在自己不断的反思和与好心人的接触中，他渐渐明白了自己日裔美国人的身份，从迷惘中走出来，走向了新的生活。小说通过描写战争中受害者遭遇的身心创伤与财产损失，批判了美国政府在"二战"中将日裔美国人关进沙漠拘留营和孤岛拘留营的不人道政策。冈田采用主人公内省的方法，对战争带给日裔美国青年的身心创伤进行了入木三分的刻画。战争给他们带来的只有死亡与迷惘。一郎的母亲因日本战败而绝望地结束了自己的生命；参加了"二战"的一郎好友贤治因腿伤不治身亡；和一郎一样的"不不儿"弗雷迪也因和歧视他的同龄人斗殴致死。作家冈田还通过主人公一郎之口对美国第一代日本移民的祖国情结与愚忠进行了批判。

和鲍德温的创作一样，冈田的创作反映了他对待战争的批评态度和对种族身份的质疑。他们的创作对后来的民权运动起到了引领作用。

维亚的小说《诸神去乞讨》讲述的是越战退伍军人的故事。越战遗孀在其开设的亚马逊餐馆遭社区的混混儿枪杀身亡。因真凶逃逸，卡尔文·蒂博成了嫌犯。故事主人公杰西·帕萨都布尔接手了这起案子，替卡尔文进行辩护。作家采用空间、场景与情节的并置与错置的方式，讲述了越战士兵及其亲人们遭受的身心创伤与毁灭，现代社会司法的不公以及主人公杰西探寻真相为正义而战的经历。作家的故事一方面反映了战争的毁灭性，它造成了参战人员的巨大伤亡及幸存者和阵亡者家属难以愈合的身心创伤；另一方面，小说还反映了美国国内的司法不公。卡尔文、冯保等人的庭审经历让读者看到，贫穷的嫌犯从来都不可能得到司法公正的审判，唯有通过族裔人自己争取，才有可能获得尊重。

莫马迪的《日诞之地》讲述了土著印第安青年阿韦尔经历"二战"而受到的精神创伤，他从一个身心健康的雄鹰般的青年变成了呆若木鸡、野蛮的杀人魔。从印第安人保留区走出去从军，他希望自己能融入白人社会，拥有更好的工作和生活条件，但他真正来到大城市生活时，发现自己因笨拙无法胜任最简单的印刷工作。他失业了，没有工作也没有钱，更没有能够真心帮助他的朋友，他又回到了印第安保留区生活，按照本民族的风俗埋葬了病逝的外公，参加了族人举行的节日仪式和奔跑运动项目。他沐浴在大自然的晨曦中，找回了真正的自己。小说从阿韦尔的奔跑开始，以他的奔跑结束，采用日记体的形式记录了阿韦尔的生活和他先祖从北方迁徙到南方的历史。西尔科的《典仪》也描述印第安青年塔奥"二战"后回归故里的故事。塔奥是印第安女子和白人男子非婚生的混血儿。母亲因不堪贫困和侮辱自尽，他从小和姨妈、舅舅、外婆等母系家族的人生活在一起，经常因为自己的混血身份遭到姨妈的冷落、同伴的欺负。长大成人后，他和表弟一起从军，和阿贝尔一样，希望改变自己的身份，融入白人社会，有更好的工作。但战后他得了战争创伤后应激障碍症，只得回到外婆家，接受印第安巫医治疗，经过同类混血儿讲故事的开导以及到郊外山上进行呐喊等仪式之后，他最终得以痊愈。没有像他这样接受治疗的其他退伍兵，则最终因酗酒、斗殴、互相残杀而身亡。

这两个故事都讲述了印第安青年"二战"后患上创伤后应激障碍症，受到身心折磨的经历，在作家们看来，受到战争伤害的族裔青年唯有回归族裔，接受本民族文化的洗礼，才有获得新生的希望。莫马迪和西尔科通过对治愈"二战"退伍士兵心灵创伤的土著文化的描写表明，唯有民族的东西才有生命力，才能给予人希望。

约瑟夫·海勒和库尔特·冯内古特都是第二次世界大战的亲历者，他们的创作以其特殊的"黑色幽默"风格著称。海勒的《第二十二条军规》以第二次世界大战为背景讲述了驻扎在地中海一个虚构的皮亚诺萨岛上的美国空军飞行大队里所发生的一系列事件，如空军飞行员丹尼卡医生的"被死亡"与玛德中尉的"被生存"这样的荒诞故事，揭示了一个非理性的、无秩序的、梦魇似的荒诞世界。该小说是一部不反战的反战小说，以被讽刺的死亡表达了荒诞的战争逻辑，作家对美国的官僚体制与资本主义制度下人性的贪婪进行了批判。库尔特·冯内古特的《五号屠场》根据作家自己的亲身经历，以科幻的手法讲述了比利·皮尔格里姆的故事。他在"二战"的战场上被德军俘虏，和其他人一起被运到了位于德累斯顿的战俘营，却幸运地在1945年2月13日盟军对德累斯顿的轰炸中幸存下来。战后的比利挣扎在战争精神创伤中，他被外星人俘虏并被带到了外星球。那里的人们生活在四维的世界中，可以在过去、现在和将来之间随意穿梭。比利也因而陷入了时间的缝隙中，随机地回到他生命的各个时刻——德累斯顿的年轻战俘、中年验光师、外星人的俘虏和外星球的动物园里展出的动物。在作家看来，死亡只是存在的另一种方式，科学技术是治疗战争精神创伤的良药，死亡的黑色幽默表现了战争的荒诞性。冯内古特的创作体现了作家的人文主义思想。

梅德特莉亚·马丁内兹的《母语》以诗歌、日记与独白的形式，讲述了主人公玛丽亚帮助萨尔瓦多难民路易斯成功非法入境美国并与他相知、相爱又分离的凄美故事。玛利亚用母语英语教会了路易斯生存的手段，而路易斯用他温柔的母语西班牙语捕获了爱情。他消失20多年后，他们的儿子长大成才。玛利亚带他踏上了寻找生父的归乡路。作家马丁内兹一方面创造了美丽的爱情神话；另一方面通过小说中人物的叙述，揭露了美国政府干涉他国事务的本质与美国主流媒体的虚伪性。借助跨国恋情，作家表达了人们对世界和平与美好生活的向往。她的小说通过揭露主流社会的丑恶，彰显了人间正义。

总之，美国族裔反战小说运用多视角的叙事手法，展现了战争给民众，特别是族裔人带来的深重灾难和难以愈合的身心创伤；表现了强烈的反白人侵略思想，揭露了战争的本质；提出了治愈战争创伤的良药，呼吁只有经过本民族文化的洗礼、人们内心才能自我救赎，以及善用科学技术，人类才能拯救自己；体现了跨越种族与民族的反霸权主义思想，展望了人们期待的美好生活。他们对战争与战争后果的诠释给世人敲响了警钟：唯有民族平等与公正，世界才得以安宁。

对于美国族裔作家有关战争的小说，本书从后现代主义视角探讨了他们的创作母题与主题。研究者们还可以从这几个方面继续进行研究：（1）从文化研究的角度去探讨族裔战争小说；（2）从读者反应视角去分析他们作品的接受程度；（3）运用大数据探究他们的创作动因；（4）采用翻译诠释法去探究他们作品的写作风格。

有战争，就有反战文学，而人类的幸福永远不需要战争。追求和谐、和平、自由、公正是反战文学的宗旨，也是文学研究者的目标。

后　记

　　文学研究是一项极为艰辛的工作。美国族裔文学的研究尤为艰难，读土著印第安人的小说需要查找土著人语言词典；读奇卡诺人的反战小说，除了英语，研究者还需要涉及一些西班牙语、法语和越南语；研读日裔美国人的小说，学习点日语也很有必要。经过近三年的秉烛夜读与笔耕，此研究终于滴墨成文。

　　本书由袁雪芬和郝健合作完成。第一章的第一至第三节，第三章、第五章由郝健撰写，共计 10 万多字。其余由袁雪芬执笔并进行统稿。

　　在本书的写作和付梓过程中，我们得到了各方面的帮助与支持。首先要感谢中南民族大学外语学院资助出版经费；其次要感谢给我们提供日语翻译帮助的刘蔚三、盛丽和章宇红女士，经常三更半夜地打扰她们，总能得到满意的回答；最后要感谢的是我们的家人，谢谢夏屹做我们的第一个读者，乖巧的郝伊然给了我们写作的乐趣。没有你们，此书无成。

袁雪芬　郝　健

2018 年 2 月